Goldener Herbst

Thomas Dorn, Jahrgang 1958, groß geworden in den 60ern und 70ern. Konservative Werte noch gelernt und verstanden, aber auch schon moderne Zeiten erlebt und genossen. Ideale Voraussetzungen für einen leichten und flüssigen Erzählstil. „Als Autor möchte ich die Leser in meine Geschichten einsaugen und sie für einige Zeit die Welt um sich vergessen lassen. So fühlt sich Freiheit an."

Thomas Dorn

Goldener Herbst

Thriller

Bibliografische Information der Deutschen Nationalbibliothek:
Die Deutsche Nationalbibliothek verzeichnet diese Publikation in der Deutschen Nationalbibliografie; detaillierte bibliografische Daten sind im Internet über http://dnb.dnb.de abrufbar.

Umschlaggestaltung: Valentin Dorn

Herstellung und Verlag:
BoD – Books on Demand, Norderstedt

ISBN: 978-3-7526-2661-2

1.Akt

„Der Weg ist das Ziel"

Konfuzius

1

„Grau, teurer Freund, ist alle Theorie
und grün des Lebens goldner Baum."
Faust 1, Johann Wolfgang von Goethe

„Sssssss." Stille. Eine Hand schlug in der Luft umher, um anschließend auf der zur Hand gehörenden Stirn zu landen. „Sssssss." Stille. Wieder wirbelte die Hand unkontrolliert in der leicht stickigen und verbrauchten Zimmerluft umher, um etwas im Gesicht zu treffen. Der Vorgang wiederholte sich noch einige Male, aber der Versuch, die Fliege zu vertreiben oder sogar zu erledigen, gelang einfach nicht. So langsam nervst du, dachte sich Faust, dessen narkotisierte Sinne nun begannen, sich Stück für Stück zu orientieren. Zuerst öffnete sich ein träges Auge, dann setzte die noch schwache Atmung ein und sog verstärkt die Umluft ein, die Ohren waren schon durch die Flug- und Landekünste der Fliege einigermaßen wach und sein bitterer Geschmack im Mund und sein trockener Hals verrieten ihm, dass er wieder zu viel geraucht und sicherlich in der Nacht unablässig geschnarcht hatte. Zu guter Letzt meldete sich auch noch sein Gehirn mit leicht klopfenden Schlägen im Inneren zur Arbeit. „Und zu viel getrunken", entfuhr es Faust. Schritt für Schritt näherte er sich gedanklich dem Hier und Jetzt und er registrierte die Umgebung: „Sein Loch", wie er seine bescheidene

Behausung, in Form eines Zimmers mit Nasszelle und Kochnische, gern nannte, mit dem Fenster im 5. Stock, das ihm wenigstens vom Bett aus den ungetrübten Blick auf den Himmel erlaubte und ihm somit wertvolle Tipps für eine schnelle Wetterprognose versprach. „Heute sieht es trocken aus und kalt scheint es auch nicht zu sein", prognostizierte er den Oktobermorgen, während seine Gedanken sich zum gestrigen Abend verloren, den er wieder Mal in der *Oase* verbracht hatte, einem ehemaligen Szenelokal in der Frankfurter Innenstadt, unweit vom Bankenviertel. Bei genauem Hinsehen bemerkte man, dass das Lokal einmal bessere Zeiten gesehen hatte. An einigen Wänden hingen noch immer „kleine Kunstwerke" von ehemals hippen Künstlern aus der Szene. Auch die lange, hölzerne Bar, mit reichlich Messingbeschlägen und einer durchgehenden Marmorplatte, auf der sich die vollen Gläser so schön mit leichtem Schwung zum Gast manövrieren ließen, zeugte von einstiger Größe. Nach einigen Razzien wurde die *Oase* Ende 2011 geschlossen. Insider wussten zu berichten, dass auch die spendablen Banker nicht mehr so zahlreich nach Dienstschluss kamen. Die Finanzkrise schmälerte wohl ihr üppiges Gehalt und nährte ihren Verdacht, dass nicht mehr alles von Dauer sein könnte. Danach war die *Oase* für zwei Jahre geschlossen und eröffnete zu Silvester 2013 wieder. Aber das gut zahlende Publikum blieb aus und es zogen die Aussteiger, Spieler, ewigen Zauderer und Träumer ein. Rita, die neue Bar-Betreiberin, schmiss, soweit es ging, den Laden alleine. Hin und wieder half ihr einer von den Stammgästen hinter der Theke. Rita war schon seit zehn Jahren vierzig, ein wenig verlebt, aber herzensgut. Nicht jeder Stammgast konnte immer zahlen und somit stapelten sich so manche Deckel über Monate bei ihr in der zum Lokal gehörenden Küche. Hin und wieder brauchte Rita auch einmal einen Kerl, meist einen der älteren Stammgäste, da der „Märchenprinz" sie noch nicht wachgeküsst hatte, wie sie gern kolportierte.

Faust betrat die *Oase* am frühen Abend und stellte sich sogleich zu Rita an die Bar und bestellte ein Bier. „Nicht viel los heute", versuchte er ein Gespräch zu beginnen. „Noch zu früh", entgegnete Rita, die froh war, dass jemand mit ihr das Gespräch suchte. Außerdem fand sie Faust trotz seiner Mitte fünfzig einigermaßen attraktiv und hatte schon mehrmals probiert, ihn für sich einzunehmen, allerdings ohne Erfolg. Wobei er ihr zu verstehen gegeben hatte, dass es nicht an ihr lag. Er hing wohl noch an seiner „Ex", wie sie glaubte, aus früheren Gesprächsfetzen bei Diskussionen über Ehe und Frauen unter angetrunkenen Männern an der Bar bei ihm verstanden zu haben. „Heute habe ich Bescheid von meinem ehemaligen Arbeitgeber bekommen, dass aus meiner Abfindung nichts wird, und dass ich auch nicht mehr auf meinen Arbeitsplatz zurückkehren kann. Kannst du auf die Bezahlung meiner Deckel noch ein wenig warten?" Rita wusste, dass Faust Probleme mit seinem Arbeitgeber, der Firma Bosch, hatte. „Na klar, kein Problem. Es kommen auch wieder bessere Tage. Lass dich nicht unterkriegen. Und wenn es ganz schlecht läuft, hilfst du mir hinter der Bar. Aber heute nicht, die wenigen Gäste schaffe ich schon noch alleine." „Gut, wenigstens auf dich kann man sich verlassen." In diesem Moment klingelte Ritas Handy und sie zog sich in die angrenzende Küche zurück, um ungestört telefonieren zu können. Anscheinend hatte sie eine Freundin dran, die ihr die neuesten Storys erzählen wollte. Als Faust überlegte, ob er sich nicht für heute in sein Loch verkriechen sollte, bemerkte er am anderen Ende der langen Bar Ron, den LKW-Fahrer, der ihm schon so manchen Euro beim Kartenspielen aus der Hosentasche gezogen hatte. Heute schien Ron jedoch – ähnlich wie Faust – nicht in seiner besten Verfassung zu sein. Faust näherte sich ihm langsam. „Na, Ron, lange nicht mehr gesehen. Was machen die Geschäfte?" „Beschissen", antwortete Ron, der schon mehrere Striche auf seinem Deckel versammelt hatte. „Dann sind wir schon zwei, denen es heute außerordentlich prima geht", versuchte Faust ironisch zu entgegnen. Ron fuhr als LKW-Fahrer für die Spedition IC International Cargo, die in der Innenstadt in der Nähe der Konstablerwache ihre Verwaltung hatte. Die Spedition arbeitete viel mit öffentlichen Verwaltungen, der Messe und der Deutschen Bundesbank zusammen. Ron war meistens im Großraum Frankfurt unterwegs, oft auch auf Fahrten zwischen dem Flughafen Frankfurt und der Innenstadt oder dem Industriegebiet. Mit Anfang fünfzig war Ron auf die Fahrten für die Spedition angewiesen, denn neben einem kleinen Fixgehalt, von etwas über tausend Euro, verdiente er sein Geld in erster Linie durch die doch recht lukrativen Sonder-Fahrten im Großraum Frankfurt. Faust wusste, dass Ron ein Spieler war, der nicht nur in der *Oase* seine Opfer suchte. Ron war auch auf den verschiedenen Spiele-Plattformen im Internet unterwegs. Er selbst sprach von sich als „Spielsüchtigen", wobei Faust wusste, dass er auch auf das gewonnene Geld angewiesen war. „Na, hast du wieder gegen einen Unbekannten im

Internet verloren?", versuchte Faust den Gesprächsfaden nicht abreißen zu lassen. „Nein", entgegnete Ron, „mein Boss hat mir für nächsten Monat einige Fuhren gestrichen. Jetzt weiß ich nicht, wie ich dann über die Runden kommen soll. Und wer hat dir vor'n Koffer geschissen?" „Der Bosch lässt mich nicht mehr arbeiten und zahlt mir meine Abfindung nicht. Nach über drei Monaten kam heute die schriftliche Stellungnahme von Bosch. Zum Ende nächsten Jahres werden meine Rücklagen dann auch aufgebraucht sein und ich muss stempeln gehen. Klagen ist zu teuer und ist in der heutigen Zeit mit viel Risiko verbunden." Was Faust verschwieg, war die Tatsache, dass er an seiner vorzeitigen Entlassung nicht ganz schuldlos gewesen war, wenn auch unabsichtlich. Als Ingenieur hatte er auf einem Verbandsmeeting einige vertrauliche Informationen an den Wettbewerb ausgeplaudert. Nachdem der Wettbewerber mit den Informationen hausieren gegangen war, fiel beiläufig auch sein Name. Nachdem seine Firma zu dem Vorfall über die Staatsanwaltschaft befragt wurde, war alles andere nur noch eine Frage von wenigen Tagen, und er saß auf der Straße, ohne Arbeit und leider auch ohne Abfindung, die ihm eigentlich aufgrund seiner langjährigen Firmenzugehörigkeit zugestanden hätte. Seine Ex, von der er seit zwei Jahren getrennt lebte, wusste davon nichts und sein Sohn hatte erst vor einem halben Jahr – noch als Student – seine erste Stelle als Software-Ingenieur in Stuttgart angetreten und hatte jetzt sicher andere Sorgen. Das Leben ist halt kein Ponyhof! Ein Spruch, den er vor Jahren gern seinem Sohn mit auf den Weg gegeben hatte, wenn es Probleme in der Schule gab.

Einige Wochen zuvor, einige Kilometer von der *Oase* entfernt saß Leopold von Rügen im 13. Stock der Zentrale der Deutschen Bundesbank in seinem Büro, schaute, ganz in sich ruhend, auf die in der Ferne sichtbare herbstliche Skyline von Mainhatten und dachte über seinen baldigen Ruhestand nach. Er war zwar noch keine sechzig, aber so langsam mehrten sich die Zeichen, dass seine Tage in der Bank gezählt waren. Neue Chefs kamen und gingen, neue unausgegorene Projekte wurden verkündet und Hierarchiestufen wurden gestrichen. Aber was kam nach der Pensionierung? Wie sollte sein Leben weitergehen? Sollte er Briefmarken sammeln oder in den Hasenzüchterverein gehen, wie seine Frau ihn in letzter Zeit öfters neckte, wenn er vom Aufhören sprach. Nach seinem Geschmack würde er lieber ein Verhältnis mit seiner Sekretärin Frau Mohns anfangen oder in Oldtimer aus den Siebzigern investieren. In diesem Moment klingelte sein Handy und riss ihn aus seinem Tagtraum. „Hallo Leo, ich bin's", meldete sich seine Frau Cheryl besorgt. „Deinem Großvater geht es gar nicht gut. Ich glaube, er wird den heutigen Tag nicht überstehen. Dr. Reinhard war schon da und meinte, ich soll dich informieren. Vielleicht ist es besser, wenn du kommst." Kurze Pause, dann entgegnete Leopold prompt: „Ich komme sofort." Von Rügen liebte seinen Großvater sehr, er war neben seiner Frau und seinen beiden Töchtern die einzige Bezugsperson in seinem Leben.

Seine Eltern waren Mitte der Siebziger bei einem Autounfall im Taunus beide gestorben. Die Geschwister seiner Eltern sahen sich außerstande, den damals siebzehnjährigen, bockigen und pickeligen Leopold aufzunehmen. Aber sein Großvater Friedrich von Rügen überlegte nicht lange und nahm ihn kurzerhand unter seine Fittiche, kümmerte sich mit seiner Haushälterin Klara liebevoll, aber mit der gebotenen Strenge um ihn. Er brachte ihm Manieren bei, zeigte ihm, stolz auf seine Familie zu sein, und förderte seine Talente im Sport und in der Schule. Anlässlich seines Abiturs schenkte er ihm einen 74er Porsche Targa, den er heute noch fuhr. Mit dem eilte er nun nach Oberursel, wo er mit seiner Familie und seinem Großvater in der Villa seines Großvaters seit damals lebte. Seine Großmutter war früh an Krebs gestorben und Friedrich von Rügen hatte nie mehr geheiratet. Somit war das Anwesen groß genug für die ganze Familie. Als von Rügen in die Einfahrt der Villa einbog, sah er auch schon seine Frau, die ihn am Eingang ungeduldig erwartete. Schnell parkte er den Wagen, schloss die Autotür ab und eilte zu seiner Frau. „Er sagt, er will dich sehen. Es scheint ihm wichtig zu sein, dass du gleich zu ihm kommst." „Ja, danke, ich ziehe mir nur noch meinen Mantel aus, dann gehe ich nach oben." Friedrich von Rügen residierte in einigen Räumlichkeiten im ersten Stock der Familienvilla.

Leopold hastete die Treppe hinauf und mit einem leichten Klopfen an der Tür seines Großvaters betrat er das abgedunkelte Schlafzimmer. Sein Großvater, der vor wenigen Wochen neunundneunzig geworden war, lag verloren und schmächtig in seinem großen Bett. Grau und abgemagert im Gesicht, mit tiefliegenden Augen gebot er Leopold doch an sein Bett zu kommen. „Ich glaube, es geht zu Ende, Leo, mir bleibt nicht mehr viel Zeit", begrüßte Friedrich seinen Enkel mit schwacher Stimme. Leopold nahm am Bettrand vorsichtig Platz und griff nach der matten und faltigen Hand seines Großvaters. „Es gibt noch etwas, was ich dir anvertrauen muss, bevor ich gehe. Über alles andere haben wir ja schon so oft gesprochen. Es gibt aber eine Sache, die du noch nicht weißt." Leopold rechnete insgeheim mit keinen größeren Überraschungen, denn sein Großvater war immer korrekt, ehrlich und wahrhaftig gewesen. „Es gibt noch einen größeren Familienschatz im Ausland. Du musst wissen, wo er ist und wie du an ihn herankommst." Sichtlich geschwächt wurde die Stimme seines Großvaters immer leiser, sodass er sich nun zu ihm herunterbeugen musste, um jedes Wort auch zu verstehen. „In Buenos Aires, bei der Argentinischen Zentralbank, liegt auf unseren Namen seit vielen Jahren eine halbe Tonne Gold. Das Losungswort heißt „Rügengold". Das Losungswort war so leise gesprochen worden, dass es sich Leopold noch einmal wiederholen ließ. „Friedrich, das interessiert mich jetzt nicht, wir müssen schauen, dass es dir schnell wieder besser geht. Soll ich noch einmal nach Dr. Reinhard schicken?" Doch Friedrich konnte seinen Enkel nicht mehr hören. Innerhalb weniger Sekunden war er der Welt entrückt und seine Augen waren leer und ohne Glanz. Leopold war von dem plötzlichen Ableben seines geliebten Großvaters, der mehr war als nur ein Großvater, geschockt. Seine Hände hielten noch die mittlerweile erkaltete Hand seines Großvaters, seine Mundwinkel fingen zu zittern an, sein Herz schlug langsamer und seine Augen füllten sich mit Tränen. In Leopolds Gehirn reihten sich, ohne groß nachzudenken, alle wichtigen Lebensabschnitte, die er mit seinem Großvater erlebt hatte, wie an einer Perlenschnur auf: das Begräbnis seiner Eltern, der achtzehnte Geburtstag, die Abiturfeier, der Studienabschluss, die Hochzeit, die Geburt der Kinder und der neunzigste Geburtstag, als es im Hause noch einmal richtig rund ging.

Faust schälte sich langsam aus seinem Bett und ging zuerst auf die Toilette. Anschließend wusch er sein Gesicht mit lauwarmem Wasser und schaute, sozusagen als Qualitätscheck, im Spiegel in sein doch so gebrauchtes Konterfei. Qualität sah er bei dem Anblick jedoch nicht, Augenringe vom gestrigen Abend, Tränensäcke vom Alter und Falten und Furchen, die über die letzten Jahre immer tiefer geworden waren. Auch die aufgetragene Antifalten-Creme wird das Chaos in meinem Gesicht nicht lösen können, dachte er sich, kämmte seine grauen Haare, die er seit letztem Jahr etwas länger trug und putzte sich abschließend noch seine Zähne mit einer elektrischen Zahnbürste, um den grässlichen Geschmack in seinem Mund zu egalisieren. Bevor er sich überlegte, ob er heute frühstücken wollte, schweiften seine Gedanken wieder zum gestrigen Abend ab. Wie tief war er mittlerweile gesunken, dass er sein Leben mit fragwürdigen Existenzen in schrägen Lokalen verbrachte und keinerlei Lichtblicke wahrnahm. Hatte er schon aufgegeben? Gehörte er tatsächlich bereits zum alten Eisen? Und was sollte jetzt noch kommen?
Wobei Ron sicherlich nicht als fragwürdige Existenz zu sehen war, höchstens als Leidensgenosse, der sich momentan auch schwertat mit seinem Karma. Auf jeden Fall hatte Ron Faust nach dem fünften Glas Bier zu einem seiner nächsten Spieleabende eingeladen, nachdem er Ron

den ganzen Abend mantraartig bequatscht hatte, ihn doch einmal auf diese berüchtigten Abende mitzunehmen. „Isch melde misch bei dir, wenn's soweit iss", war Rons letzter vom Bier vernebelter Satz, woran sich Faust erinnern konnte. Mächtig getankt wankte Faust anschließend zu später Stunde in sein Loch, zog sich umständlich aus, fiel in sein seit Tagen nicht gemachtes, muffig riechendes Bett und rauschte in einen tiefen traumlosen Schlaf.

Es regnete in Strömen, als Friedrich von Rügen mit allen Ehren auf dem Frankfurter Hauptfriedhof im Familiengrab beigesetzt wurde. Alle noch lebenden Angehörigen, ehemalige Führungskräfte von Friedrich aus seiner aktiven Zeit bei der Deutschen Bundesbank, ein Vertreter der arbeitgeberfreundlichen Friedrich-Ebert-Stiftung, der Bürgermeister von Oberursel sowie eine Journalistin der FAZ waren anwesend. Und natürlich waren auch Leopold von Rügen mit seiner Frau und den beiden erwachsenen Töchtern, die beide im Ausland studierten und erst vor wenigen Stunden gelandet waren, sowie Klara, die Haushälterin, da. In der Trauerhalle ließen viele Redner noch einmal die Verdienste Friedrich von Rügens Revue passieren und zeichneten ein doch recht erfülltes Leben, vor allem seine Verdienste, sowohl für die Bank als auch für den Taunus-Kreis, insbesondere nach dem Krieg, ließen noch einmal aufhorchen.

So wie es in der Familie seit vielen Generationen üblich war, wurden die fast hundert Gäste dann im *Frankfurter Hof* mit einem Totenschmaus in den späten Nachmittag entlassen. Leopold verabschiedete gedankenverloren den letzten Trauergast. „Ihr Großvater war ein toller Mensch und Mitarbeiter", versuchte sein Chef, der als ein Vertreter der Bank an der Trauerfeier teilgenommen hatte, ihn noch abschließend zu trösten. „Ich denke, es reicht, wenn Sie erst kommenden Montag wieder im Büro erscheinen. Ordnen Sie erst einmal Ihre Gedanken und die Angelegenheiten Ihres Großvaters. Ich denke, es wäre auch in seinem Sinne." Leopold dankte für das Verständnis und begleitete seinen Chef noch bis zum Eingang des historischen Gasthauses. Nach kurzen Formalitäten mit der für die Trauerfeier zuständigen Mitarbeiterin verließ die Familie von Rügen mit zwei Wagen Frankfurt wieder in Richtung Oberursel.

Bei der Verkündung des Testaments seines Großvaters gab es keine nennenswerten Veränderungen gegenüber der Version, die Leopold schon seit einigen Jahren kannte, nur dass Klara, die Haushälterin, fünfzigtausend Euro aus dem Nachlass und Wohnrecht in der Souterrain-Wohnung der Villa auf Lebenszeit erhielt. Das Gold wurde im Testament mit keinem Wort erwähnt.

Hatte sein Großvater in seinem Todeskampf nur fabuliert oder war etwas dran an dem „Rügengold" in Argentinien?

Um seine Familie mit dem Goldschatz nicht zu verunsichern und um überhaupt erst einmal herauszufinden, ob an dem geparkten Auslands-Gold etwas dran war, musste Leopold vorsichtig in den alten Unterlagen seines Großvaters forschen. Am zweiten Tag nach der Beerdigung fand er schließlich erste Indizien für das Familiengold. Fotografien und Briefe aus Buenos Aires aus den frühen Sechzigern belegten, dass sein Großvater zumindest dort gewesen war. Neben Fotos von seiner Großmutter und Friedrich selbst sah man auf einigen Fotos auch Männer in Business-Anzügen, so wie sie auch Bankmanager deutscher Banken üblicherweise trugen. Handelte es sich um Bankerkollegen der Argentinischen Zentralbank? War der Besuch seines Großvaters in Argentinien nur der Überprüfung des Familiengoldes vor Ort geschuldet oder gab es Kontakte zwischen der jungen Deutschen Bundesbank und der Argentinischen Zentralbank? Aus der vorliegenden Korrespondenz ging hierzu wenig hervor, einzig den Adressaten konnte sich Leopold schließlich merken: Señor Carlos Rodriguez Santos.

Nachdem Faust seine Jeans, ein T-Shirt, seine liebgewonnene Lederjacke angezogen und seine Baseball-Kappe aufgesetzt hatte, verließ er sein Loch, ohne aufgeräumt zu haben, schnell in Richtung seiner Lieblingstagesbar *Bon Giorno* in der Kaiserstraße, um dort zu frühstücken.

Die Bar war recht klein und beherbergte nur vier Bistro-Tische, die in der Regel auch immer besetzt waren, meistens mit Kunden, die aus dem Viertel stammten wie Studenten, Rentner oder Berufstätige, die noch vor dem Start in den Tag oder dem Arbeitsbeginn einen Cappuccino mit Croissant oder nur einen Espresso bestellten. Neben den Bistro-Tischen gab es auch noch ein altes Sofa, das der vorherigen Besitzerin gehört hatte. Bernd, der jetzige Besitzer des *Bon Giorno*, hatte es an seinem alten Platz an der hinteren Wand belassen und es als seinen „Ruheplatz" umfunktioniert. Mit seinen neunundsechzig Jahren wurde er im Laufe eines Tages doch recht müde, und wenn wenige Gäste in der Bar waren, nutzte es Bernd auch mitunter mal als Rastplatz für seine müden Füße. Liebgewonnene Gäste durften auch auf Bernds Rastplatz sitzen, sofern alle Tische besetzt waren oder er viel zu tun hatte und das Sofa verwaist war. Faust nutzte die entspannte Sitzgelegenheit gern, weil er hier Gelegenheit hatte, nachdem er seinen Americano und ein süßes Stückchen bestellt hatte, einen Blick in die FAZ zu werfen oder E-Mails zu lesen oder zu beantworten. Die heutige Ausgabe der FAZ war von Bernd, wohl weil er Gäste schnell bedienen wollte, nicht wieder richtig zusammengefaltet worden und so fiel Faust sogleich der Wirtschaftsteil in die Hände, der mit einem umfangreichen Artikel über Gold seine Aufmachung fand. „Schon wieder", dachte Faust laut, als er die Überschrift las.

Durch die Wirtschaftskrise 2008 waberte das Thema „Gold" in beständiger Wiederkehr durch die Zeitungen, mal als Ergänzung zu Aktien und Fremdwährungen, mal in Form eines „Goldschatzes", den man in Polen vermutete oder hin und wieder nur als wertvolles Metall für sinnlos teuren Schmuck.

Faust wollte schon die Seite wieder mit dem Rest der Zeitung in seine ursprüngliche Form legen, als neben dem Hauptartikel ein kleinerer Artikel seine Aufmerksamkeit weckte, in dem es um die Goldreserven Deutschlands ging. „Deutschland holt seine Goldreserven nach Hause", las er die Headline. Der unscheinbare Artikel beschrieb, welche Mengen Gold in welchem Land zurzeit gelagert wurden, und dass die Bundesregierung schon vor einigen Jahren beschlossen hatte, das Gold wieder zurückzuholen. Da es sich bei der insgesamt im Ausland gelagerten Goldmenge um mehr als tausendfünfhundert Tonnen handelte, fragte sich Faust insgeheim, wie hier wohl der Transport vonstattengehen würde, ob mit Schiff, mit LKW oder mit Flugzeug.

Abgeschlossen wurde der Artikel mit dem Hinweis, dass die Deutsche Bundesbank mit der Zurückholung des Goldes beauftragt worden war, und dass in Zusammenarbeit mit dem Verkehrsministerium und der Firma Bosch neue, intelligente Logistiksysteme zum Einsatz kommen würden. Da haben sich wieder die richtigen Pappenheimer gefunden, dachte Faust, denn sowohl von der Politik als auch von den großen deutschen Industrieunternehmen hielt er nicht viel. „Zu groß, zu schwer und zu schwerfällig", war dazu in der Vergangenheit oft in Kurzform seine Kritik. „Hast du was gesagt?", wollte Bernd wissen, als er sich zu Faust auf das Sofa setzte. „Du, nein, ich habe nur laut gedacht." Faust war erst jetzt aufgefallen, dass er seine Kritik hörbar geäußert hatte. Schnell faltete er die Zeitung wieder in ihre ursprüngliche Form und legte sie neben das Sofa auf den kleinen Beistelltisch, auf dem sein Americano und sein süßes Stückchen standen, sowie alte Zeitungen und Magazine sich stapelten. Bernd, der mit einem geübten Auge schnell festgestellt hatte, dass alle seine Gäste ihre Bestellungen genossen und zumindest für den Augenblick zufrieden mit der Welt und der kurzen Rast schienen, sog geräuschvoll die Luft ein, zog ein kurzes Grinsen auf sein Gesicht und ließ sich entspannt auf das Sofa sinken. „Jetzt kennen wir uns schon fast zwei Jahre und ich kenne dich nur als Faust", suchte Bernd das Gespräch. „Es ist doch sicherlich nicht dein Rufname. Wie heißt du eigentlich richtig?" „Mein voller Name lautet Friedrich August Stein.

Das war meinem damaligen Schulfreund Werner zu lang, deshalb nannte er mich entsprechend den Anfangsbuchstaben meines vollen Namens *Faust*. Und da ich Zeit meines Lebens auch ein Grübler und kleiner Philosoph war und immer noch bin, hat der Name auch Besitz von mir ergriffen und meine Freunde und Bekannten nennen mich nur noch „Faust".

2

„Reden ist Silber, Schweigen ist Gold"
Deutsches Sprichwort

Leopold von Rügen war ein leiser, zurückhaltender und zuweilen in sich gekehrter Mann. Als einer von vier Abteilungsleitern im Zentralbereich Controlling des Dezernats drei bei der Deutschen Bundesbank kamen ihm diese Eigenschaften natürlich zugute und neben seiner beruflichen Qualifikation waren diese mitentscheidend, dass er es in der Deutschen Bundesbank so weit geschafft hatte. Wobei, hier war sich Leopold sicher, auch sein Name und der Einfluss seines Großvaters vieles leichter gemacht hatten. In den ersten Berufsjahren begegnete er auch des Öfteren alten Weggefährten seines Großvaters, die ihn daran erinnerten, was für ein wertvoller Mitarbeiter und eine Führungskraft Friedrich von Rügen für die Bank gewesen war, und dass er, Leopold, sicherlich ähnlich erfolgreich sein werde.

Nach der Beerdigung tat sich Leopold in den kommenden Wochen schwer, im Geschäft wieder richtig Fuß zu fassen. Zu viele Gedanken schwirrten in seinem Kopf herum: Was wird mit dem Familiengold? Kann und muss er sich darum kümmern? Wann weiht er seine Frau Cheryl ein? Kündigt er vorher oder nachher? Vor allem musste er ausfindig machen, woher das Gold stammte und ob es noch immer in Buenos Aires bei der Zentralbank lag. Alles Fragen, auf die Leopold momentan noch keine Antworten hatte. In diesem Moment erschien seine Assistentin Frau Mohns in seiner Tür, die wie gewöhnlich immer offenstand.

„Bitte den Termin mit Ihrem Chef nicht vergessen", erinnerte sie ihn in ihrem fast freundschaftlichen Ton. Leopold hatte den Termin zwar auch in seinem Outlook-Kalender schon gesehen, war aber trotzdem froh, dass Frau Mohns ihn auf ihre charmante Art auf den Termin nochmals aufmerksam machte. „Bin gleich weg. Wissen Sie, worum es geht?", fragte er neugierig, da ihm bewusst war, dass die Assistentinnen manchmal mehr an Hintergrundinformationen besaßen als man selbst. „Nein, leider nicht. Ich habe nur gehört, dass es zwischen der Bundesregierung und dem Präsidenten hierzu letzte Woche einen Termin gab."

„Na, dann kann es ja nichts Wichtiges gewesen sein", witzelte Leopold von Rügen. Es war seine Art, auf unbequeme Situationen zu reagieren, zumal wenn er nicht wusste, was man von ihm erwartete. Schnell nahm er seine Schreibkladde vom Schreibtisch, kippte noch eines seiner Bürofenster und durchmaß mit eiligen Schritten das Vorzimmer seines Büros, in dem Frau Mohns saß, in Richtung Lift. Wenige Minuten später saß er im Büro seines Chefs, dessen Räumlichkeiten doppelt so groß waren wie seine eigenen, allerdings keinen so tollen Blick auf Mainhatten boten, da sie sich nur im achten Stock befanden. „Na, Herr von Rügen, haben Sie den Tod Ihres lieben Großvaters bereits gut überstanden?", fing Günther Rasch, Leiter aller vier Controlling-Abteilungen des Zentralbereiches, die Konversation mit Leopold von Rügen an. „Ja, sicherlich", log von Rügen, der sich nicht gern in sein Gefühlsleben schauen ließ, und um schneller in Erfahrung zu bringen, worum es sich bei diesem Termin mit seinem Chef handelte. „Wie Sie wissen", begann Herr Rasch, „liegen noch etliche Tonnen Goldreserven von Deutschland in den USA, England und Frankreich. Die Bundesregierung hatte schon vor Jahren beschlossen, fast alles zurückzuholen. Nun ist es soweit und wir sind von der Bundesregierung offiziell mit dem schnellen Rücktransport der Restmengen nach Deutschland und der Einlagerung bei uns im Tresorbereich hier in Frankfurt beauftragt worden. Wobei ich gar nicht weiß, ob wir noch ausreichend Platz in unserem Keller haben." Aus den kurzen Ausführungen von Herrn Rasch hörte sich das Ganze an, als ob man nur ein paar alte Koffer im Keller aufbewahren wollte. Leopold von Rügen wurde jedoch schnell klar, dass es sich hier um ein großes und komplexes Projekt handelte.

„Sie, von Rügen, werden das Projektteam als Controller begleiten. Und ich brauche wohl nicht zu erwähnen, dass hierbei absolut präzises und diskretes Arbeiten erwartet wird, da Sie direkt mit den ausländischen Banken und Behörden in Verbindung stehen werden. Der Projektleiter ist übrigens Rainer Rambouille. Er wird Sie zu der ersten Teambesprechung in den nächsten Tagen einladen. Alle Details erfahren Sie dann von ihm. Ich muss gleich zur Dezernatsbesprechung." „Dann warte ich auf die

Einladung von Herrn Rambouille", antwortete von Rügen schnell, der wusste, dass seine Zeit nun abgelaufen war und er das Büro seines Chefs schnell werde verlassen müssen.

Als Leopold von Rügen kaum wieder an seinem Schreibtisch saß, meldete sich auch schon sein elektronischer Posteingang und teilte ihm eine Einladung zur Kick-off-Besprechung mit dem Titel „Goldener Herbst 2016" für den kommenden Donnerstag mit. Herr Rambouille war im Hause dafür bekannt, seinen Projekten zuweilen vielsagende Namen zu geben. Auf jeden Fall blieben sie einem so besser im Gedächtnis. Von Rügen bestätigte umgehend per Mausklick die Einladung, wobei er am unteren Rand der Einladung noch einen Anhang wahrnahm. Dieser entpuppte sich als Agenda für die Kick-off-Besprechung. Rambouille führte hierin auf, wie er das Projekt anzugehen gedachte. Im Mittelpunkt der Agenda standen zum einen die verschiedenen Aufgabenbereiche der insgesamt sechs Fachbereiche der am Projekt beteiligten Abteilungen und zum anderen die Erarbeitung einer Strategie über die Rücktransporte der Goldmengen aus den verschiedenen ausländischen Lagerorten. Leopold von Rügen ahnte, dass hier viel Arbeit auf ihn zukam, zumal er mit seiner Assistentin alleine diese Aufgabe würde stemmen müssen, zu wichtig und diskret war das Projekt im Hause.

Vielleicht wird es ja das letzte große Projekt für mich sein, dachte er hintergründig, schloss das Outlook-Programm, schaltete seinen Computer aus und verabschiedete sich bereits am frühen Abend von Frau Mohns in den herbstlichen Feierabend von Frankfurt.

Faust lungerte in den nächsten Tagen fast jeden Abend in der *Oase*, wobei er jedoch zusah, dass er nicht zu spät nach Hause kam. Tagsüber brachte er sein Loch, was es wirklich nötig hatte, einmal wieder auf Vordermann, wusch und bügelte seine Wäsche und kaufte für die kommenden Tage das Wichtigste ein.

Bei der Durchsicht seiner Kontoauszüge fiel ihm wieder schmerzlich auf, dass seine Ersparnisse von Monat zu Monat dramatisch schwanden. Wenn das so weiterging, würde er am Ende des nächsten Jahres wohl pleite sein. Bei diesem Gedanken kroch Kälte über seinen Rücken und ließ ihn kurz erschaudern. Vielleicht finde ich ja noch einen Schatz oder gewinne im Glücksspiel, kam es ihm dabei ironisch in den Sinn. Bis zur Rente musste er noch acht Jahre überbrücken. Natürlich konnte er sich auch arbeitslos melden, was er dann sicherlich ab kommenden März ins Auge fassen müsste. Faust hoffte immer noch, dass ihm etwas Passendes zufallen würde, denn bis jetzt hatte ihm das Schicksal im letzten Moment immer noch ein Ass zugespielt. Während er so über seine nahe Zukunft nachdachte, klingelte sein Handy. „Ja, Faust", meldete er sich kurz. „Hier ist Ron", antwortete die Gegenseite. „Letzte Woche hatte ich dir doch versprochen, dass ich mich melde, wenn bei mir die nächste Pokerrunde stattfindet. Hast du Lust?" Faust fühlte sich unwohl zu antworten, denn einerseits hatte er kein Geld, aber andererseits könnte er seine Ersparnisse bei etwas Glück aufstocken. „Na klar habe ich Lust, wann geht's los?", entgegnete er forsch, um nicht zu zögerlich zu wirken. „Wir treffen uns am Freitag bei mir in Kelsterbach. Du musst aber schon ein paar hundert Euro mitbringen. Und frag nicht, wer die anderen sind. Den anderen geht es nur ums Spielen und nicht ums Quatschen. Also, dann bis Freitag", beendete Ron das Telefonat und ließ Faust alleine in der Leitung. War das jetzt Zufall oder nähert sich mein Schicksal schneller dem Ende, als ich bis jetzt gedacht habe, philosophierte Faust über den kommenden Freitag.

Gegen sieben Uhr am Morgen landete die Lufthansa Maschine LH510 fast pünktlich auf dem Aeropuerto de Ezeiza in Buenos Aires. Leopold von Rügen hatte während des langen Fluges kaum geschlafen, obwohl der Sitz in der Business-Class neben ihm nicht besetzt war. Schuld war zum einen der unruhige Flug über den Atlantik und zum anderen die Frage, was ihn in Buenos Aires bei der Argentinischen Zentralbank erwarten würde. Von Rügen war klar, dass er nicht als Privatmann die Zentralbank besuchte, sondern als Vertreter der Deutschen Bundesbank. Somit würden ihn viele Augen und Ohren beobachten und eventuell falsche Äußerungen oder Fragen seinerseits diskreditieren. Ich bin in Buenos Aires, um für das Projekt „Goldener Herbst 2016" den Transport der ersten Goldmenge zu organisieren, rief er sich in Erinnerung.

Das Projekt „Goldener Herbst 2016" war im November 2015 gut gestartet. Herr Rambouille verstand sein Handwerk als Projektleiter und somit gingen die Arbeiten in den ersten Wochen schnell voran. Erschwerend kam jedoch hinzu, dass erstmals ein externer Partner mit im Boot saß. Die Firma Bosch würde verantwortlich für den Transport der ankommenden Goldmengen vom Flughafen Frankfurt bis zum unterirdischen Tresorbereich der

Deutschen Bundesbank sein. Hierfür sollte erstmals ein neues digitales Logistiksystem inklusive autonom fahrender LKWs zum Einsatz kommen. Leopold von Rügen verstand wenig von den neuen Technologien, die zum Einsatz kommen sollten, jedoch spürte er förmlich, dass dieser Part des Projektes sicherlich der kritischste zu sein schien. Leopold von Rügen war innerhalb des Projektes für die Überwachung der Kosten, und was wesentlich wichtiger war, für die korrekte Einbuchung der im Ausland lagernden Goldmengen im heimischen Tresor zuständig. Eine heikle Aufgabe, denn es gab zwar eine offizielle Liste über die Goldmengen, die noch in den USA, England und Frankreich lagerten, jedoch waren die Bestände in den betreffenden Ländern seit Jahrzehnten nicht kontrolliert worden. So meldete die Federal Reserve Bank in New York nach mehrmaligen Rückfragen an, dass einige Goldbestände noch in den südamerikanischen Ländern Mexiko und Argentinien zwischengelagert seien. Die USA hatte beide Länder im Zuge von deren Wirtschaftskrisen kurzfristig mit mehreren hundert Tonnen Gold unterstützt. Aufgrund der Komplexität des Projektes wurde kurz vor Weihnachten noch über eine Verlängerung bis Frühjahr 2017 entschieden. Darüber hinaus kamen die Projektteilnehmer zu dem Schluss, dass man einen sogenannten „Piloten" brauchte, insbesondere um das neue Logistiksystem der Firma Bosch zu testen. Exemplarisch sollte ein Transport mit überschaubarer Goldmenge und Logistik den restlichen Verlagerungen vorauseilen, um bei auftretenden Problemen im Verlauf des gesamten Prozesses für den Rest noch Korrekturen vornehmen zu können. Am 18. Dezember kam es für von

Rügen zu der schicksalsentscheidenden Projektbesprechung. An diesem Tage wurde erstmals über den „Piloten" des Projektes diskutiert. „Für London und Paris sprechen die Nähe zu Frankfurt, wobei das Logistiksystem von Bosch aber erst auf deutschem Boden zum Einsatz kommen darf. Für New York spricht die gute Anbindung zum Frankfurter Flughafen", startete Rambouille die Diskussion. „Bei New York müssen wir aber die beiden Länder Mexiko und Argentinien noch berücksichtigen", entgegnete Inge Krämer, die für den Transport innerhalb der USA, Englands und Frankreichs zuständig war.

„Gibt es eigentlich für Argentinien und Mexiko genaue Angaben zu den Goldmengen, die dort vor Ort lagern?", wollte Rambouille wissen. „In Argentinien liegen exakt noch fünfzig Tonnen und in Mexiko ist von siebzig Tonnen die Rede. Mit beiden Ländern muss aber noch gesprochen werden", antwortete Leopold von Rügen.

Bei seiner Antwort verstand von Rügen im ersten Moment überhaupt nicht, warum sich in ihm plötzlich die Aufmerksamkeit mithilfe eines Adrenalin-Schubes drastisch steigerte, einzig ausgelöst durch das Wort „Argentinien." Klar hatte er den Landesnamen Argentinien des Öfteren in den Projektunterlagen gelesen und selbstverständlich wusste er, dass das Familiengold derer von Rügen wahrscheinlich in der Argentinischen Zentralbank lag. Aber bis jetzt war das für ihn nur ein Zufall gewesen, aber heute schien aus dem Zufall Schicksal zu werden. Und obwohl er seit einigen Wochen das Familiengold-Thema insgeheim schon bis auf Weiteres aufgegeben hatte, blitzte heute nun durch die

Rambouillesche Frage während der Projektbesprechung erstmals wieder ein Hoffnungsschimmer am Horizont auf. Unauffällig sah sich von Rügen um, ob niemand bemerkt hatte, dass er plötzlich hellwach geworden war. Sicherlich hatte ihm das Adrenalin die Röte ins Gesicht getrieben, jedenfalls fühlte er sich so, was allerdings nicht stimmte. Um sein Schicksal mitbeeinflussen zu können, musste von Rügen nun schnell und präzise argumentieren. „Zur Zentralbank in Argentinien haben wir exzellente Verbindungen schon seit den Tagen nach der Militärdiktatur in den Siebzigern. Außerdem gibt es derzeit keine politischen Tretminen, und mit fünfzig Tonnen ist die Goldmenge doch für einen Piloten recht übersichtlich, oder? Also ich wäre für Argentinien", schloss von Rügen seine kurzen, präzisen Ausführungen. Eine kurze Pause entstand und nach einer kleinen Ewigkeit schaute von Rügen in bejahende Gesichter.

„Also dann nehmen wir Argentinien", formulierte Rambouille den unausgesprochenen einstimmigen Beschluss, „und Sie, von Rügen, klären bitte mit der Federal Reserve ab, dass wir uns hier mit den Argentiniern hinsichtlich des Rücktransportes der fünfzig Tonnen direkt abstimmen werden. Zu viele Player können wir bei dem Piloten jetzt nicht gebrauchen."

Im Todesjahr seines geliebten Großvaters entschloss sich von Rügen diesmal nicht über die Feiertage mit der Familie nach Lech in den Wintersport zu verreisen. Stattdessen verlebten sie ein ruhiges und in sich gekehrtes Weihnachten, wobei Cheryl von Rügen das Haus besonders stimmungsvoll schmückte und auch nicht versäumte, einige Bilderrahmen mit Fotos von Friedrich von Rügen im Haus zu platzieren, als Erinnerung an den geliebten Großvater, Mentor und liebevollen Menschen.

Bereits am 5. Januar saß von Rügen wieder im Büro, allerdings diesmal mit dem Plan, nach Buenos Aires zur Zentralbank zu reisen, um den Piloten des Projektes vorzubereiten und nach dem „Rügengold" zu forschen. „Frau Mohns, übernächste Woche muss ich für fünf Tage nach Buenos Aires zur Argentinischen Zentralbank reisen. Organisieren Sie doch bitte schon einmal einen Lufthansa-Flug und die Hotelübernachtung. Mit meinem Ansprechpartner habe ich für Dienstag, den 19. Januar, unsere erste Besprechung vereinbart. Rückflug dann am 23." „Wie üblich Business-Class und Hotel nahe dem Besprechungsort?", wollte Frau Mohns noch wissen, die nun nach über zehn Jahren die Reise-Gewohnheiten ihres Chefs sehr gut kannte. „Ja, das wäre perfekt", antwortete er.

Während der Weihnachtstage hatte sich von Rügen überlegt, wie er während einer Dienstreise zur Argentinischen Zentralbank in Erfahrung bringen könnte, ob der Familienschatz überhaupt vor Ort lag und, was noch viel interessanter wäre, den Schatz überhaupt einmal zu sehen, ohne dass dies auffallen würde.

Aus diesem Grunde würde er auf jeden Fall die alten Buenos-Aires-Bilder von Friedrich mitnehmen und sein altes Nokia-Handy mit Kamera, aber ohne SIM-Karte einpacken. Bei seinen Reise-Vorbereitungen hatte er auch ein wenig auf der Homepage der Zentralbank gesurft, dabei war ihm bei der Geschichte der Bank ein altes Bild von ehemaligen Mitgliedern des Vorstands aufgefallen, bei dessen Bild-Kommentar er auch über den Namen Señor

Carlos Rodriguez Santos stolperte. Es war unwahrscheinlich, dass Señor Santos noch lebte, aber vielleicht gab es noch Verwandte, die er aufsuchen konnte, um auf leisen Sohlen an wertvolle Informationen zu gelangen.

Für Faust dauerte es gefühlt eine Ewigkeit, bis Freitag war. Er nahm sich vor, maximal tausend Euro mitzunehmen. Eigentlich war es überhaupt Wahnsinn, in seiner finanziellen Situation zu spielen. Aber manchmal musste man über seinen Schatten springen und verrückte Dinge tun. Außerdem verspürte er ein gewisses Kribbeln in der Magengegend, denn so richtig legal war die Pokerrunde schließlich nicht und vor allem interessierten ihn auch die Teilnehmer der Runde. In der *Oase* waren Rons Pokerrunden schon legendär. Es wurde gemunkelt, dass sich bei Ron auch hin und wieder gut situiertes Publikum einfand, um zu spielen, und dann die Fünfhundert-Euro-Scheine auf dem Tisch lagen. Faust stellte sich auch geistig schon darauf ein, bei Verlust seiner tausend Euro zügig den Spielort zu verlassen. Unweit von Rons Wohnung gab es einige Kneipen. Da könnte er dann seinen Untergang betrinken. Aber in seinem Innersten spürte Faust, dass er eine Glückssträhne haben würde. Die Hoffnung stirbt zum Schluss, fiel Faust ein, als er seine Lederjacke überstreifte, seine Baseballkappe tief ins Gesicht zog und seine Wohnungstür zusperrte. Faust entschloss sich, seinen Wagen, einen alten Fiat-Panda, zu nehmen, da er nicht wusste, wann er wieder zurückkommen würde. Somit konnte er auch nicht so viel trinken, was wiederum helfen würde, konzentrierter zu spielen. Ron wohnte in

Kelsterbach, nahe am Flughafen, den er auch des Öfteren mit seinen LKWs anfuhr. Faust entschloss sich, quer durch die Stadt zu fahren, und da sich sein Loch in der Nähe vom Bahnhof befand, dauerte die Fahrt auch verhältnismäßig lange. Aber da Faust zu früh von seiner Wohnung aufgebrochen war, musste er auch nicht hetzen und konnte sich während der Fahrt noch mental vorbereiten.

Als er schließlich einen Parkplatz unweit von Rons Wohnung gefunden und die Wagentür abgeschlossen hatte, sog er die frühherbstliche Abendstimmung bewusst in sich auf und merkte, wie die über die letzten Tage aufgestaute Nervosität mit einem Mal von ihm abfiel.

Ron wohnte im Obergeschoss eines Mehrfamilienhauses aus den frühen Achtzigern. Er lebte dort schon seit seinem Einzug alleine und somit präsentierte sich die Wohnung als typische Single-Behausung, mit einer alten Kommode im Eingangsbereich, vielen unterschiedlichen Bildern an den Wänden, mit einem Glastisch, Billy-Regal und schwarzem Ledersofa im Wohnzimmer und einigen lose zusammengestellten Küchenmöbeln, die Ron wohl zu unterschiedlichen Zeiten gekauft hatte.

Für den heutigen Abend hatte Ron den runden Tisch mit vier Stühlen in die Mitte der Küche unter die Pendelleuchte geschoben. Die große gelbe Anrichte aus den Siebzigern war nicht weit entfernt, denn hier hatte Ron sowohl Gläser, einige Flaschen mit Getränken als auch einige Knabbereien platziert.

Faust dachte unweigerlich an eine Szene aus einem alten Mafia-Streifen, bei dem der Pate im Halbdunkel eines Pokertisches saß und mit seiner dicken Zigarre den weiteren Teilnehmern Rauch in die Augen blies. Na ja, dem Paten würde er heute sicherlich nicht begegnen und außerdem war Rauchen in Rons Wohnung verboten.

„Guten Abend, Faust", begrüßte Ron seinen ersten Gast. Nachdem Faust seine Jacke und die Kappe an der Garderobe aufgehängt hatte, führte ihn Ron sogleich ins Wohnzimmer. „Wer kommt denn heute alles?", fragte Faust neugierig. „Ich werde dir die beiden Herren nachher kurz vorstellen, allerdings nur mit Vornamen. Der eine ist ein Kollege von der Spedition, für die ich meistens fahre, und den anderen kenne ich eigentlich gar nicht richtig. Der hat irgendwann einmal bei mir angerufen und gefragt, ob er bei meiner Pokerrunde dabei sein dürfte. Das war ungefähr vor zwei Monaten, seitdem war er dreimal hier. Ich glaube, der ist Banker und hat ungefähr dein Alter, auf jeden Fall ist er nicht sehr redselig und ein wenig verschlossen. Aber eigentlich ganz in Ordnung." In diesem Augenblick klingelte es auch schon an der Wohnungstür. Nachdem Ron geöffnet hatte, hörte Faust mehr als zwei Stimmen, die sich rasch dem Wohnzimmer näherten.

„Also, das ist Heinz, ein Kollege von der Spedition, für die ich fahre, und das ist Leopold, der heute auch mitspielen und gewinnen will. Und das ist Faust, na ja, eigentlich ist das nur sein „Künstlername", seinen richtigen Vornamen kenne ich gar nicht." „Tut ja nichts zur Sache", versuchte Faust die Willkommensszene ein wenig zu entkrampfen und legte dabei ein kleines Lächeln auf. „Ist mir auch recht", entgegnete Leopold von Rügen, der ebenfalls versuchte, ein wenig aufgeräumt zu wirken. Nach dem Tod seines Großvaters hatte er angefangen zu spielen, anfänglich auf einschlägigen Plattformen im Internet. Hierbei wurde er dann auf Ron aufmerksam, der ihn dann bei einem Chat zu einem seiner Pokerspiele nach Hause einlud.

Nachdem die vier sich während der nächsten Viertelstunde durch ein wenig Smalltalk beschnuppert und einen kleinen kanadischem Whisky auf Eis getrunken hatten, klopfte Ron seinem Kollegen Heinz leicht auf den Rücken und forderte alle zum Spielbeginn in die Küche auf.

3

„Jede Reise beginnt mit dem ersten Schritt."
Lao Tse

Am Gepäckband des Flughafens von Buenos Aires musste von Rügen nicht lange auf seinen Koffer warten. Zügig passierte er den Zoll und mit langen Schritten durchmaß er die Ankunftshalle in Richtung Ausgang. Frau Mohns hatte ihrem Chef alle wichtigen Reiseunterlagen wie immer in einen kleinen Schnellhefter abgeheftet, sodass er alle wichtigen Informationen und Dokumente schnell zur Hand hatte. Draußen angekommen, fuhr auch schon ein Taxi vor, nahm von Rügen mitsamt seinem Koffer routiniert auf, und reihte sich in den fließenden Verkehr ein.

Mit seinen wenigen Brocken Spanisch konnte von Rügen dem Taxifahrer mitteilen, dass er ins Fünf-Sterne-Hotel *Palacio Duhau* gebracht werden wollte. Nachdem der Taxifahrer die Adresse verstanden hatte, gab er sogleich Gas und erreichte mit forcierter Fahrt in zwanzig Minuten das Hotel an der Avenida Alvear, unweit des Hafens.

Eingecheckt, kurz ausgepackt und geduscht, genoss von Rügen eine Stunde später bereits frischen südamerikanischen Kaffee, Rührei und ein Croissant mit Butter und Wildblütenhonig auf der hoteleigenen Terrasse, mit Blick auf einen wunderschönen Garten, der ihn für einen kurzen Moment den Grund seines Hierseins vergessen ließ. Hoffentlich komme ich an all meine Informationen zum Familienschatz, dachte von Rügen, wobei ich höllisch aufpassen muss, dass ich nicht zu neugierig erscheine.

Am späteren Vormittag nahm er am Eingangsbereich des Hotels ein Taxi und ließ sich zur Argentinischen Zentralbank, zur Banco Central de la República Argentina, wie sie offiziell hieß, fahren. Die Bank lag in der Calle San Martín 275 im Stadtteil San Nicolás, unweit vom Hotel entfernt. Bevor von Rügen das im Stil der italienischen Renaissance erbaute Gebäude betrat, erinnerte er sich noch einmal kurz an seinen geliebten Großvater, der vor mehr als fünfzig Jahren hier auch schon gestanden hatte.

Als von Rügen um Punkt elf Uhr den Eingangsbereich der Bank betrat, wurde er auch schon begrüßt. „Buenos dias, Señor von Rügen. Mi nombre es Santos Enrique da Silva. Como fue el viaje?" „Todo bien", entgegnete von Rügen kurz. „Keine Angst, Señor von Rügen, wir können Deutsch sprechen. Ich habe einige Jahre am Goethe-Institut Deutsch gelernt und bin nun froh, dass ich es auch einmal praktizieren kann." Señor Santos Enrique da Silva war ein groß gewachsener Mann mit einer asketischen Figur und sah mit Mitte vierzig typisch argentinisch aus. „Das freut mich sehr Señor Silva", kürzte von Rügen den Namen seines Gegenübers frech ab, da er sich an den vollständigen Namen nicht mehr erinnern konnte.

Nachdem sich Leopold von Rügen am Empfang eingetragen hatte, wobei er auch kurz seinen Pass zeigen musste, bekam er von der freundlichen Dame ein kleines Namensschild, das er mithilfe einer am Schild befestigten Klammer an seinem Anzugsrevers fixierte. Sogleich ging es mit dem Aufzug in den dritten Stock in das Büro von Señor Silva. „Möchten Sie etwas zu trinken, einen Kaffee oder lieber Melonensaft? Der ist sehr lecker und ganz frisch zubereitet. Meine Sekretärin probiert gerade eine neue Diät aus und jetzt ist gerade die Frucht-Diät dran." „Ja, gerne probiere ich einmal den Melonensaft."

Über seine Sprechanlage bestellte Señor Silva bei seiner Sekretärin das Getränk und für sich einen Kaffee. Nach kurzer Zeit kam seine überaus attraktive Sekretärin, der man wahrlich nicht ansah, dass sie eine Diät überhaupt nötig gehabt hätte, begrüßte freundlich den Gast und stellte das Tablett mit den Getränken neben von Rügen und Señor Silva ab, die bereits an einem kleinen Besprechungstisch Platz genommen hatten. „So, und Sie wollen uns nun unser schönes Gold wieder wegnehmen", versuchte Señor Silva die Besprechung mit einer heiteren Note zu beginnen. „Na ja, von Wegnehmen kann wohl keine Rede sein, eigentlich gehört es Deutschland und die USA hatten es Argentinien lediglich ausgeliehen, was wir übrigens bis vor wenigen Wochen überhaupt noch nicht wussten", reagierte von Rügen sachlich. „Die USA hatten uns während der Wirtschaftskrise kurz vor dem Jahrtausendwechsel mit dem Gold über Wasser gehalten, wobei es in erster Linie darum ging, wieder Vertrauen bei unseren Gläubigern zu erlangen. Seitdem hat sich niemand so richtig für das Gold interessiert. Wieso ist Deutschland das Gold jetzt wichtig?", wollte Señor Silva von seinem Gegenüber wissen. Von Rügen erklärte seinem Gesprächspartner in groben Zügen die Gründe für die Rückholung des Goldes nach Deutschland und vergaß auch nicht, die Wichtigkeit im Zusammenhang mit dem Projekt „Goldener Herbst 2016" zu erwähnen. Nach einem kleinen Imbiss in einem nahen gelegenen Restaurant wurden Leopold von Rügen mehrere Mitarbeiter der Zentralbank vorgestellt und die Agenda für die nächsten Tage abgestimmt. Am vorletzten Tag seines Besuches waren auch die Begehung des Tresors der Zentralbank sowie die in Augenscheinnahme des deutschen Goldes vorgesehen. Bei diesem letzten Punkt fragte von Rügen geistesgegenwärtig, ob er hierbei auch einige Fotos machen dürfe. „Natürlich ist das möglich", antwortete Señor Silva. „Das müssen Sie sogar, denn es kann sein, dass es sich bei den Goldbarren noch um die alte Barrenform handelt. Seit Anfang des neuen Jahrtausends gibt es eine neue Barrenform, und ich weiß nicht, welche Barrenform das deutsche Gold bei uns im Tresor hat, da es in Kisten verpackt ist. Aber am Donnerstag werden wir diese in Ihrem Beisein öffnen und den Bestand wiegen. Allerdings darf ich Sie bitten, nur Fotos von den deutschen Beständen zu machen, da in unserem Tresor natürlich auch noch Bestände von anderen Kunden lagern." Bei den letzten Worten von Señor Silva fiel von Rügen fast das Herz in die Hose. Würde er möglicherweise auch Gelegenheit haben, das Familiengold derer von Rügen zu sehen? Könnte er im Beisein der Mitarbeiter der Zentralbank auch noch unbemerkt weitere Fotos machen? Welche Fragen würde er stellen können, ohne dass jemand Verdacht schöpfte? Die Beantwortung seiner Fragen musste von Rügen erst einmal auf Donnerstag verschieben. „Am Mittwochabend werden Sie von unserem Vorstand zum Abendessen eingeladen. Heute Abend müssen Sie sich wahrscheinlich noch von Ihrem Jetlag erholen. Ich denke, für heute sollten wir unsere Besprechung abschließen und uns morgen früh wieder um neun Uhr hier treffen. D'aquerdo?", schloss Señor Silva das erste Treffen mit seinem deutschen Kollegen. Leopold von Rügen nickte zustimmend und ließ sich anschließend von einem Taxi wieder in sein Hotel bringen. Obwohl er sich nur kurz auf seinem Bett ausruhen wollte, fiel er jedoch in einen unruhigen, aber tiefen Schlaf.

„Señor von Rügen ist pünktlich gelandet und war wie vereinbart auch heute schon bei uns im Büro", begann Santos Enrique da Silva das Telefongespräch mit dem Bruder seines verstorbenen Großvaters. „Was macht er für einen Eindruck? Wirkt er loyal? Hat er seltsame Fragen gestellt?", bedrängte der Onkel sogleich seinen Neffen voller Ungeduld. „Señor von Rügen ist absolut integer, sehr höflich und überaus geradlinig, halt typisch deutsch." „Wann kann ich ihn unter vier Augen sprechen"? „Übermorgen ist ein Abendessen mit dem Vorstand geplant. Ich denke, es würde nicht auffallen, wenn du als ehemaliger Vorstandsvorsitzender dabei wärst. Anschließend gibt es bestimmt eine Möglichkeit, Señor von Rügen zu sprechen." „Gut, dann werde ich morgen beim Abendessen dabei sein. Bitte sorge dafür, dass ich rechtzeitig abgeholt werde", beendete Carlos Rodriguez

Santos das Gespräch mit seinem Neffen in ungewohnt knapper Art und Weise.

Der folgende Tag verlief für Leopold von Rügen überaus erfolgreich in der Argentinischen Zentralbank. Señor Silva hatte entsprechend der Agenda alle notwendigen Unterlagen vorbereitet, anhand derer eindeutig das Gold als deutsches Gold identifiziert werden konnte. Auch die „Leihgabe" durch die USA an Argentinien war ordnungsgemäß und glaubhaft dokumentiert und eidesstattlich von beiden Seiten versichert worden. Im Archiv befanden sich sogar noch die Original Fracht- und Zollpapiere für den Transport von New York nach Buenos Aires. Aus den Unterlagen von Señor Silva ging jedoch nicht hervor, warum der Rücktransport nach New York nie stattgefunden hatte.

Señor Silva äußerte die Vermutung, dass es hier wohl zu Abmachungen auf höchster politischer Ebene gekommen sei und man einvernehmlich entschieden habe, das Gold bis auf Weiteres im Tresor der Zentralbank zu belassen, für Leopold von Rügen eine ausreichende Begründung. Für ihn als Controller war nur die physische Existenz des Goldes wichtig und die Tatsache, dass der Nachweis vorlag, dass es sich um deutsches Gold handelte. In weiser Voraussicht wurde von Señor Silva auch eine Besprechung im Staatsministerium der Finanzen im Beisein eines Vertreters der Deutschen Botschaft organisiert, mit dem Ziel der schriftlichen Freigabe des argentinischen Staates, dass das Gold durch die Argentinische Zentralbank an Deutschland übergeben und nach Deutschland ausgeflogen werden kann.

„So, nun haben wir alle Agendapunkte abgearbeitet und alle notwendigen Dokumente liegen vor. Jetzt müssen wir uns nur noch um den Termin des Transportes nach Deutschland kümmern." „Hierzu wird sich meine Kollegin, Frau Krämer, noch melden und Ihnen Bescheid geben. Ich gehe davon aus, dass der Transport zum Jahresende hin stattfinden wird", konterte Leopold von Rügen sogleich, um auch diesen Punkt abzuschließen. „Morgen ist Ihr letzter Tag hier in der Bank und wie vereinbart werden wir gemeinsam das Gold begutachten. Vor allem ist es wichtig, das Gold zu wiegen. Für heute Nachmittag gebe ich uns allerdings frei und ich werde Ihnen ein wenig unsere Stadt zeigen", beschloss Señor Silva die Besprechung.

Im Zentrum von Buenos Aires angekommen, besuchten die beiden Banker als Erstes ein typisch argentinisches Lokal, in dem sie köstliche Empanadas, einen trockenen Landwein und zum Dessert einen Flan mit Membrillo genossen. Anschließend führte Señor Silva Leopold von Rügen zum Plazo de Mayo, dem idealen Startpunkt seiner kleinen Sightseeingtour. Außer dem Regierungssitz des amtierenden Präsidenten bestaunte von Rügen auf der Tour das Museum *Cabildo de Buenos Aires*, das Rathaus, die *Catedral Metroplitana Santisima*, das berühmte *Teatro Colon* und den für die Stadt typischen Obelisken. Am frühen Abend erreichten die beiden Männer dann von Rügens Hotel. „Muchas gracias por todo", bedankte sich von Rügen bei Señor Silva und reichte ihm dabei beide Hände als Ausdruck eines wirklichen Dankes. „Es freut mich, wenn es Ihnen gefallen hat", erwiderte der sichtlich stolze Argentinier. „Heute Abend, um einundzwanzig Uhr, dann das Abendessen im Hotel-Restaurant nicht vergessen. Hasta luego, Señor von Rügen", verabschiedete Señor Silva dann den deutschen Gast, bestieg seinen Wagen und verschwand in den Abend.

Faust verstand die Welt nicht mehr. In den letzten Monaten haftete das Pech an seinen Schuhen wie Hundekacke und er bekam es einfach nicht los. Aber heute Abend schien sich das Blatt zu wenden – im wahrsten Sinne des Wortes. Anfänglich lief der Spieleabend der vier Männer recht zäh. Es wurde kaum gesprochen und auch nur wenig riskiert. Jeder schien hoch konzentriert und wollte nicht zu früh aussteigen. Doch dann legte von Rügen den ersten Hunderter auf den Tisch, setzte sein coolstes Pokerface auf und flüsterte: „Ich will sehen", und legte fast gleichzeitig seine Karten auf den Tisch.
Nacheinander präsentierten die Angesprochenen nun auch ihre Blätter und hofften auf ihren Sieg. Immerhin lagen jetzt achthundert Euro auf dem Tisch. Von Rügen hatte vier Damen, Ron eine kleine Straße, Heinz hatte sich mit drei Achten verzockt und Faust …? Alle Augen waren nun auf Fausts noch nicht geöffnetes Blatt gerichtet. Nacheinander legte er genüsslich vier Könige auf und konnte sich ein leichtes Grinsen nicht verkneifen. „Tja, meine Herren, manchmal trifft das Glück dann auch einmal den Richtigen." Im ersten Moment schwiegen die Mitspieler, doch wie auf ein Stichwort sprachen alle durcheinander, als wäre nun auch das Eis gebrochen. „Mal sehen, wie lange das Glück bei dir bleibt", entgegnete Ron nur wenige Sekunden später. „Wir können den Einsatz ja verdoppeln", merkte von Rügen an, und obwohl sich nicht

alle dabei wohlzufühlen schienen, bejahten doch alle diese Idee eilfertig. Nun wurde schneller gespielt und bald lagen abermals fast tausend Euro auf dem Tisch. Diesmal beendete Heinz den Biet-Reigen und legte ein Full House auf den Tisch, in der Hoffnung, dass es reichte. Und wieder war es Faust, der diesmal mit vier Zehnen das Spiel gewann. „Willst du dein Glück nicht mal abgeben?", versuchte Ron die Situation für die anderen zu entspannen. „Heute Abend nach Möglichkeit nicht", konterte Faust. „Es ist schon ziemlich spät für mich. Morgen früh muss ich mit meinem Sohn schon früh zum Fußballspielen. Seine Mannschaft hat ein Auswärtsspiel in Offenbach", beendete Heinz für sich den Abend, trank noch sein Glas Wein leer, reichte jedem kurz die Hand und wurde von Ron zur Haustür begleitet. „So, nun sind wir nur noch zu dritt. Wollen wir weiterspielen?", fragte Ron in die Dreierrunde. „Nein, ich denke, für heute ist die Luft raus. Außerdem hat heute wohl nur einer Glück", antwortete von Rügen, indem er Faust mit einem kleinen Augenzwinkern anschaute. „Na ja, endlich einmal hat der Glück, der sonst nur Pech hat", konterte Faust auf den kleinen Seitenhieb seines Mitspielers. „Nicht nur du hast Pech im Leben, auch bei mir läuft momentan gar nichts geradeaus", maulte Ron in die Dreierrunde. „Gut, gut, dann sind wir ja schon zu dritt", schloss von Rügen. Im Laufe der nächsten Stunde erzählte jeder von seinem persönlichen Pechmoment der letzten Wochen und Monate und wie er sein Leben verändert hatte. Faust, dass ihn seine Firma elegant vor die Tür gesetzt hatte, und ihm demnächst das Geld ausging. Ron, der keine Fuhren mehr von seinem Chef zugewiesen bekam und nicht wusste, wie es weiterging. Und von

Rügen, dessen geliebter Großvater vor einigen Wochen gestorben war, dem er so viel zu verdanken hatte. Von der Geschichte mit dem Gold erzählte er natürlich in diesem Moment nichts. Mit der Zeit kamen sich die Männer immer näher und jeder schien wohl irgendwie froh zu sein, dass es endlich einmal jemanden gab, dem er seine Geschichten erzählen konnte und der ihm interessiert und aufmerksam zuhörte – fast schon wie bei einer richtigen Männerfreundschaft. Ron war dann der Erste, dem die doch extrem vorgerückte Zeit auffiel. „Also, Männer, gleich ist es drei Uhr und ich brauche dringend meinen Schönheitsschlaf." Die beiden anderen pflichteten ihm bei und erhoben sich von ihren Stühlen, wobei sich jeder an den Rücken fasste und leise stöhnte. „Tja, man wird halt nicht jünger", kommentierte Faust die Szene. „Aber dafür wertvoller", konterte von Rügen. Bevor sich alle in den frühen Morgen verabschiedeten, waren sie sich einig, dass ein Wiedersehen durchaus gewünscht sei und somit wurde als Termin der nächste Donnerstagabend in der *Oase* vereinbart. Vor Rons Haus gaben sich Faust und von Rügen die Hand, wünschten sich ein schönes Wochenende und verschwanden in die dunkle Nacht, wobei bei beiden Männern ein kleines Schmunzeln im Gesicht auffiel. Bei Faust, der einen Glücksabend erlebte, und bei von Rügen, der endlich einmal wieder lachen konnte, und bei beiden, weil vielleicht ein neuer Lebensabschnitt begann, den beide nur vage zu spüren glaubten.

4

„Jeder ist seines Glückes Schmied."

Nach Appius Claudius Caecus

Im hoteleigenen *Duhau*-Restaurant war für zehn Personen in einem separaten Raum, in dem ein Kaminfeuer knisternd vor sich hin brannte, festlich gedeckt. Als von Rügen pünktlich von einem Hotelbediensteten zum Restaurant geführt wurde, waren schon alle Eingeladenen im Raum, standen in kleinen Gruppen zusammen und tranken einen Aperitif. Señor Silva löste sich aus seiner kleinen Gruppe, kam sogleich auf ihn zu und begrüßte ihn. „Guten Abend, Señor von Rügen, ich hoffe, Sie haben den Nachmittag gut überstanden und konnten sich noch ein wenig ausruhen." „Ja, danke der Nachfrage, alles ist bestens. Ich konnte sogar noch lange mit meiner Frau telefonieren." „Gut, das freut mich. Sobald alle Herrschaften Platz genommen haben, werde ich Sie und alle Anwesenden noch einmal offiziell begrüßen, Ihnen kurz die einzelnen Personen vorstellen und dann wäre es gut, wenn Sie auch noch ein paar Sätze sagen würden. Nach dem Abendessen gehen wir noch an die Bar, dort wird es dann sicherlich entspannter." „Ja, kein Problem, so machen wir es." Nachdem Señor Silva von Rügen Richtung Festtafel verlassen hatte, bewegten sich alle Anwesenden wie von Geisterhand zu ihren Plätzen, und nach einem kurzen Augenblick saßen alle und sahen Señor Silva auffordernd an.

Wie verabredet eröffnete er den Abend in fließendem Englisch, indem er alle Anwesenden und besonders Leopold von Rügen begrüßte. Anschließend ging er kurz auf den Grund der Einladung ein und stellte dann alle am Tisch Sitzenden mit wenigen Worten vor, wobei es sich in erster Linie um den kompletten Vorstand der Argentinischen Zentralbank sowie einige Mitglieder des Finanzministeriums handelte. Zum Schluss seiner Rede zeigte er auf von Rügen mit dem Hinweis, dass auch der Gast aus Germany noch einige Sätze sagen wolle. Von Rügen bedankte sich für die heutige Einladung und für die gelungene und überaus freundliche Kooperation im Zusammenhang mit seinem Auftrag, indem er auch noch einmal besonders auf die Unterstützung durch Señor Silva hinwies. Er resümierte kurz, was er und Señor Silva in den letzten Tagen erreicht hatten, wobei er sich auch für die Unterstützung durch das Finanzministerium bedankte und deren unkompliziertes Handeln im Zusammenhang mit einigen wichtigen Formalitäten.

Seine Ausführungen schloss er mit den Worten: „Und morgen schauen wir dann nach, ob das Gold überhaupt noch da ist."

„Gracias por todo y ahora, que aproveche!". Mit einem unauffälligen Applaus goutierten die Gäste die Ansprache Leopold von Rügens und erhoben ihre Gläser in Richtung ihres Gastes als Zeichen ihrer Wertschätzung. Kaum dass sich von Rügen wieder hingesetzt hatte, fingen auch schon die Kellner und Kellnerinnen an, das Vier-Gänge-Menü aufzutragen. Von Rügen schmeckte besonders das frisch zubereitete Asado mit den typischen Fleischsorten vom Rind wie Matambre, Bife de Chorizo und Lomo, das mit frischem Brot und verschiedenen Soßen serviert wurde. Der dazu passende argentinische Rotwein durfte nicht fehlen.

Während des Essens unterhielt sich von Rügen sowohl mit Señor Silva, der zu seiner Rechten saß, als auch mit einem Vertreter des Finanzministeriums, zu seiner Linken. Während sich die Konversation mit dem Herrn aus dem Finanzministerium in erster Linie um die aktuelle Politik in Deutschland und Argentinien drehte, versuchte Señor Silva einiges über von Rügens Privatleben zu erfahren. Nach einiger Zeit sprachen sie auch über ihre Familien. „Und Ihr Großvater war früher ebenfalls in der Deutschen Bundesbank beschäftigt?", wollte Señor Silva wissen, nachdem von Rügen über ihn gesprochen hatte. „Ja, er saß in den Sechzigern im Vorstand und hatte damals sogar Kontakte nach Buenos Aires zur Zentralbank. Aber da wird sich niemand daran erinnern, das war ja im letzten Jahrtausend." „Da wäre ich mir nicht so sicher", antwortete Señor Silva lächelnd. Bei den letzten Worten von Señor Silva fuhr es von Rügen in Mark und Bein und wenn er nicht schon gesessen hätte, hätte er sich sicherlich hinsetzen müssen. „Wie meinen Sie das?", fragte von Rügen vorsichtig. „Na ja, der Bruder meines verstorbenen Großvaters lebt noch und der hatte 1965 mit ihrem Großvater geschäftlich zu tun. Sie haben sich sogar zweimal hier in Buenos Aires getroffen. Nachher in der Bar werden Sie den alten Herrn noch näher kennenlernen, er wollte sich unbedingt mit Ihnen treffen. Aber vorsichtig, Carlos kann sehr einnehmend sein. Vor allem ist er geistig noch ungeheuer fit. Allerdings ist er nicht mehr sehr mobil, weshalb er auch im Rollstuhl sitzt." Jetzt erinnerte sich von Rügen auch an den älteren Rollstuhlfahrer, drei Plätze neben ihm, als er ihm bei der Vorstellungsrunde von Señor Silva kurz vorgestellt wurde.

Zum Dessert gab es noch eine Variation mit Flan an verschiedenen Soßen, wobei von Rügen insbesondere die Soße mit der karamellisierten Milch an eine Crema Catalan erinnerte. Gegen elf Uhr fand das Abendessen dann sein Ende und die meisten der Gäste verabschiedeten sich bei von Rügen und wünschten ihm für den verbleibenden morgigen Tag noch viel Erfolg und weiter gutes Gelingen bei seinem Projekt. Zum Schluss blieben neben ihm noch Señor Silva, dessen Onkel Carlos und zwei Mitarbeiter des Finanzministeriums übrig, die sich noch zusammen an der *Oak-Bar* des Hotels eintrafen. Nachdem die bestellten Getränke serviert worden waren, wandte sich Carlos Rodriguez Santos an von Rügen, indem er ihn sanft an seinem Jackett zupfte und ihm andeutete, dass er ihm an einen der nahegelegenen Tische folgen sollte. „Ihr Großvater war ein feiner Kerl", begann er das Gespräch. „Er hat mir und meiner Frau vor vielen Jahren einmal sehr geholfen und ist dabei ein großes Risiko eingegangen." Leopold von Rügen hatte sich in der Zwischenzeit an den Tisch gesetzt und hörte den Erzählungen seines Gegenübers gespannt zu. „1971 war meine Frau von den damaligen Montoneros entführt worden, die für Peróns Rückkehr aus dem spanischen Exil kämpften. Es handelte sich um innerstädtische Guerilla-Kämpfer, die für ihre Bewegung überall Geld stahlen, erpressten und wenn es notwendig war, sogar töteten. Ihr Großvater unterstützte damals unsere Zentralbank beim Aufbau zu einer funktionierenden Landesbank. Während dieser Zeit lernte ich Ihren Großvater kennen und wir freundeten uns sogar ein wenig an." „Aber wie hat Ihnen mein Großvater denn dann geholfen?", wollte von Rügen nun endlich wissen.

„Tja, das ist eine längere Geschichte", antwortete Señor Santos. „Meine Familie und die meiner Frau gehörten heute wie damals zu den etablierten Einwohnern von Buenos Aires, obwohl wir uns nie politisch engagiert hatten. Mein Vater war ein bekannter Professor der Medizin an der hiesigen Universität und die Familie meiner Frau besaß etliche große Immobilien in der Stadt. Doch obwohl wir einiges an Vermögen besaßen, hatten wir kein Geldvermögen und insbesondere keine US-Dollar. Die Entführer verlangten zwei Millionen US-Dollar und das innerhalb einer Woche. Die damaligen politischen Verhältnisse waren sehr verworren, man konnte keinem trauen, und ausländische Währungen zu bekommen, war unwahrscheinlich schwierig. Als ich mich dann in meiner größten Not an Ihren Großvater wandte, fragte er nicht lange, sondern handelte sogleich. Durch seine Arbeit bei uns besaß er uneingeschränktes Vertrauen und hatte Zugang zu allen Daten und Konten, auch auf Auslandskonten. Damals konnte man ja auch viel mehr machen als heute und Ihr Großvater verstand sein Handwerk durchaus und wusste sein Netzwerk zu nutzen. Vor allem zu der amerikanischen Notenbank in New York und zur amerikanischen Botschaft in Bonn besaß Ihr Großvater hervorragende Kontakte, und die nutzte er damals. Die Notenbank überwies innerhalb von zwei Tagen die geforderten zwei Millionen Dollar auf ein von Ihrem Großvater kurzfristig eingerichtetes Währungskonto bei der Argentinischen Zentralbank. Gleichzeitig wurde ein Konto von Perón in der Dominikanischen Republik um zwei Millionen Dollar erleichtert. Zurückverfolgen konnte man die ganzen Transaktionen nicht mehr, da alle

Vorgänge nur auf mündliche Anweisungen erfolgten und keinerlei Dokumente oder Kopien existierten. Auch bei der Geldübergabe half Ihr Großvater, da ich durch die ganze Aufregung Kreislaufprobleme bekommen hatte und nicht fähig war, mich auf den Beinen zu halten.

Ihr Großvater packte das Geld in einen kleinen Lederkoffer und machte sich abends auf den Weg zum vereinbarten Treffpunkt mit den Erpressern. Bei der Übergabe des Geldes hat es dann wohl auch noch einige Probleme gegeben, da die Entführer gefordert hatten, dass ich erscheinen sollte. Aber schließlich einigten sich die Entführer mit Ihrem Großvater und nannten ihm die Adresse, wo sie meine Frau gefangen hielten. Noch in der Nacht fuhr Ihr Großvater dort hin und brachte meine Frau wohlbehalten nach Hause." „Hat sich denn die Polizei nicht anschließend um den Fall gekümmert?" „Es war wohl für alle Beteiligte das Beste, die Polizei nicht einzuschalten, zumal wohl einige der Aktionen, insbesondere was die Beschaffung des Geldes anbelangte, politische Verwirrungen hätten auslösen können." Von Rügen sah lange in die Augen seines Gegenübers und konnte tiefe Dankbarkeit erkennen. Gleichzeitig glaubte er auch für einen kurzen Augenblick, einen schelmischen Blick zu erhaschen. „Hat Ihr Großvater denn auch über das „Rügengold" mit Ihnen gesprochen?", setzte Señor Santos das konspirative Gespräch fort, wobei er sich hierbei ein wenig in Richtung von Rügens beugte und etwas leiser als bisher sprach. Von Rügen wusste nicht, was er entgegnen sollte. Konnte er dem ehemaligen argentinischen Banker vertrauen? Warum wusste er von dem Familiengold? Sollte hier und jetzt das Ganze ein Ende haben? Nach allem, was sein Großvater für die Familie von Carlos getan hatte, glaubte von Rügen, dass er ihm vertrauen konnte. „Ja, ich weiß Bescheid", antwortete von Rügen knapp. „Muy bien, dann sollten wir überlegen, wie Sie das Gold nach Deutschland bekommen. In der Zentralbank ist es nicht mehr sicher. Ende des Jahres wird es hier eine große Inventur geben, und da das Gold nicht ordentlich verbucht ist, wird die Menge dann auffallen." „Wie ist das Gold denn in die Zentralbank gelangt?", fragte nun von Rügen neugierig, in der Hoffnung, dass er eine vernünftige Antwort erhalten würde. Je nachdem konnte er das Gold dann auf einem einfachen Weg nach Deutschland transportieren. „Das Gold ist schon sehr lange im Besitz Ihrer Familie. Soweit mir bekannt ist, handelt es sich um Gold aus Warengeschäften mit der Familie Fugger im sechzehnten Jahrhundert. Genaueres weiß ich auch nicht. Ihr Großvater hatte es zum Ende des Zweiten Weltkrieges über etliche Stationen nach Buenos Aires gebracht und dann im Zuge seiner geschäftlichen Verbindung mit der Zentralbank hier einlagern lassen, wobei das Gold offiziell gar nicht hier ist. Und das macht die ganze Geschichte auch nicht einfacher. Über viele Jahre konnte ich die Anwesenheit des Goldes verheimlichen, doch im Zuge der Globalisierung unserer Bank, neuer Strukturen und meines Ausscheidens aus dem Aufsichtsrat ist mein Einfluss nun verschwindend gering. Die geplante Inventur war schon für letztes Jahr angesetzt. In letzter Minute konnte ich sie noch auf Ende dieses Jahres verschieben. Aber jetzt gibt es keinen Aufschub mehr." Damit schloss Santos seine Ausführungen.

Am Donnerstag trafen sich Faust und Ron wie verabredet nach acht in der *Oase*. Kurze Zeit später stieß auch von Rügen dazu. Rita, die Wirtin, zog ihre linke Augenbraue hoch, als sich von Rügen zu Faust und Ron in den hinteren Teil der ehemaligen Szenekneipe setzte, so als wollte sie fragen: Wie haben die sich denn kennengelernt? Faust spendierte sogleich die erste Runde, sozusagen als Wiedergutmachung seines Glückspiels vom letzten Freitag. Immerhin hatte er zwölfhundert Euro gewonnen! Anschließend sprachen die Männer über die laufende Politik und den Fußball. Letztlich kamen sie nach geraumer Zeit auch auf die aktuellen Wirtschaftsthemen zu sprechen. Beim Thema Digitalisierung wurde Ron dann sehr emotional. „Ich bin erst einundfünfzig und wenn in zehn Jahren die ersten LKWs autonom fahren, dann bleib ich sicherlich auf der Strecke." „So lange wirst du darauf nicht mehr warten müssen", unkte Faust. „Bei Bosch haben die sich schon in den letzten Jahren mit dem Thema befasst. Als ich noch dort gearbeitet habe, war das Thema immer wieder Gegenstand in der Mitarbeiterzeitung." „Tja, das passt auch zu einem laufenden Projekt bei meiner Bank. Bosch ist hier als Partner mit einem neuen, intelligenten Logistiksystem vertreten. Soweit ich weiß, sollen hier auch unter anderem autonom fahrende LKWs zum Einsatz kommen", rundete von Rügen das Gespräch mit seinem Wissen ab. Während der nun einsetzenden Diskussion brachten die Männer all ihre Detailkenntnisse zu dem Thema ein und erörterten Vor- und auch Nachteile. Auch Ron sah später dann in der neuen Technologie für sich eine Perspektive, insbesondere wenn er sich mit dem jetzigen Wissen weiterbilden würde, um somit dem drohenden Arbeitsplatzverlust zu entgehen. Während des weiteren Gesprächs und weiterer Runden kamen die Männer dann zu dem Schluss, dass der Mensch wohl aufpassen musste, damit er nicht unter die Räder kommt. Man war sich aber einig, dass hier auch jeder Einzelne gefragt sei, für sich und seine Zukunft selbst zu sorgen, um nicht später Teil des Spiels zu sein oder zu werden und eventuell zu verlieren.

Kurz vor Mitternacht wurde mit einem Absacker der gelungene Abend beendet und man war sich einig, dass man sich bald wieder treffen sollte. Mit einer seiner Lieblingsweisheiten verabschiedete dann Faust Ron und von Rügen noch: „Was Besseres als den Tod, finden wir überall." Beide schmunzelten und verstanden schnell die Ironie und entgegneten unisono: „Wie wahr."

In dieser Nacht schlief von Rügen unruhig, denn neben dem Alkohol, den er in der Menge nicht vertrug, plagte ihn auch das „Rügengold." Sicherlich könnte er einen Weg finden, das Gold aus Argentinien heraus zu bekommen, was aber passierte dann in Deutschland? Keiner würde ihm die Geschichte glauben, zumal es auch keinerlei Unterlagen und Dokumente gab, noch nicht einmal einen Roman konnte man darüber schreiben. Das glaubte einem niemand, dachte sich von Rügen.

Regina Stein lebte nun seit fast einem Jahr wieder in Stuttgart und fühlte sich sichtlich wohl in ihrer neuen Rolle als Single. Nach der Trennung von ihrem Mann wusste sie gleich, dass sie wieder nach Stuttgart ziehen würde. Hier hatte sie nach ihrer Ausbildung zur Bühnenbildnerin ihre erste Anstellung an der Staatsoper gefunden. Durch ihre niemals versiegende Kreativität, ihren Fleiß und die seltene Kunst, auf Menschen zuzugehen, war sie sowohl bei ihren Kollegen als auch bei ihren Vorgesetzten sehr beliebt. Nur mit den Männern hatte sie kein Glück. Zu schnell verliebte sie sich und somit hatten es Männer ziemlich leicht bei ihr. Erst als sie Friedrich August kennenlernte, den alle nur Faust riefen, wendete sich ihr Schicksal. Sie lernte ihn nach einer Premierenfeier von *Don Giovanni* kennen. Wie so oft hatte sie ihren Wagen in der Tiefgarage der Staatsgalerie, unweit der Staatsoper, auf einen der Frauenparkplätze abgestellt. Schon bei der Einfahrt in die Tiefgarage hatte sie festgestellt, dass sich ihr Wagen in den engen Kurven schwer lenken ließ, doch da sie wie immer schon wieder Gefahr lief, sich zu verspäten, verdrängte sie das Problem sehr schnell, als sie aus dem Wagen ausstieg. Nun, als sie sich nach dem Vorstellungsende ihrem Wagen wieder näherte, stellte sie bereits von weitem einen Plattfuß bei dem linken vorderen Reifen fest. „Shit", fluchte sie und beim Niederknien neben dem Auto bemerkte sie auch sofort die silberfarbene Schraube im Reifenprofil als Auslöser ihres Missgeschicks. Bis zu ihrer Wohnung nach Bad Cannstatt hatte sie es nicht weit, aber für die Öffentlichen war es schon zu spät und ein Taxi würde dauern. Gerade wollte sie sich aufmachen einen Münzfernsprecher zu suchen, um nach einem Taxi zu telefonieren, da sprach sie ein Wagenbesitzer an, der nur unweit von ihr parkte. „Darf man helfen?" Aus dieser simplen Frage und der zupackenden Hilfe bei der Montage des Ersatzreifens entwickelte sich über eine anfängliche Freundschaft eine leidenschaftliche Liebe. Nach fast drei Jahren läuteten dann die Hochzeitsglocken, wenn auch nur im Standesamt. Sieben Monate später wurde Alexander Friedrich im Stuttgarter Krankenhaus im Beisein seines Vaters geboren. Als Ingenieur verdiente Faust recht gut und so war man auf das zusätzliche Gehalt von Regina nicht angewiesen. Die ersten Jahre vergingen wie im Flug und das Familienleben war für Regina als Mutter, Ehefrau und Partnerin von Faust sehr erfüllend. Dann wechselte Faust nach fast zehn Jahren als Projektleiter zur Firma Bosch und nach weiteren zwei Jahren wurde Fausts Abteilung nach Frankfurt verlegt. Ein Umzug stand an, der die kleine Familie nach Bad Homburg verschlug. Durch einen Zufall lernte Regina gleich bei dem ersten Elternabend in Alexanders Gymnasium Shirley kennen, die Mutter von Benno, einem späteren Freund von Alexander.

Shirley arbeitete in ihrer Freizeit an der Volksbühne von Bad Homburg als Laienschauspielerin. Als Shirley hörte, dass Regina früher als Bühnenbildnerin gearbeitet hatte, war schnell klar, wer den kürzlich erst verstorbenen Bühnenbildner der Volksbühne wohl ersetzen würde. Regina fand sich schnell wieder in das Theaterleben ein und ihre Männer gönnten es ihr von Herzen und ließen sie gewähren. Natürlich war die Volksbühne nicht mit der Staatsoper vergleichbar und Bad Homburg war nicht Stuttgart, aber Regina ließ sich über die Jahre ihren aufkommenden Frust nicht anmerken, zumal auch die mittlerweile zwanzigjährige Ehe ihre Gebrauchsspuren aufwies.

Als dann Alexander sich zum IT-Studium nach Stuttgart aus dem Familienleben verabschiedete und Faust von jetzt auf gleich von seiner Firma ohne Abfindung auf die Straße gesetzt worden war, und sie deshalb einen Riesenkrach mit ihm anfing, in dessen Verlauf keiner nachgab, fasste Regina anschließend schnell den Entschluss, als Single in Stuttgart wieder ihr altes Leben zu leben. Auch Faust war mittlerweile in eine kleine Mansardenwohnung gezogen und versuchte Klarheit in sein Leben zu bringen. In den ersten Monaten konnten beide gut von ihren Ersparnissen leben, doch Regina war klar, dass dies bald ein Ende haben würde. Alexander, ihr Sohn, arbeitete neben seinem Studium bei einem kleinen Start-up, das sich mit Software für Navigationssysteme beschäftigte. Hierbei verdiente er bereits so viel Geld, dass ihn die Eltern nur geringfügig unterstützen mussten. Hin und wieder trafen sich Mutter und Sohn in der Stuttgarter City und sprachen jeweils über ihre aktuellen Projekte und Probleme. Von Alexander erfuhr Regina dann auch, dass Faust, um sein finanzielles Polster aufzufüttern, hin und wieder zockte und hierbei wohl Glück zu haben schien. „Pech in der Liebe, Glück im Spiel", kommentierte Regina gedankenverloren die Information ihres Sohnes über ihren Mann, wobei sie in ihrem Innersten spürte, dass das Kapitel „Faust" noch nicht zu Ende erzählt war.

Konnte es nach dem ganzen Schlamassel und den vielen seelischen Verletzungen noch ein „Happy End" geben?

5
„Einer für alle, alle für einen"
Aus Die drei Musketiere von Alexandre Dumas

Am letzten Tag seiner Geschäftsreise in Buenos Aires würde von Rügen den Tresor der Argentinischen

Staatsbank sehen, in dem das Gold gelagert wurde, das als Erstes nach Deutschland in den Sicherheitsbereich der Deutschen Bundesbank transportiert werden würde. Von Señor Santos hatte er noch erfahren, dass sein Familiengold auch hier lag. Ob er es wohl zu sehen bekam, fragte sich von Rügen, als er letztmalig vor dem imposanten Entree der Argentinischen Staatsbank aus dem Taxi stieg. Am Eingang wurde er bereits freundlich von Señor Silva begrüßt. „Buenos dias, Señor Rügen, heute werden Sie einen goldigen Tag erleben." Nach den üblichen Anmeldeformalitäten vor der Sicherheitsschranke stiegen beide Männer in den Aufzug, wobei dieser sich diesmal allerdings nach unten bewegte. Es dauerte nur wenige Augenblicke, bis der Fahrstuhl im ersten Untergeschoss hielt und die beiden Männer mit zwei Sicherheitsbeamten ausstiegen und in einem langen Korridor standen. Von Rügen hatte hier in Argentinien erwirkt, dass er aus Dokumentationsgründen das Gold fotografieren durfte. Hierfür hatte er sein altes Handy, das er aus Deutschland mitgebracht hatte, aufgeladen und in die Innentasche seines Anzuges gesteckt, bereit jederzeit zu fotografieren. Als von Rügen den langen Korridor durchschritt, wurde ihm wieder bewusst, was alles auf dem Spiel stand, und er bekam weiche Knie. Letztendlich war er hier als offizieller Vertreter der Deutschen Bundesbank mit dem Auftrag des Deutschen Bundestages, das Gold der Bundesrepublik Deutschland wieder nach Hause zu holen. Auf der anderen Seite lagerte hier das Gold seiner Familie und somit aller seiner Vorfahren. Moralisch war er auch hier verpflichtet, das Gold nach Hause zu holen. Beide Aufträge waren wichtig und beide Aufträge mussten erledigt werden!

„Wir wollen Ihnen auch ein wenig unsere Tresoranlage zeigen und vorführen", riss ihn Señor Silva aus seinen Grübeleien. „Ja, natürlich, ich überlege nur gerade, wie viel Gold ich unbemerkt mit nach draußen nehmen kann, ohne dass Sie es merken", scherzte von Rügen. Wenige Meter später standen alle vier vor der riesigen Tresortür. Von Rügen hatte eine so ähnliche Tür einmal vor einigen Jahren im Coca-Cola-Museum in Atlanta gesehen, hinter der angeblich das wertvolle Coca-Cola-Rezept sicher aufbewahrt sein sollte. Über einen kleinen Kasten an der Wand gab Señor Silva einen längeren Code ein und bestätigte die Zahlenkombination noch mit seinem Fingerabdruck. Dann erst öffnete sich die riesige Stahltür geräuschlos und die vier Männer konnten den Tresor betreten.

In diesem ersten großen, fast steril wirkenden Raum gab es nichts außer jeweils einer kleinen Videokamera in den oberen Raumecken und ein leicht vor sich hin summendes Belüftungssystem, das die Temperatur auf angenehmen einundzwanzig Grad hielt. Die Bilder laufen wohl in einer Sicherheitszentrale zusammen, dachte sich von Rügen. „Von diesem zentralen Raum hier geht es in die drei benachbarten Räume", begann Señor Silva stolz seine Ausführungen. „Im ersten Raum, hier auf der linken Seite, liegen alle wichtigen Akten des Hauses. Würde man alle Aktenordner nebeneinanderstellen, käme eine Wegstrecke von fast fünfzig Kilometern zusammen. Gott sei Dank findet man durch ein intelligentes Archivierungssystem schnell die Akten, die man sucht. Das System stammt übrigens von einer deutschen Firma." „Tja, Ordnung schaffen konnte Deutschland schon immer", kommentierte von Rügen den letzten Satz seines argentinischen Kollegen. „Hier auf der rechten Seite befinden sich sechshundert Depots, die wir auch Privatpersonen anbieten. Was sich in diesen Schließfächern befindet, wissen wir natürlich nicht." Im Raum selbst befanden sich an den zwei gegenüberliegenden Wänden jeweils dreihundert Schließfächer und am Kopfende stand ein kleiner Tisch mit einem Stuhl. Auf dem Tisch lag einsam ein silberner Kugelschreiber. Wie zu vermuten, gab es hier keine Überwachungskameras. „Kommen wir nun zum Herzstück des Tresors, dem Raum, in dem die Goldvorräte gelagert werden", bemerkte Señor Silva, indem er den größten der drei Räume betrat, während die zwei Sicherheitsbeamten sich zu beiden Seiten der Eingangstür postierten. „Hier befinden sich auch die fünfzig Tonnen deutschen Goldes, und zwar hier vorne gleich auf der rechten Seite, die erste große Box. Die Holzkisten wurden alle geöffnet, damit Sie die Barren fotografieren können." Die Größe des Raumes erinnerte von Rügen an eine Tiefgarage in der Frankfurter Innenstadt. Alle Wände waren weiß gestrichen und je nach Verwendungszweck trennten mobile Raumteiler die einzelnen Bereiche in rechteckige Boxen. „Hier gibt es ja gar keine Überwachungskameras", bemerkte von Rügen erstaunt. „Richtig erkannt! Wir gehen davon aus, dass keiner unbemerkt auch nur einen Goldbarren aus diesem Tresor entwenden kann, schließlich wiegt der kleinste Barren ein Kilo, die größeren über zwölf Kilo. Außerdem darf dieser Raum nur in Begleitung einer autorisierten Person betreten werden", erwiderte Señor Silva. „Wenn Sie wollen, dürfen Sie sich also gerne umsehen. Sie werden in den Boxen nichts anderes finden als Gold- und auch Silberbarren. Weiter hinten lagern sogar noch historische Gold- und Silbermünzen, allerdings in Kisten verpackt." „Werde ich machen, sobald ich das deutsche Gold fotografiert habe." Sogleich zückte von Rügen sein Handy und fotografierte innerhalb der Box sowohl einzelne Barren mit all ihren Prägungen als auch den Gesamtbestand an deutschem Gold.

Nach über vierzig Fotos machte sich von Rügen fast unbemerkt auf die Suche nach dem Familiengold, während Señor Silva sich mit den Sicherheitsbeamten angeregt über ein Fußballspiel vom letzten Wochenende unterhielt. So, als wüsste von Rügen, wo das Gold lag, steuerte er automatisch im hinteren Bereich des großen Raumes eine Box an, die schon von weitem erkennen ließ, dass es sich um eine Art Sammelbox zu handeln schien.

Hier fand er drei verschiedene Paletten mit einer unterschiedlichen Anzahl von unverpackten großen Goldbarren vor. Ohne lange zu zögern, fotografierte er sowohl die drei Paletten als auch die jeweiligen Einzelbarren in der Hoffnung, später anhand der Prägungen erkennen zu können, welche zum „Rügengold" gehörten. Doch wieder fiel ihm die Frage ein, wie er unbemerkt das Familiengold nach Deutschland würde transportieren können? Ohne eine Antwort darauf zu finden, erreichte er nach kurzer Zeit wieder die Box mit dem deutschen Gold, wo sich nach wenigen Augenblicken auch Señor Silva ebenfalls einfand. „Sofern Sie nun alles gesehen und sich überzeugt haben, dass das Gold auch wirklich vorhanden ist, können wir uns wieder ans Tageslicht begeben." „Ist das Gold eigentlich schon einmal gewogen worden?", fragte von Rügen sehr direkt, wobei man spürte, dass er eine präzise Antwort erwartete. „Ja, in der letzten Woche wurden alle Barren einzeln gezählt, gewogen und die Goldqualität chemisch ermittelt. Genau handelt es sich um viertausend Goldbarren mit einem Gewicht von fünfzig Komma null null fünf Tonnen." „Warum ‚Komma null null fünf Tonnen'?", wollte von Rügen sofort wissen.

„Kein Barren hat genau zwölf Komma fünf Kilogramm. Das genaue Gewicht hängt von der Goldqualität ab. Bei viertausend Barren schlägt die kleinste Ungenauigkeit dann auch durch. Wir werden Ihnen alle Angaben noch offiziell bestätigen. Die brauchen wir auch für die Ausfuhrgenehmigung und Sie für die Einbuchung in Ihre Banksysteme. Wie Sie sehen, kann Argentinien auch Ordnung schaffen." Mit einem kleinen Lächeln verließen beide Männer den großen Raum und begleitet von den Sicherheitsbeamten erreichten sie nach wenigen Minuten den Eingangsbereich der Argentinischen Staatsbank. Sie brauchten einige Sekunden, um sich wieder an das Tageslicht zu gewöhnen. Nun hatte von Rügen das Familiengold zwar gefunden und anfassen können, aber es erschien für ihn unerreichbar zu sein, sozusagen in weiter Ferne. Soll wohl nicht sein, dachte sich von Rügen, als er gedankenverloren die Bilder auf seinem Handy begutachtete.

„Señor von Rügen, ich schlage vor, wir fahren noch in mein Büro und schauen, dass Sie alle Unterlagen und Dokumente von uns erhalten, damit Sie alles für ihr Projekt zusammen haben", bemerkte Señor Silva und zeigte von Rügen den Weg zum Fahrstuhl. Als sich die Fahrstuhltür surrend schloss und beide Männer allein waren, wirkte Señor Silva sehr verschwörerisch. „Ich weiß über Ihr Familiengold Bescheid und ich weiß auch, dass Sie sich fragen, wie Sie das Gold unbemerkt nach Deutschland bekommen. Wir werden das Gold für die Bundesbank in Containern nach Deutschland schicken. Ihr Familiengold wird sich auf einer separaten Palette befinden, umhüllt mit einer weißen Abdeckplane, die mit jeweils einem grünen Punkt an jeder Seite markiert sein wird. Die gesamte Fracht wird fünfzig Komma fünf Tonnen schwer sein. Die Frachtpapiere werden aber ein Nettogewicht von fünfzig Komma null null fünf Tonnen aufweisen. Beim abschließenden Wiegen hier im Flughafen werden wir dies als Zahlendreher hinstellen. Ab Frankfurt müssen Sie sich dann um Ihr Gold selbst kümmern. Wir werden Ihnen dort nicht mehr helfen können." Von Rügen konnte sein Glück kaum fassen und war fast sprachlos. Als der Aufzug kurz vor seinem Ziel abbremste, musste von Rügen aber noch eine Frage loswerden: „Warum tun Sie das für mich?" „Ihr Großvater hat unserer Familie einmal sehr selbst- und furchtlos geholfen und somit viel Leid verhindert. Wir Argentinier vergessen so etwas nicht." In diesem Moment öffnete sich die Aufzugtür und beide Männer verließen den Fahrstuhl, als wäre nichts gewesen.

Faust war sich bewusst, dass es eines mittleren Wunders bedurfte, um wieder im Leben richtig Fuß zu fassen. Seit geraumer Zeit versuchte er nun, einen neuen Job als Ingenieur zu bekommen, wobei er sich sowohl bei etablierten Unternehmen als auch bei Mittelständlern bewarb. Er verschickte seine Bewerbungen sogar in den

Norden und in den Osten der Republik. Aber es kamen nur höfliche Absagen, oft mit dem Hinweis, dass man sich bereits anders entschieden habe. Insgeheim wusste Faust, dass sein Alter für viele ein Problem darstellte. Mit Mitte fünfzig gehörte man schon zum alten Eisen, wenn es auch keiner offiziell zugab. Gott sei Dank ging es seinem Sohn beruflich da weitaus besser. Vor einigen Tagen erst hatte Faust mit ihm über FaceTime gesprochen und erfahren, dass er bei seinem Nebenjob in dem jungen Start-up schon richtig eingebunden war. „Mit was beschäftigst du dich denn gerade", wollte er von seinem Sohn wissen. „Ich teste hier in Stuttgart eine neue Software, die anhand von Navigationsdaten ein Auto autonom fahren lassen kann. Unsere Software kann sehr schnell in Echtzeit die Navigationsdaten mehrmals überprüfen, sodass die dann getroffenen Befehle auch die richtigen sind. Das Fahrzeug mit all seiner Technik wird übrigens von deinem alten Arbeitgeber zur Verfügung gestellt, der Firma Bosch, mit der wir auch zusammenarbeiten." „Fährst du denn schon richtig autonom in Stuttgart?", wollte Faust wissen. „Wir haben die Erlaubnis, auf einer Strecke von Gerlingen bis zum Hauptbahnhof und wieder zurück mit einem freigegebenen Mercedes zu fahren."

„Das hört sich ja interessant und spannend an." Im Laufe des Gesprächs erfuhr Faust auch, dass es Regina soweit gut ging und sie sich bemühte, wieder eine Anstellung in der Staatsoper zu bekommen. „Lebt sie alleine?", wollte Faust von Alexander wissen. „So alleine wie du", antwortete dieser mit einem spitzen Unterton. Sie sprachen außerdem über sein Studium und das Stuttgarter Nachtleben. Abschließend machte Alexander seinem Vater noch Mut, indem er philosophierte, dass alles seinen Sinn habe und Faust sein Glück wiederfinden werde. Es hörte sich irgendwie echt an.

Die drei Männer trafen sich nun schon zum fünften Male in der *Oase*. Irgendwie waren sie sich gegenseitig ans Herz gewachsen und jeder von ihnen freute sich schon Tage vor dem eigentlichen Treffen auf den gemeinsamen Abend. Meist sprachen und diskutierten sie über aktuelle Themen aus der Politik, dem Wirtschaftsleben oder dem Sport. Rita waren die älteren Knaben ganz recht, denn die drei konsumierten schon einiges und außerdem waren sie angenehme Zeitgenossen, die auch ein wenig für die *Oase* warben. „Na, die Herrschaften, drei Pils wie immer?", begrüßte sie die Runde. „Logisch", antwortete Ron, „und bring auch gleich viermal Handkäs mit Musik." Es war schon für die drei fast zum Ritual geworden, den Abend mit einem Pils und der Frankfurter Spezialität zu beginnen. Rita kritzelte die Bestellung auf ihren kleinen Block und verließ die Runde in Richtung Küche, um den kleinen Snack für die drei vorzubereiten.
Zur vorgerückten Stunde wurden die Gespräche auch seit dem letzten Mal persönlicher. Daran merkte man, dass die Männer anfingen, sich zu verstehen und zu vertrauen. Letzte Woche erzählte Faust von seiner Trennung und deren Auslöser – die fristlose Kündigung –, wobei er nicht unerwähnt ließ, dass er finanziell auf eine Katastrophe zusteuerte.
Heute nun begann von Rügen von seinem Großvater zu sprechen und wie sehr er ihn vermisste, seit seinem Ableben. „Aber mit fast einhundert musstest du doch

damit rechnen", versuchte ihn Faust zu trösten, wobei er für einen kurzen Moment auch an seinen Vater dachte, der vor fünf Jahren mit achtzig zu früh verstorben war. „Ja, der Verstand sagt das auch, aber das Herz tickt halt anders." Im weiteren Verlauf des Gespräches erzählte dann von Rügen seine ganze Geschichte, vom frühen Tod seiner Eltern, wie der Großvater ihn wohlwollend bei sich aufgenommen und wie er sich um ihn all die darauffolgenden Jahre verantwortungsvoll gekümmert hatte. „Dann war ja dein Großvater so etwas wie ein Vater für dich", konstatierte Ron treffend die Beziehung zwischen von Rügen und seinem Großvater. „Ja, er war Vater, Großvater und Freund in einem. Darum hänge ich auch so sehr an ihm." „Hat er dir denn auch etwas von bleibendem Wert hinterlassen, was es lohnt, an deine Nachkommen weiterzugeben?", fragte Faust ganz ungeniert. Mit dieser Frage hatte von Rügen nicht gerechnet und beim ersten Gedanken fiel ihm auf, wie sehr sie ihn berührte. Ja, wirklich, mit dem Familiengold war mehr nur in seine Verantwortung übergegangen als fünfhundert Kilo Edelmetall. Friedrich hatte ihm eine Aufgabe übertragen! Eine Aufgabe, die er für ihn, seine Vorfahren und seine Familie zu erledigen hatte. Schließlich war das Gold rechtmäßig erworben worden und gehörte eindeutig der Familie von Rügen. Dies hatten auch die Bilder gezeigt, die von Rügen in Buenos Aires von dem Familiengold hatte auf die Schnelle schießen können. Die Prägungen der Barren trugen das große geschwungene R, wobei der abstehende Fuß des Rs in einem Linksschwung den Großbuchstaben umrahmte. So kannte von Rügen seit Anfang an das Familienwappen, welches sich über dem

Hauseingang und auf den offiziellen Dokumenten und Briefen des Hauses befand.

Von Rügen blieb die Antwort auf Fausts Frage ungewöhnlich lange schuldig, doch dann blickte er Faust und Ron abwechselnd in die Augen und erkannte, dass er nur mit deren Hilfe die Aufgabe seines Großvaters lösen konnte. „Ja, mein Großvater hat mir etwas Wertvolles und Wichtiges hinterlassen, was ich weiterzugeben habe und wobei ihr mir helfen könnt." Diese Sätze sprach von Rügen ganz klar und fest aus. Für Bruchteile einer Sekunde wurde es um die drei Männer sehr still und wie eine unsichtbare Magie verband auf einmal ein Band aus Mitgefühl und Freundschaft die drei Auserwählten.

6

„Erstens kommt es anders und zweitens als man denkt."
Deutsche Redensart

„Ladies and Gentlemen, welcome to Frankfurt", tönte es scheppernd aus dem Lautsprecher über von Rügens Sitzplatz in der Business-Class. Die Lufthansa-Maschine aus Buenos Aires war mit zehn Minuten Verspätung auf dem größten deutschen Flughafen gelandet und steuerte nun das Ankunfts-Gate am Terminal A an. Von Rügen hatte es nicht eilig an diesem Freitagmorgen, und so verweilte er noch einige Minuten an seinem Platz und dachte über die letzten Stunden in Buenos Aires nach.

Nachdem er mit Señor Silva noch einige Aufgaben für das Projekt erledigt hatte, übergab ihm dieser ohne Kommentar eine vorläufige Kopie der offiziellen Frachtpapiere. Diese würde er Inge Krämer, die im Projekt für die Logistik verantwortlich zeichnete, überreichen und natürlich für sich eine Kopie ausdrucken. Señor Silva fuhr ihn dann noch am frühen Nachmittag zum Flughafen und verabschiedete ihn herzlich mit den Worten: „Adios Amigo, y hasta la proxima." „Danke noch einmal für alles, ich weiß Ihre Loyalität zu schätzen und grüßen Sie bitte noch einmal Ihren Onkel. Es war mir eine Freude, Sie beide kennengelernt zu haben", entgegnete von Rügen und schaute dabei seinem Gegenüber offen ins Gesicht. Man merkte, dass sich beide Männer sympathisch waren, und beide Männer bedauerten, dass die Woche bereits vorbei war.

Nachdem das Gedränge im Gang nachgelassen hatte, stand von Rügen auf, öffnete das Gepäckfach über sich, nahm seine lederne Aktentasche heraus und verließ den Airbus zügigen Schrittes über die Gangway. Als er kurze Zeit später mit seinem kleinen Koffer am Taxistand ankam, sog er bewusst die kühle und frische Morgenluft ein, hielt sie für wenige Sekunden in seinen Lungen, bevor er sie wieder ausatmete. Er war froh, wieder zu Hause zu sein. Kurz nachdem das Taxi das Ankunftsterminal verlassen hatte, sah von Rügen auf das Vorfeld des Frankfurter Flughafens und ihm wurde plötzlich sehr bewusst, dass Ende des Jahres das Familiengold derer von Rügen wieder deutschen Boden berühren würde, und sich ab dann sicherlich die Probleme häufen würden. Denn einen Plan, wie er das Gold aus dem Flughafenbereich würde schmuggeln können, hatte er noch nicht. Vielleicht könnte er es doch offiziell nach Deutschland einführen.

„So, lassen sie uns nun starten", begann Rainer Rambouille die vierte Sitzung zum Projekt „Goldener Herbst 2016." „Ich schlage vor, dass uns Herr von Rügen jetzt zu Beginn über seine Dienstreise berichtet." Von Rügen hatte den ganzen Montag genutzt, um für die kurzfristig angesetzte Projektsitzung eine Powerpoint-Präsentation vorzubereiten, die er nun auf seinem Laptop aufrief und anschließend Chart für Chart vortrug. Er hatte sich über die Jahre angewöhnt, seine Präsentationen nur mit den wichtigsten Informationen zu füttern und vieles auch nur auf der Tonspur zu sagen und zu erklären. Somit war er weniger angreifbar und hatte während des Vortrages Raum, noch Dinge einzufügen oder zu ergänzen.

Da er nur selten unterbrochen wurde, konnte er bereits nach einer Viertelstunde seinen Vortrag beenden und das Beamerkabel von seinem Laptop entfernen und an den nächsten Vortragenden übergeben.

„Das heißt, die erste Lieferung kann aus Buenos Aires kommen?", fragte Rambouille in Richtung von Rügen. „Aus meiner Sicht spricht nichts dagegen. Alle Formalitäten konnte ich vor Ort erledigen. Wir müssen uns mit den Argentiniern nur noch über den Termin einigen. Dieser muss aber spätestens im Dezember sein, da die Laufzeit aller Genehmigungen Ende 2016 ausläuft. Aber das sollte kein Problem sein." Von Rügen beantwortete die an ihn gerichtete Frage, wobei er den Kopf in Richtung der anderen Projektteilnehmer drehte und auf deren Reaktionen wartete.

In der heutigen Sitzung war auch erstmalig ein Kollege der Firma Bosch anwesend, der sich nach von Rügens Vortrag noch mehrmals in die Diskussion einbrachte, als es um den Transport des Goldes vom Flughafen zum Sicherheitsbereich der Deutschen Bank ging. „Ich sehe ein kleines Problem, während das Gold vom Frachtflieger zum gesicherten Frachtbereich im Flughafen transportiert wird. Auf dieser Wegstrecke ist das Gold nicht allumfassend geschützt, da wir auch nicht genau wissen, wo und wann der Frachtflieger entladen wird und von wem. Natürlich wird dies nahe am Frachtbereich des Flughafens geschehen, aber wir werden nicht den ganzen äußeren Bereich des Frachtbereiches kontrollieren können. Unsere Verantwortung beginnt, sobald die Goldfracht den gesicherten Bereich des Frachtbereiches erreicht hat und in unseren Counter eingebucht worden ist. Ab dann wird unser Logistik-System übernehmen." Von Rügen hörte den Ausführungen des Mannes genau zu und versuchte, sich Wort für Wort zu merken, wobei er sich nach außen hin entspannt gab. „Gut, dass sie dies noch einmal erwähnen", kommentierte Rambouille die Ergänzungen des Kollegen und machte sich einige Anmerkungen auf seinen Block. Nach und nach trugen nun noch weitere Kollegen ihre Präsentationen vor. Hierbei ging es in erster Linie um rechtliche Themen im Zusammenhang mit dem Zurückholen des Goldes aus den verschiedenen Ländern und den Informationen, die an die Bundesregierung weiterzugeben waren.

Nach dem gemeinsamen Mittagessen in der hauseigenen Kantine wurde es für von Rügen während der Sitzung noch einmal interessant, als es um den Zeitplan des Projektes ging, wobei der Schwerpunkt eindeutig auf der ersten Goldlieferung aus Buenos Aires lag. Alle Beteiligten waren sich einig, dass es nach dem ersten Transport eine

Phase geben musste, in der alle Prozessschritte noch einmal nachjustiert werden müssten. Auch das Logistiksystem der Firma Bosch würde noch einmal eine Überarbeitung erfahren, insbesondere falls es bei dem Testtransport Probleme geben sollte. Somit wurde gemeinsam vereinbart, im Projektzeitplan eine Phase von vier Wochen zu berücksichtigen, in der alle Optimierungen laufen sollten.

„Aus heutiger Sicht werden wir unsere erste Goldlieferung wohl im vierten Quartal 2016 in Empfang nehmen können. Bis zur nächsten Sitzung im März sollten wir in der Lage sein, einen genauen Termin festlegen zu können. Außerdem bitte ich Sie bis dahin die heute aufgekommenen Fragen zu bearbeiten und insbesondere für den Pilottransport alle Details zu klären. Ich muss im April hierzu dem Vorstand alle Fakten präsentieren und mir das ‚Go‘ holen." Damit schloss Rambouille die Sitzung und wünschte den Projektmitarbeitern noch eine schöne Restwoche.

Zusammen mit dem Mitarbeiter von Bosch verließ er anschließend heftig gestikulierend den Besprechungsraum. Von Rügen hätte nur zu gerne gewusst, was Rambouille so erregt hatte.

Zurück in seinem Büro wurde von Rügen erst einmal von Frau Mohns wie schon so oft mit einem frisch gefilterten Kaffee verwöhnt. Frau Mohns hielt nichts von den gerade in den letzten Jahren so modern gewordenen vollautomatischen Kaffeemaschinen. Sie brühte für sich und ihren Chef den Kaffee immer noch nach alter Manier mit Porzellanfilter auf. Als ihm seine Sekretärin den frischen Kaffee auf den Schreibtisch stellte und von Rügen den ersten Schluck genoss, fand er endlich Zeit, noch einmal über die morgendliche Projektsitzung nachzudenken. Mit den Informationen, die er aus dem Meeting mitgenommen hatte, wurde es so langsam Zeit, einen Plan aufzustellen. Er war schon geneigt, in seinem PC einen neuen elektronischen Ordner für seinen Plan anzulegen, als ihm einfiel, dass er dadurch später eventuell angreifbar sein könnte, falls etwas schieflaufen sollte und jemand seinen PC kontrollieren würde. Also entschloss er sich erst einmal, alle seinen Gedanken zu seinem Plan in dem kleinen blauen Notizbuch zu notieren, das er immer bei sich trug. Irgendwelche digitalen Notizen oder Einträge wollte er auf jeden Fall vermeiden. Falls es einmal eng werden sollte, könnte er das Notizbuch zur Not wegwerfen oder verbrennen. Bei seinem ersten Eintrag konzentrierte sich von Rügen darauf, nur Fakten aufzunehmen, wodurch die Informationen sehr kompakt blieben und er sich auf das Wesentliche konzentrieren konnte. Auf jeden Fall notierte er sich, dass er sein Familiengold von der großen Goldlieferung unbedingt trennen musste, bevor es in das intelligente Logistiksystem der Firma Bosch eingebucht würde und ferner müsste der Abgriff der separaten Palette, nach dem Entladen aus dem Flugzeugrumpf und bevor es in den gesicherten Frachtbereich des Flughafens gelangt, erfolgen. Als Ankunftstermin notierte er sich den Zeitraum Oktober bis Dezember. Jetzt war schon März und im April würde der exakte Termin feststehen. Wäre es nicht klug, den Ankunftstermin in die Weihnachtzeit zu legen, überlegte sich von Rügen. Dann ist auf dem Flughafen bestimmt viel los und aufkommende Hektik könnte für seinen Plan nur hilfreich sein. Diese Idee notierte er sich noch kurz in sein Notizbuch und nahm sich vor, hierüber noch einmal nachzudenken. Vielleicht könnte er, was den Termin anbelangte, sogar noch einmal seine Kontakte nach Buenos Aires nutzen.

„Wie können wir dir denn helfen?", stellte Ron die im Raum liegende Frage, wobei er das „dir" besonders hervorhob, denn bis dato waren es eher Faust und er selbst, denen hätte geholfen werden müssen. „Ja, wie können wir helfen", wiederholte Faust die Frage etwas abgekürzt. Von Rügen brauchte eine Ewigkeit, bis er seinen Freunden die Geschichte vom Familienschatz erzählte. Normalerweise war er nicht jemand, der mit seinen Geheimnissen hausieren ging oder andauernd nach Hilfe fragte. So war bei ihm in den letzten Wochen die Erkenntnis gewachsen, dass er jemanden brauchte, wobei er seine Familie nicht mit hineinziehen wollte. Alleine wäre er der Sache nicht gewachsen! Außerdem hatte ihm das Schicksal mit seinen neuen Freunden in die Karten gespielt. Lange hatte er überlegt, ob er Ron und Faust einweihen und wie er die beiden motivieren sollte. Aber nachdem er mehrmals von beiden unbedacht ihre finanzielle Not mitgeteilt bekommen hatte, war klar, dass er sie nur über eine Beteiligung am Gold ködern konnte. „Insgesamt beträgt die Lieferung fünfhundert Kilo Gold in Barrenform. Ich schlage vor, dass ihr jeweils fünfundzwanzig Kilo bekommt, wenn die Angelegenheit sauber über die Bühne gegangen ist", flüsterte von Rügen in Richtung Ron und Faust. Es dauerte einige Sekunden, bis das Angebot bei den beiden verfing. Ron reagierte als Erster. „Was wäre denn unsere Aufgabe?" „Ich weiß es nicht", entgegnete von Rügen, „wir müssten zusammen einen Plan ausarbeiten, entsprechend der aktuellen Situation, und schauen, wie sich jeder einbringen kann." Bei Faust merkte man, dass sein Gehirn auf Hochtouren arbeitete. „Warum führst du das Gold nicht auf legalem Wege ein?", wollte er wissen. „Tja, das wäre theoretisch möglich, aber es fällt mir schwer, einen Nachweis zu erbringen, dass sich das Gold schon seit über fünfhundert Jahren in unserem Familienbesitz befindet, zumal das Gold bereits mehrmals eingeschmolzen und erst kurz vor Kriegsende in die jetzige Barrenform gegossen wurde. Außerdem befindet sich das Gold in der Argentinischen Zentralbank. Würde ich offiziell eine Ausfuhrgenehmigung bei der Zentralbank beantragen, kämen so einige Ungereimtheiten bei meinen Freunden in Buenos Aires ans Tageslicht, ganz zu schweigen von diplomatischen Verwicklungen. Zu guter Letzt würden auch sicherlich noch Steuern und sonstige Abgaben an den deutschen Fiskus fällig. Und dieser Betrag dürfte nicht unerheblich sein. Lieber erspare ich mir den ganzen Stress und versuche mit euch, das Familiengold nach Deutschland einzuführen. Ich gebe euch den Anteil, den normalerweise der deutsche Fiskus erhalten hätte. Damit wäre auch euch geholfen, sozusagen eine „Win-Win-Win-Situation." Nach von Rügens letzten Worten blickten sich Ron und Faust für einige Sekunden an, so als wollten sie herausfinden, ob das Gegenüber dasselbe dachte. „Wann sollen wir loslegen?", fasste Faust seine und Rons Gefühlslage in dieser Frage zusammen und beiden huschte dabei ein kleines Lächeln übers Gesicht. Von Rügen konnte es gar nicht fassen, dass sein Ansinnen auf so offene Ohren fallen würde. Insgeheim hatte er vermutet, dass seine neuen Freunde versuchen würden, noch mehr an Beteiligung herauszuholen. Er hatte sich wohl getäuscht. Kann es sein, dass alle in der Aufgabe eine Herausforderung sahen und nicht allein im Lohn, dachte sich von Rügen, wobei er die Frage für sich erst einmal unbeantwortet ließ.

Antonia Bigonia Caballera war eine gewissenhafte Mitarbeiterin der Argentinischen Zentralbank. Nach zehn Jahren im Controlling, zuständig für die Überprüfung des Devisenhandels, hatte sie es endlich zur Teamleiterin in der Logistikabteilung der Bank geschafft, und sie war sich sicher, dass ihre Karriere noch nicht am Ende war. Ehrgeiz, Fleiß und Korrektheit waren ihre Steckenpferde, und so ließ sie es in ihrer neuen Position nicht zu, dass geschludert wurde. „Antonia, was machen wir denn mit den aktuellen Frachtpapieren, wo wir doch seit gestern neue Formulare haben?", wollte eine Mitarbeiterin wissen. „Natürlich umschreiben", antwortete Antonia knapp und ein wenig drohend. „Aber das sind ungefähr sechzig Frachtaufträge, die umgeschrieben werden müssen", maulte die Mitarbeiterin. „Dann fängst du am besten sofort damit an", konterte Antonia herrisch. Bei ihrem letzten zu bearbeitenden Frachtauftrag, bei dem es um einen Goldtransport nach Deutschland ging, unterlief der Mitarbeiterin jedoch ein folgenschwerer Fehler, den sie und auch ihre Chefin nicht bemerkten. Beim Übertrag des Nettogewichtes in das neue Formular, verlor sie zwei Nullen und so stand in der entsprechenden Zeile nun ein Gesamtgewicht von fünfzig Komma fünf Tonnen.

7

„Was Besseres als den Tod finden wir überall."
Aus Die Bremer Stadtmusikanten

Nach dem gestrigen Abend und der Aussicht, sich bald aller seiner momentanen Geldsorgen entledigen zu können, kamen bei Faust schon während des Frühstücks im *Bon Giorno* einige Zweifel auf.

Als Ingenieur war er es gewohnt, seine Entscheidungen nach Faktenlage zu treffen und nach Möglichkeit Sicherheiten einzuplanen. Auch Risikobewertungen gehörten früher zu seinem Arbeitsgebiet. Aber bei diesem Projekt gab es bis jetzt keine Fakten, Sicherheiten erkannte er auch keine und das Risiko, als Nobody erwischt zu werden, war riesengroß.

Während er in das Schokocroissant biss und anschließend der Americano den Schoko-Geschmack in seinem Mund zur vollen Entfaltung brachte, fiel ihm jedoch auf, dass gerade scheinbar unlösbare Aufgaben oft die besten Lösungen zutage förderten, und so begann er, sich von Rügens Idee von einer anderen Seite zu nähern, denn eigentlich nahm sich sein Bekannter nur das, was ihm zustand, und dabei sollten Ron und er helfen. Falls man sie, warum auch immer, erwischen sollte, gäbe es sicherlich viele Fragen zu beantworten, und auch einige Ordnungswidrigkeiten müssten aus der Welt geräumt werden. Aber das stand in keinem Verhältnis zum erhofften Lohn in Gold. Faust hatte ausgerechnet, dass die jeweils fünfundzwanzig Kilogramm, die Ron und er erhalten sollten, nach heutigem Goldpreis etwa eine Million Euro wert waren. Aber tief in seinem Innersten fühlte Faust auch eine sich langsam entfaltende Genugtuung Bahn brechen. Kann es sein, dass ich ein Spieler bin, fragte er sich in dieser Sekunde. Liebe ich das Risiko? Suche ich den Nervenkitzel? Oder möchte ich nur einem Freund helfen, seinen verlorengegangenen Familienbesitz wieder in den Schoß der Familie zu holen? Was auch immer die Antriebsfeder sein sollte, auf jeden Fall wird es eine Herausforderung werden, und das ist gut so!

Sein in den letzten Monaten geschundenes Selbstbewusstsein brauchte jetzt neue Nahrung, redete er sich ein, als sich sein Handy mit einem Anruf meldete. „Ja, hier Faust." „Hier ist Leopold, störe ich?" „Nein, auf keinen Fall, ich sitze gerade beim Frühstück und genieße ein Croissant mit einem Kaffee. Wie kann ich helfen?" „Ich habe eben mit Ron gesprochen. Wir wollen uns am kommenden Freitag bei ihm treffen und unser Projekt angehen. Hast du Zeit?" Man merkte von Rügen förmlich an, dass er es vermied, zu viel am Handy zu erzählen, deshalb sprach er auch nur vom „Projekt" und dass man sich treffen wolle. „Natürlich habe ich Zeit, schließlich ist es ja unser Projekt", entgegnete Faust, wobei er das Wort „Projekt" besonders betonte. „Okay, dann sehen wir uns am Freitagabend, um acht bei Ron. Alles Gute und schönen Tag noch." Faust konnte noch so gerade ein „ebenso" erwidern, als das Telefonat schon wieder zu Ende war. Vermutlich hat Leopold von der Bank aus angerufen und war deshalb so kurz angebunden, dachte sich Faust. „Bernd, was kriegst du?" „Gib mir fünf Euro", antwortete der Wirt vom *Bon Giorno*, der es mit offiziellen Rechnungen nicht sehr genau nahm. Faust legte eine Fünf-Euro-Note unter seine Americano-Tasse und verließ das kleine Café mit gemischten Gefühlen.

Mit hoher Geschwindigkeit fuhr der Mercedes-Sattelschlepper auf den Mann auf der Fahrbahn zu. Der schien allerdings keine Anstalten zu machen, das Unheil aufhalten zu wollen und zur Seite zu springen. Ein Außenstehender hätte auch gemerkt, dass niemand den Truck lenkte. Doch im letzten Moment stiegen Bremswolken von allen sechs Rädern auf, die Fahrerkabine mit ihrem hohen Schwerpunkt nickte sichtlich ein und der Achtundreißigtonner blieb dreißig Zentimeter vor Markus Seitz stehen und hüllte ihn in eine kleine Staubwolke ein. Seine Kollegen auf dem Testgelände verfolgten mit mehreren Laptops die Szene, kontrollierten Diagramme und glichen Tabellen mit neuen Werten ab, während sich Markus Seitz ihnen gedankenverloren näherte. „Na, so langsam wird es ja", kommentierte er das Gesamtergebnis dieses Versuches. „Ja, alle Einzelsysteme funktionieren für sich gesehen einwandfrei", entgegnete ihm einer der älteren Kollegen. „Das heißt, wir können nächste Woche mit den Tests für die Abnahme des Gesamtsystems beginnen." „Sehr wahrscheinlich erst in zwei Wochen, Markus. Die Webcams sind erst gestern angekommen und es dauert eine Woche, bis alle am Truck befestigt und kalibriert sind." Als verantwortlicher Projektleiter für das neue intelligente Logistiksystem der Firma Bosch war Markus Seitz neben den Kosten und der Qualität auch für die Einhaltung der Termine verantwortlich. Jedoch lief das Projekt bis jetzt sehr gut und so sah er im Moment keine Notwendigkeit, seine Kollegen unnötig zu demotivieren und Druck aufzubauen. „Einverstanden, aber seht zu, dass die Kollegen in der Werkstatt den Termin auch einhalten. Ansonsten sagt mir früh genug Bescheid, wenn ich mit dem Leiter der Werkstatt sprechen muss. Das Projekt ist das Lieblingskind unserer Geschäftsführung." Anschließend bestieg er den blauen Smart, der am Rand des Testgeländes stand, und sprach in Richtung Rückspiegel: „Smart eins, bitte Fahrt zum Parkplatz eins." Sogleich sprang der Elektromotor an und setzte den Kleinwagen ruckfrei in Richtung Hauptgebäude, das sich unweit des Testgeländes befand, in Bewegung. Für die Firma Bosch war das Projekt ein sogenanntes „Leuchtturmprojekt." Im Grunde genommen investierte die Firma erst einmal größere Summen, bevor es in drei bis fünf Jahren den Breakeven erreichen und damit Geld einbringen würde. Logistiksysteme gab es schon genug und auch bei den Navigationssystemen war die Konkurrenz schon lange unterwegs, aber beide Systeme zu verheiraten und mit einem einfachen Bediensystem zu verbinden, würde sicherlich der Logistikbranche enorm helfen und wieder einmal beweisen, dass Bosch in puncto Mobilität und Verkehr die Nase vorn hatte. Nachdem Markus Seitz sein Büro, das er sich mit zwei anderen Projektleitern teilen musste, betrat, kümmerte er sich zuallererst einmal um den Terminplan seines Projektes, indem er den soeben vernommenen Zeitverzug von zwei Wochen vermerkte. Sein geübtes Auge erkannte jedoch sehr schnell, dass dieser Verzug keinerlei Auswirkungen auf das Projektende haben sollte. Rot markiert war in seinem Zeitplan auf jeden Fall der Pilot, der erste völlig autarke Transport der Goldlieferung aus Buenos Aires im

Dezember 2016 auf öffentlichen Straßen. Mit Rainer Rambouille, dem Gesamtverantwortlichen bei der Deutschen Bundesbank, war er noch letzte Woche wegen der Zuständigkeiten am Frankfurter Flughafen aneinandergeraten.

Laut Projektbeschreibung übernimmt die Firma Bosch die Zuständigkeit und auch die Verantwortung ab dem Zeitpunkt der Übernahme der Fracht in ihr intelligentes Logistiksystem und nicht schon früher. Dies erfolgt aber erst innerhalb des abgeschlossenen Frachtbereiches auf dem Flughafen.

Hierüber kam es dann fast noch zum Eklat zwischen der Bundesbank und der Firma Bosch. Erst nachdem die Bundesregierung sich einverstanden erklärt hatte, dass sie die Verantwortung für den Wert der Goldlieferung übernimmt, hatten sich die Wogen geglättet. Allerdings verlangte die Bundesregierung dafür, dass der Transport vom Flughafen bis zur Bundesbank vom Bundeskriminalamt überwacht wird. Sowohl Rambouille als auch Seitz waren davon nicht angetan, da sie jetzt noch ein weiteres Teammitglied zu betreuen hatten. Rambouille hatte neben den Teammitgliedern der Bank auch Markus Seitz vorgestern darüber informiert, dass sich Hauptkommissar Klaus Behrendt im März in die nächste Projektrunde in der Bundesbank einfinden würde. Vorher wollte sich der Hauptkommissar auf jeden Fall noch bei Markus Seitz melden, damit dieser ihn über die zum Einsatz kommenden Systeme informierte.

Nun hatte sich Klaus Behrendt für den Nachmittag bei Markus Seitz angemeldet.

Klaus Behrendt war ein groß gewachsener, gut aussehender Mann von zweiundvierzig Jahren und erst seit einem Jahr Hauptkommissar. Mit seiner zehn Jahre jüngeren Frau, die in der Modebranche arbeitete, wohnte er seit fünf Jahren in Berlin-Charlottenburg. Zum Bundeskriminalamt war er erst vor zehn Jahren gekommen, nachdem er zuvor elf Jahre in der Bundeswehrverwaltung gearbeitet und es hier bis zum Generalleutnant geschafft hatte. In den letzten Jahren beschäftigte er sich im Bundeskriminalamt ausschließlich mit dem Terrorismus, wobei er sich aufgrund seiner englischen und französischen Sprachkenntnisse – insbesondere auf europäischer Ebene – bereits einen Namen gemacht hatte. Seit dem Sommer letzten Jahres war er sogar von Europol mehrfach zu Sitzungen nach Den Haag eingeladen worden. Über seine neue Aufgabe wurde er von seinem Chef erst letzte Woche informiert. Ihn unterstützen sollte die frisch ernannte Kommissarin Cornelia Lutz, die am ersten März im Bundeskriminalamt aufschlagen sollte. „Bis dahin haben Sie genügend Zeit, sich in das Thema einzuarbeiten. Mehr Personal gibt es erst einmal nicht, Hauptkommissar Behrendt. Sie wissen ja, die Migration ist ein riesiges Beschäftigungsprogramm und wird uns im BKA noch Jahre beschäftigen." Mit diesen Worten verließ Behrendt auch schon das Büro seines Chefs, da sich ein wichtiger Anruf auf dessen Handy ankündigt hatte. Nachdem sich Behrendt bei Herrn Rambouille telefonisch über das Projekt informiert hatte, entschloss er sich als Erstes, sich einmal das neue, intelligente Logistiksystem direkt bei der Firma Bosch erklären zu lassen.

Klaus Behrendt nahm die Zehn-Uhr-Maschine und landete mit einer viertel Stunde Verspätung in Stuttgart, nahm den Mietwagen in Empfang und erreichte die Zentrale der Firma Bosch, die nicht weit vom Flughafen gelegen war, eine Viertelstunde vor seinem Termin. Er hasste Unpünktlichkeit und plante bei seinen Dienstreisen immer einen Puffer von mindestens dreißig Minuten ein, um pünktlich zu sein. Nach den Anmeldeformalitäten am Empfang holte ihn eine Kollegin von Herrn Seitz an der Pforte ab und brachte ihn innerhalb weniger Minuten in ein großes und helles Besprechungszimmer und bat ihn, dort auf Herrn Seitz zu warten. Das Besprechungszimmer im fünften Stock war für mindestens zehn Personen vorgesehen und aus den Fenstern hatte man einen herrlichen Blick auf die nahegelegene Schwäbische Alb. Gerade als er darüber zu grübeln begann, warum man ihn auf so eine einfache Aufgabe angesetzt hatte, öffnete sich die Tür des Besprechungszimmers. Markus Seitz betrat den Raum, ein kleines Tablett jonglierend, auf dem sich zwei Tassen und ein kleines Milchkännchen und eine Zuckerdose beängstigend dem Tablettrand näherten. Bevor jedoch das Chaos seinen Lauf nehmen konnte, hatte er das Tablett mit einem leichten Scheppern in letzter Sekunde auf dem Besprechungstisch abgestellt. „Tja, Sie sehen, Herr Behrendt, bei uns wird agil gearbeitet und neben der eigentlichen Projektarbeit kümmern wir uns auch noch um das Kaffeekochen und darum, dass es kein Chaos gibt." Sichtlich überrascht von der direkten Art seines Gegenübers konnte Klaus Behrend erst einmal nichts entgegnen. Doch als er in die offenen und strahlenden Augen von Markus Seitz schaute, wusste er, dass er hier auf den richtigen Gesprächspartner traf. „Fast wie bei uns im BKA", konterte Behrendt dann noch in letzter Sekunde. Nach den üblichen Begrüßungsritualen verband Markus Seitz seinen Laptop mit dem im Raum befindlichen Beamer und informierte Hauptkommissar Behrendt im Rahmen einer kurzen Präsentation über das neue intelligente Logistiksystem der Firma Bosch, wobei er es vermied, zu tief in die technischen Details einzusteigen, da er davon ausging, dass der Hauptkommissar vom BKA nicht für Ingenieurtechnik zu gewinnen war. Nach zwanzig Minuten beendete Seitz seine Präsentation und deutete an, dass man jetzt in eine offene Diskussion eintreten könne. Behrendt nahm den Ball auch gleich auf und stellte die provokante Frage: „Und was passiert, wenn das System wegen Strommangel ausfällt?" „Die Stromversorgung ist redundant aufgebaut. Das heißt, dass nach einem Stromausfall innerhalb von drei Millisekunden die Sekundärversorgung anspringt, die in jedem Gerät und auch im LKW verbaut ist." „Und was passiert, wenn der LKW auf offener Straße überfallen wird?" „Sollten die installierten Sensoren untypische Fahrzeugzustände feststellen, würden alle Sicherheitssysteme aktiviert werden. Alarmanlagen würden loslegen, alle Türen würden sich verschließen, Rauchbomben würden explodieren und die installierten Kameras würden alle Bewegungen im und um den LKW aufnehmen. Außerdem ist das Fahrzeug jederzeit lokalisierbar und es darf auch nicht vergessen werden, dass der LKW fast immer in Bewegung ist."

Hauptkommissar Behrendt merkte schnell, dass dem Ingenieur Seitz nicht so schnell beizukommen war und er verstand auch, dass die Firma Bosch hier ein sehr sicheres und zuverlässiges System entwickelt hatte. Es schien, als lägen die Risiken woanders. „Wo, glauben Sie denn, liegt das größte Risiko?", wollte Behrendt von Seitz wissen. Nach einer kleinen Gedankenpause antwortete der Ingenieur: „Vermutlich da, wo innerhalb des Transports Menschen beteiligt sind, die nicht zur offiziellen Prozesskette gehören und Dinge tun, die nicht vorgesehen sind und die man nicht erwartet."

Dieser Satz klang Behrendt noch im Ohr, als er gegen zweiundzwanzig Uhr seine Wohnungstür aufschloss, seine Aktentasche auf den Tisch in der Diele legte und seinen Mantel an der Garderobe aufhängte. Könnte es sein, dass er die Aufgabe unterschätzte?

8

„Wer sichere Schritte tun will, muss sie langsam tun."
Johann Wolfgang von Goethe

„Wo hast du denn den Flaschenöffner versteckt?", wollte Leopold von Rügen von Ron wissen, während er drei Flaschen Bier aus dem Kühlschrank genommen und beiläufig den Inhalt des gesamten Kühlschranks begutachtet hatte. „Im Schrank neben dir, in der obersten Schublade, Leo." Sie trafen sich bereits das zweite Mal bei Ron, um über ihre Unterstützung für von Rügen zu sprechen. Bei ihrem ersten Treffen informierte von Rügen seine Freunde über alle Details, die er hinsichtlich des Familiengoldes wusste, einschließlich der guten Beziehungen nach Buenos Aires und der Tatsache, dass die

Bundesregierung die Bundesbank ermächtigt hatte, das Bundesgold nach Frankfurt zu holen. Faust und Ron schluckten, als sie erfuhren, dass es sich hier nicht nur um einen privaten Goldtransport handelte, sondern dass hier eigentlich die Goldreserven der Bundesrepublik Deutschland im Fokus standen, und dass die Sache wohl brenzliger war, als ursprünglich angenommen. Deshalb versuchten Faust und Ron an so viele Informationen wie nur möglich zu kommen, um sowohl die Chancen als auch die Risiken besser zu erkennen. Während ihres ersten Treffens waren alle mehrmals zu der Überzeugung gekommen, alles abzublasen. Doch genauso oft erinnerten sich insbesondere Faust und Ron an ihren Lohn, und dass damit viele ihrer Probleme kleiner werden würden. Bei diesen Gedanken fiel Faust auch stets wieder seine Frau Regina ein, die er immer noch liebte und nach deren Nähe er sich sehnte. Ihm war allerdings auch klar, dass allein das Gold sie nicht wieder zu ihm zurückbringen würde, erst recht nicht, wenn er aufgrund des Projektes im Knast landen sollte. Am Ende des ersten Treffens schienen zumindest alle notwendigen Informationen auf dem Tisch zu liegen, und jeder der Anwesenden wusste, worauf er sich einließ.

Jetzt war es an der Zeit, Nägel mit Köpfen zu machen und mit der Planung zu beginnen. Anlässlich des zweiten Treffens hatte Faust eine Metaplanwand und zwei Flipcharts sowie einen Moderatorenkoffer im Internet bestellt. Diese Utensilien sollten helfen, die Probleme ihres Vorhabens besser zu verdeutlichen und die geeigneten Lösungen zu ersinnen.

Ron hatte in seiner Vier-Zimmer-Wohnung so viel Platz, dass sie alles in seinem Arbeitszimmer aufstellen konnten, nachdem sie die vorhandenen Möbel etwas zu Seite geschoben hatten.

Von Rügen kam mit den drei geöffneten Bierflaschen in das Arbeitszimmer und drückte Ron und Faust jeweils eine in die Hand. „So, nun lasst uns erst einmal einen Schluck gönnen, bevor wir mit der Arbeit beginnen." Alle drei stießen ihre Flaschen zusammen, sagten „Prosit" und nahmen beherzt einen ersten Schluck aus ihren Flaschen. „Nach dem Bier sollten wir aber auf Wasser umstellen, sonst kriegen wir heute nichts mehr gebacken", unkte Faust, nachdem er sich nach dem ersten Schluck mit dem Handrücken über den Mund gefahren war. Sowohl von Rügen als auch Ron nickten sogleich, wobei sie nicht wussten, ob Faust das unter Umständen scherzhaft gemeint haben könnte. Im Laufe der nächsten Stunde und einer intensiven Diskussion wurde klar, wer sich für welchen Part des Vorhabens verantwortlich fühlte. Ron als Fahrer und Spezialist für Transporte würde sich um die Beladung und den Abtransport des Goldes kümmern. Von Rügen als Insider der Deutschen Bundesbank musste den Transport von Buenos Aires nach Frankfurt einschließlich der damit verbundenen Administrationen im Blick haben. Und Faust als Ingenieur sollte sich um das Überwinden der verschiedenen Sicherheitssysteme kümmern. Bald darauf schon waren die Metaplanwand und die zwei Flipcharts voll mit Begriffen, kleinen Skizzen, Erklärungen und einfachen Listen.

Am Ende dieses Abends waren alle sichtlich zufrieden mit den Ergebnissen und dem Ausblick, dass das Vorhaben gelingen könnte. „Dürfen wir jetzt wieder ein Bier trinken?", wollte Ron ganz demütig von Faust wissen, wobei man ein kleines Lächeln auf seinen Lippen ablesen konnte. „Aber höchstens eins", entgegnete Faust lehrerhaft, wobei er gleich merkte, worauf Ron anspielte und sich auch seinerseits ein kleines Lächeln nicht verkneifen konnte. Bevor die Freunde nun anfangen wollten, den Abend entspannt in Rons Wohnzimmer ausklingen zu lassen, stellte sich von Rügen vor sie und stemmte die Hände in die Hüften. „Wie wollen wir denn unsere Ergebnisse abspeichern? Ich kann nur empfehlen, nichts auf intelligente Medien zu speichern, sondern alles im Kopf zu behalten oder in ein kleines Notizbuch zu schreiben, was man immer bei sich haben sollte." Ron und Faust wussten im ersten Moment gar nicht, worum es ging, aber nach einer Sekunde Bedenkzeit verstanden sie sogleich, was von Rügen meinte. „Hier in die Wohnung kommt keiner und eine Putzfrau habe ich auch nicht. Somit können wir alles erst einmal im Arbeitszimmer lassen und sammeln", antwortete Ron. „Du meinst, falls wir zukünftig Kontakt mit der Polizei haben sollten, würden sie bei uns nicht fündig werden?", fragte Faust in Richtung von Rügen. „Ja, genau. Sofern die Behörden irgendwann einmal Verdacht schöpfen sollten, vielleicht auch erst viel später, werden sie bei uns nichts finden. Die kleinen Notizbücher können wir jederzeit verbrennen oder anderweitig entsorgen. Klar, das macht es auf der einen Seite etwas komplizierter, aber auf der anderen Seite auch sicherer." Ron und Faust fanden von Rügens Ausführungen so einleuchtend, dass sie ihn wohlwollend auf die Schulter klopften und fast synchron entgegneten:

„So machen wir's." Nach einem Abschiedsbier verabredeten sich die drei Freunde für den nächsten Freitag, da wollten sie das erste Mal einen Masterplan aufstellen. Von Rügen warf noch ein, dass sie dann in der Bank auch ihre nächste Projektsitzung abgehalten hätten und er neue Informationen mitbringen würde. Kurz vor Mitternacht verließen Faust und von Rügen Rons Wohnung, verabschiedeten sich auf der Straße und machten sich auf den Heimweg.

Nach einem langen Arbeitstag saß von Rügen immer noch im Büro. Seine Assistentin Frau Mohns hatte ihren Arbeitsplatz bereits am späteren Nachmittag verlassen, nicht ohne ihn daran zu erinnern, dass auch er bald Feierabend machen und nach Hause zu seiner Frau fahren sollte. „Ja, Sie haben wie immer recht. Ich werde nur noch ein E-Mail an Herrn Rambouille mit den offenen Punkten schreiben", ließ er Frau Mohns wissen, bevor er ihr einen schönen Feierabend wünschte. Die angesprochene E-Mail hatte er in wenigen Minuten geschrieben, doch nachdem sie mit einem leisen Pling seinen elektronischen Postausgang verlassen hatte, nahm von Rügen seine kleine Lesebrille ab und verfing sich in seinen Gedanken. Was mache ich eigentlich, wenn alles geklappt hat? Wo bunkere ich das viele Gold, immerhin fast fünfhundert Kilogramm? Wann spreche ich mit Cheryl? Ja, Cheryl musste er unbedingt reinen Wein einschenken. Er hatte ihr zwar über seine neuen Freunde berichtet, wobei er aber nur erwähnt hatte, dass man sich zum Spielen traf oder hin und wieder zu einem Glas Bier. Cheryl war froh, dass Leopold endlich Freunde gefunden hatte, insbesondere nach Friedrichs Tod.

Bis dahin war er ausschließlich auf seinen Großvater fokussiert, der mehr war als ein Großvater, und natürlich auf seine Arbeit und die Familie.

In seinen Gedanken fragte sich von Rügen auch, ob und wie er mit dem Gold sein Leben neu ordnen sollte. Wollte er mit Cheryl im Taunus weiter wohnen bleiben, nachdem die Kinder ausgezogen waren und auch Friedrich nicht mehr lebte? Eigentlich könnte er noch einmal einen Tapetenwechsel gebrauchen. Und seinen Job bräuchte er auch nicht mehr, zumal er nach dem Goldding nicht mehr sorglos in die Bank rein- und rausspazieren könnte. Er würde immer ein schlechtes Gewissen haben. Die ganzen Fragen machen mich noch kirre, dachte von Rügen. Vielleicht lösen sich so einige Probleme von selbst. Auf jeden Fall würde er bald mit seiner geliebten Cheryl reden müssen. Während er seinen Computer ausschaltete, sich seine Ledertasche schnappte und in seinen schwarzen Trenchcoat schlüpfte, nahm er sich vor, das Gespräch mit ihr nicht mehr auf die lange Bank zu schieben.

„Ron, kannst du mal eben in mein Büro kommen?" „Natürlich, Boss, was gibt es denn?" Ron war nun seit zwei Wochen nicht mehr bei seiner Firma IC International Cargo gewesen, zumal er ja auch keine Fuhren hatte. „Du, der Flughafen hat uns angeschrieben. Die wollen den Frachtbereich neu absichern, wegen der Installation neuer Systeme. Wir bekommen alle neue Ausweise und auch in unsere LKWs müssen wir neue Navigationssysteme einbauen. Ich hatte den anderen Fahrern schon Bescheid gesagt. Du musst bis nächste Woche für den Ausweis biometrische Fotos machen lassen, die schick ich dann alle zur Flughafen-Verwaltung. Im Sommer bekommen wir dann die neuen Ausweise und ab ersten Oktober sind sie gültig. Ab dann kommt ihr in den Frachtbereich nicht mehr rein ohne diesen Ausweis." Im ersten Moment war Ron geschockt, denn in Anbetracht ihrer Gold-Aktion im Winter würde es nun ungleich schwerer werden, den Flughafen-Frachtbereich anonym zu betreten und wieder zu verlassen.

„Weißt du denn, was die alles speichern?", fragte Ron seinen Chef unverhohlen. „Eigentlich alles, Namen, Datum, Uhrzeit, und nicht zu vergessen, es wird ein Foto gemacht und mit den biometrischen Daten abgeglichen", schloss der Chef seine Antwort. Nachdem Ron seinem Chef für die nächste Woche die Bilder zugesagt hatte, erhielt er noch die Informationen für seine nächsten Fuhren. Bei einer war er sogar für den Flughafen eingeteilt. Eine Verpackungsmaschine sollte von Offenbach zum Flughafen transportiert werden. Bei dieser Gelegenheit kann ich mir auch noch einmal den Frachtbereich genauer anschauen, dachte sich Ron, als er die Fracht schon geistig verarbeitete. „Okay, Boss, dann bin ich wieder weg. Übermorgen steht dann die erste Fuhre von der Liste an."

Ohne von seinen Papieren hochzuschauen, verabschiedete ihn sein Chef mit einem genuschelten: „Klaro, bis bald Ron und bleib sauber."

Sobald Ron das Büro verlassen hatte, notierte er sich sofort die soeben erhaltene Information in sein kleines schwarzes Notizbuch, das er sich am Morgen im Schreibwarenladen besorgt hatte. Ihm gefiel sein erster Eintrag so sehr, dass er sich vornahm, nun so viele Einträge wie möglich zu tätigen, um sich an das Notizenschreiben zu gewöhnen.

Für Faust war die neue Woche sehr ernüchternd gestartet, als er nämlich im Briefkasten seine neuesten Kontoauszüge vorfand, die ihm die Bank jeden Monat zusandte. Wenn er so seine Ausgaben für die Zukunft im Geiste durchging, würde das Geld nur noch bis zum Dezember reichen, wobei dabei nichts Außergewöhnliches an Ausgaben passieren durfte. Na ja, wenn alles klappt, bin ich bis dahin schon Millionär, dachte er sich, als ihm gleich auch einfiel, dass er zuerst einmal nur Edelmetall besitzen würde. Wie sollte oder konnte er das zu Geld machen? Auf jeden Fall wollte er vermeiden, dass er mit zwielichtigen Geschäftemachern in Kontakt kam. Beim Anblick von Gold würden die sicherlich gleich anders reagieren und noch mehr davon bei ihm vermuten. Damit wären auch seine neuen Freunde in Gefahr. Die unangenehmen Gedanken verloren sich jedoch sehr schnell, als er die Straße betrat und spürte, wie die Aprilsonne sein Gesicht wärmte, und er einige Singvögel mit ihrem Gezwitscher in der Ferne vernahm. Es roch, schmeckte und fühlte sich nach dem aufkommenden Frühling an. Endlich war die triste Zeit vorbei und man kann wieder richtig durchatmen, dachte Faust, wobei er für einige Sekunden seine Augen schloss und die angewärmte Luft durch seine Nase sog. Ohne viel nachzudenken, verzichtete er spontan auf sein Auto und legte die anderthalb Kilometer zum *Bon Giorno* zu Fuß zurück.

Heute hatte Bernd auch zwei seiner Bistrotische auf dem Bürgersteig vor seiner Bar platziert und die Stühle mit jeweils einem Schaffell ausgekleidet. Als Faust schon von weitem sah, dass einer der Tische frei war, legte er einen Zahn zu und erreichte den freien Tisch ein wenig außer Atem. „Carpe diem", murmelte er leise, nachdem er sich hingesetzt hatte und auch Bernd schon wie aus dem Nichts vor ihm stand. „Dann tue es bitte heute auch", schloss er Fausts Gedanken ab. Faust war ein wenig überrascht, dass Bernd wohl sein Gemurmel verstanden hatte, zog seine Ray-Ban-Sonnenbrille von der Nase und konterte frech: „Dann heute bitte zwei Schoko-Croissants und einen großen Americano, aber bitte vite, vite, mon garçón." Bernd spielte sogleich das Spiel mit und antwortete mit gespielter Arroganz: „Tout suit, mon Général", stellte das kleine Tablett auf seine Fingerspitzen, hob es elegant über seinen Kopf, machte eine kleine Verbeugung in Richtung Faust, wobei er den linken Arm ein wenig abwinkelte und an seinen kleinen Bauch führte, und dann mit schnellem Schritt in seine Bar verschwand. Nach wenigen Minuten erschien Bernd wieder und stellte die Croissants und den Americano auf den kleinen Bistrotisch vor Faust hin. „Ich wusste gar nicht, dass du so gut schauspielern kannst", belobigte Faust seinen Lieblings-Italiener. „Tja, da staunst du. Es war schon immer meine Leidenschaft. Früher habe ich sogar als Komparse beim ‚Fahnder' mitgespielt. Kennst du noch den Wennemann?"

„Klar, kenne ich den, die Reihe hat doch hier in Frankfurt in den Achtzigern gespielt." „Ja, genau, war ein toller Typ, aber leider viel zu früh gestorben. Von seinem Spiel habe ich mir einiges abgeschaut und gelernt, dass du mit einer gut gespielten Rolle so manchen Zeitgenossen hinters Licht führen kannst." Dieser Satz von Bernd blieb noch einige

Zeit in Fausts Kopf und bevor er das *Bon Giorno* wieder Richtung Innenstadt verließ, stand diese Aussage auch schon in seinem kleinen braunen Notizbuch.

9

„Corriger la fortune"
Aus Minna von Barnhelm von Gotthold Ephraim Lessing

„Weißt du auch bestimmt, was du tust?", fragte Cheryl Leopold von Rügen eindringlich. „Ja, natürlich, ich bin doch keine zwölf mehr", antwortete er bockig, da er sich vorkam wie früher bei seinem Großvater, wenn er etwas Besonderes oder Ungewöhnliches tun wollte und Friedrich nicht seiner Meinung war. Fast zwei Stunden hatte er sich nun gegenüber Cheryl hinsichtlich des „Rügengoldes" erklärt, wobei er nichts ausließ, aber gleichzeitig auch versuchte, nichts zu überzeichnen oder zu dramatisieren. Er wusste, dass seine geliebte Cheryl nicht sehr mutig war und auf ein intaktes Familienleben sehr viel Wert legte. Wie viele Ehefrauen und Mütter beschützte sie ihr schönes Nest und kämpfte mit jeglicher Voraussicht und Liebe gegen alle Unbill, die nur versuchte, das Nest im Geringsten zu attackieren.

Als Tochter eines kanadischen Rangers lernte Cheryl schon früh, was es hieß, sich zu behaupten. Ihre Mutter starb schon früh an Brustkrebs, kurz nach ihrem zwölften Geburtstag, und ihr Vater verlor sich seit dieser Zeit in seiner Arbeit. Cheryl musste sich auf vielen Gebieten alleine durchkämpfen und schwor sich, wenn sie einmal eine Familie besitzen sollte, diese in Harmonie, mit Liebe und großer Fürsorge zu führen. Als sie dann als Stewardess Leopold bei einer seiner ersten Dienstreisen nach Montreal kennenlernte, wusste sie sofort, dass sie mit ihm den Ehemann und Vater ihrer späteren Kinder gefunden hatte. Leider verlor sie ihn bei ihrer Ankunft in Montreal aus den Augen. Als sie ihn aber bei seinem Rückflug nach Frankfurt wieder traf, wusste sie, dass dies ein Wink des Schicksals war. Keine vierundzwanzig Stunden später hatten sie schon ihr erstes Date und nicht einmal zwölf Monate danach waren sie bereits verheiratet.

Sie liebte ihn so sehr, dass sie alles aufgab und fortan an seinem und ihrem Glück arbeitete, und das nun schon seit zweiundzwanzig Jahren.

Ähnlich wie Cheryl achtete auch Leopold auf ein harmonisches Ehe- und Familienleben und war sich mit seiner Frau auch meistens einig. Aber dieses Mal wollte er nicht nachgeben und das Familiengold nach Hause holen. Sie stritten noch einige Zeit darüber, wie Leopold das Gold aus dem Ausland herbringen wollte. Cheryl war sich nicht sicher, ob es ihrem Mann nicht auch auf den Nervenkitzel des Unerlaubten ankam. Sie war sich aber auf jeden Fall mit Leopold einig, dass der Familienschatz nicht nach Argentinien gehörte und wieder in ihren Besitz übergehen musste. „Lass uns nicht länger streiten, ich verstehe deine Beweggründe und teile sie auch mit dir. Aber bei der Art und Weise des Transportes habe ich Bauchschmerzen", lenkte Cheryl schließlich ein. „Ich habe da auch meine leichten Zweifel", versuchte Leopold seiner Frau entgegenzukommen. „Aber ich habe mir etliche Alternativen überlegt und jede hat ihre Risiken und zieht gewaltige Probleme nach sich. Je unauffälliger der

Transport erfolgt, umso besser für die Familie. Auf jeden Fall sollten wir die Kinder raushalten." „Klar, das wäre auch viel zu gefährlich", ergänzte Cheryl umgehend mit Nachdruck. „Auch kann das viele Gold nicht hier auf dem Grundstück gelagert werden. Stell dir nur vor, jemand entdeckt es, dann wäre der Teufel los und wir wären unseres Lebens nicht mehr sicher", warf Cheryl noch als wichtigen Punkt in den Dialog mit ein. Leopold nickte bei diesem Punkt nur, da dies auch für ihn eines der schwersten Probleme zu sein schien. „Lass uns zu Bett gehen, das Thema wird uns noch einige Zeit begleiten und heute werden wir nicht alle Probleme lösen können. Außerdem haben Ron und Faust hierzu auch noch ihre Ideen", beendete Leopold die Diskussion, trank den Rest seines Rotweinglases aus, nahm Cheryl in seinen Arm und verließ gemeinsam mit ihr das Wohnzimmer in Richtung Schlafzimmer.

„Meine Damen und Herren, zu der heutigen Projektsitzung darf ich erstmals Hauptkommissar Behrendt und seine Kollegin Kommissarin Lutz vom BKA begrüßen", eröffnete Herr Rambouille die allmonatliche Sitzung. Mit leichtem Kopfnicken begrüßten die übrigen Projektmitglieder die beiden Kommissare und stellten sich in den kommenden Minuten kurz selbst mit Namen und Aufgabe im Projekt vor. „Das heißt, in puncto Sicherheit des Transportes in Frankfurt verlassen Sie sich auf die Bundespolizei?", fragte Behrendt, nachdem er bei den vorgestellten Projektmitgliedern keine Aufgabe erkannt hatte, die sich mit dem Thema Sicherheit beschäftigte.

„Richtig, das hat aber auch nur damit zu tun, weil es um eine besonders große Goldfuhre geht, und das Gold der Bundesregierung oder besser gesagt dem deutschen Volk gehört", konterte Rambouille unmittelbar. „Okay, dann lassen sie uns doch einmal den ganzen Transport Schritt für Schritt durchgehen", entgegnete Behrendt mit Nachdruck. Anschließend warf Rambouille eine lange Excelliste mit dem Beamer an die Wand und erklärte anhand der einzelnen Zeilen alle aufgeführten Schritte im Detail. Ab dem Ausladen der Goldfracht in Frankfurt bis zur Ankunft bei der Bundesbank war in der Liste dann die Bundespolizei als Begleitschutz aufgeführt. „Wie gelangt denn das Gold vom Flieger in den Frachtbereich?", wollte Behrendt wissen. „Normalerweise ist dies Aufgabe des Frachtpersonals vom Flughafen. Sobald die Container aus dem Flugzeugrumpf ausgeladen worden sind, werden sie mit mehreren Schleppern in den Frachtbereich verschafft. Hier werden die Kisten aus den Alu-Containern ausgeladen, in das Logistiksystem eingebucht und in zwei autonom fahrende LKWs geladen", antwortete Rambouille kurz und knapp. „Aber bei der Goldmenge von fünfzig Tonnen sind das mehrere Container und es werden etliche Züge notwendig sein, um alle Container schnell in den Frachtbereich zu transportieren", resümierte Behrendt seinen Gedankengang. „Ja, das ist richtig, aber haben Sie eine andere Idee?", fragte Rambouille in Richtung von Behrendt. „Im Moment gerade nicht, aber ich denke darüber nach." Sogleich machte sich Kommissarin Lutz eine Notiz in ihr großes Notizheft über diesen Punkt. Wenn die Kommissarin in die Runde der Anwesenden geschaut hätte, wäre ihr bestimmt nicht entgangen, dass auch ein anderes Projektmitglied eine Notiz in sein kleines blaues Notizbuch schrieb.

Für von Rügen war die momentane Sicherheitsdiskussion sehr spannend, da er sozusagen hautnah mitbekam, wo sich im Projekt noch Lücken befanden, die das Trio bei ihrem Vorhaben unter Umständen gut ausnutzen könnte. Da der Punkt, wie die Goldmenge vom Flugzeug in den Frachtbereich gelangt, noch nicht gänzlich abgehandelt schien, kam von Rügen eine Idee. Ohne großen Anlauf meldete er sich sofort zu Wort: „Können nicht LKWs die Fuhre vom Flugzeug zum Frachtbereich transportieren?" Für eine kleine Ewigkeit schien die Welt im Besprechungszimmer stehenzubleiben. „Ja, natürlich, das ist sogar eine hervorragende Idee!", antwortete Behrendt sichtlich erleichtert. „Wenn wir das so machen, dann hätten wir eine Sicherheitslücke geschlossen. Bei notwendigen zwei oder drei LKWs könnten wir diese gemeinsam fahren lassen und haben dadurch einen besseren Überblick." Sofort machten sich wieder zwei der Anwesenden Notizen, wobei von Rügen sich bemühte, das Ganze nicht so offensichtlich ausschauen zu lassen.

Nach diesem wichtigen Punkt verlor sich der Rest der Sitzung in vielen Details, die insbesondere für juristisch Interessierte von Belang waren. Bei dem Agendapunkt „Weiteres Vorgehen mit der Argentinischen Zentralbank" übergab der zuletzt Vortragende das Beamerkabel an von Rügen, der sofort mit seiner Powerpoint-Präsentation begann. Anhand seiner Übersicht wurde allen Beteiligten sehr schnell klar, dass die meisten offenen Punkte hinsichtlich der Absprache mit Buenos Aires bereits erledigt waren. „Einzig der Termin steht noch nicht hundert Prozent fest, wann die Lieferung aus Buenos Aires hier in Frankfurt ankommen soll. Spätestens am 31. Dezember muss der Transport Buenos Aires verlassen, da im Rahmen einer Inventur an diesem Tag das Gold vorher ausgebucht sein muss", beendete von Rügen seine kurze Präsentation. „Gibt es zum Datum von unserer Seite bereits ein Statement?", fragte Rambouille in die Runde. „Die Firma Bosch muss die Zeit zwischen den Feiertagen bis Heilige Drei Könige nutzen, um vorhandene Bugs in der Software des Logistik- und Navigationssystems zu lokalisieren und auszumerzen. Nach dem aktuellen Terminplan sollen dann die großen Lieferungen aus Großbritannien bereits ab dem 20. Januar 2017 am Flughafen Frankfurt ankommen", meldete sich Markus Seitz zu Wort, der sich bis jetzt sehr unauffällig verhalten hatte. „Somit wäre ein Termin kurz vor Weihnachten wünschenswert", fasste Rambouille die Situation kurz zusammen.

Nachdem von Rügen bereits wusste, dass der 24. ein Samstag war, nahm er die Gelegenheit wahr und schlug sofort als Transporttag den 22. Dezember vor.

Da dies der letzte Donnerstag vor Weihnachten war, wäre sicherlich auf dem Flughafen jede Menge los, was dem Trio möglicherweise als Vorteil gereichen würde. Weder Rambouille als Projektleiter noch die anderen hatten gegen den Vorschlag etwas einzuwenden, einzig Hauptkommissar Behrendt schien nicht zufrieden. „Das heißt, wir müssten uns bei der Überwachung des Transportes auf ein erhöhtes Verkehrsaufkommen wegen Weihnachten einrichten." „Im Flughafenbereich von Frankfurt wird die ganze Woche viel Verkehr sein. Um dem zu entgehen, müssten wir deutlich vorher den Transport planen", warf von Rügen geistesgegenwärtig ein. Nach einer kurzen Bedenkzeit akzeptierte Klaus Behrendt den 22. Dezember, obwohl er sichtlich nicht begeistert war.

Von Rügen bat Rambouille dieses Datum im Protokoll zu vermerken. „Dann werde ich den Termin nach Buenos Aires melden, damit die Kollegen dort nun alles für den Transport in die Wege leiten können. Sowohl beim Finanzministerium als auch beim Zoll muss der Transport frühzeitig beantragt werden", schloss von Rügen diesen Punkt nun ab. Nachdem Rambouille noch mit den Anwesenden gemeinsam die To-do-Liste aktualisiert und den nächsten Termin für die Projektsitzung fixiert hatte, schloss er die aktuelle Besprechung, bedankte sich bei den Anwesenden und lud die externen Gäste noch zum Mittagessen in die Kantine der Bundesbank ein, wobei sich von Rügen der Gruppe anschloss, indem er angab, dass dies sowieso seine Essenszeit sei. In Wahrheit wollte er die Gelegenheit nutzen, um noch mögliche Unsicherheiten zu erfahren, die das Trio bei seiner Aktivität berücksichtigen könnte. Am folgenden Abend würden sich die drei wieder bei Ron treffen und endlich den Masterplan besprechen. Ab jetzt würde es bei der Planung sehr konkret werden, zumal nun auch der Termin des Goldtransportes feststand.

Beim gemeinsamen Mittagessen gesellte sich von Rügen zu der Gruppe um Rambouille, Markus Seitz, Hauptkommissar Behrendt und seiner Kollegin Lutz. „Handelt es sich bei den autonom fahrenden LKWs eigentlich um Fahrzeuge der Firma Bosch?", wollte Klaus Behrendt von Markus Seitz wissen. „Ein Fahrzeug kommt von uns, das andere von der ortsansässigen Firma IC International Cargo, von denen auch die Auflieger kommen." „Warum stellen sie denn nicht beide LKWs?" „Wie bereits gesagt, Mitte Januar kommen die großen Liefermengen von Großbritannien nach Frankfurt und dann benötigen wir mehrere autonom fahrende LKWs. Die Firma IC ist bereit, hier mit uns zusammenzuarbeiten, und dient uns als Versuchspartner und Erfahrungsträger. Außerdem fährt IC schon seit vielen Jahren für die Deutsche Bundesbank." „Hätten Sie bei der Firma IC einen Ansprechpartner für mich?", wollte Behrendt von Seitz wissen. „Natürlich, wobei mir jetzt gerade der Name nicht einfällt. Es ist der Chef der Firma IC. Ich werde Ihnen die Kontaktdaten heute oder morgen zusenden." Während des Desserts – Vanillepudding mit Kirschen – unterhielt man sich über die Auswirkung der Finanzkrise und über den Finanzplatz Frankfurt, der im Zusammenhang mit den EU-Austrittsplänen der Briten immer mehr an Gewicht bekommen könnte. „Ja, sicherlich wird Frankfurt hier aufgewertet, aber auch mit allen Nachteilen, die damit verbunden sind", warf von Rügen bei der Diskussion in die Runde. „Mieten, Immobilienpreise und Dienstleistungen werden teurer und werden die Normalbevölkerung belasten. Nicht jeder Frankfurter ist begeistert von dieser Entwicklung." „Dann müsste man ja schnell noch in günstige Immobilien investieren", meinte Behrendt. „Dieses Feld ist schon weitgehend abgegrast und Neubauten sind bereits extrem teuer", kommentierte von Rügen den Vorschlag von Behrendt. „Ja, wo würden Sie denn investieren in diesen unsicheren Zeiten, Herr von Rügen?", fragte Hauptkommissar Behrendt Leopold von

Rügen mit ein wenig prononcierter Stimmlage, während die anderen Teilnehmer der Essensrunde bereits aufstanden und sich in Richtung Ausgang begaben, um sich dort ihrer Essentabletts zu entledigen.

„Gold wäre da für mich die bessere Wahl", konterte von Rügen kühl und knapp. „Tja, bald haben Sie ja in Ihrer Bank davon genug in Hülle und Fülle. Kommen Sie mir allerdings nicht auf krumme Gedanken", scherzte Behrendt in von Rügens Richtung.

Bei dieser letzten Bemerkung von Hauptkommissar Behrendt lief es von Rügen kalt über den Rücken. Waren Ron, Faust und er auf dem richtigen Weg? Was, wenn alles aufflog? Wäre jetzt nicht noch der richtige Zeitpunkt, alles ohne Blessuren zu beenden?

Für von Rügen gab es auf all diese Fragen im Moment keine Antwort.

Nur gut, dass wir uns morgen bei Ron treffen, war sein letzter Gedanke, als die kleine Gruppe die Kantine verließ.

10

„Solange ich atme, hoffe ich."
Marcus Tullius Cicero

„Markus Seitz, Firma Bosch", meldete sich der Projektleiter am Telefon freundlich. „Guten Morgen, Herr Seitz, hier ist Kommissarin Cornelia Lutz am Telefon, wir haben uns letzte Woche in Frankfurt in der Bundesbank getroffen. Haben Sie einige Minuten Zeit für ein paar Fragen?"

„Ja natürlich, wo klemmt's?", wollte Seitz wissen, der es schätzte, wenn seine Partner gleich auf den Punkt kamen. „Ihre Firma hat ja sowohl die Hard- als auch die Software für das neue intelligente Logistik- und Navigationssystem entwickelt."

„Richtig, wir arbeiten schon seit drei Jahren daran." „Wenn sich am 22. Dezember nun die beiden mit dem Gold beladenen LKWs vom Frachtbereich des Flughafens autonom in Bewegung setzen, welchen Weg werden diese zur Bundesbank nehmen?" Markus Seitz freute sich immer, wenn sein Gegenüber ihm zu seinem Baby, das er nun seit einigen Jahren mit seinen Kollegen entwickelte, Fragen stellte. „Dies ist auf dem Navigationsmodul programmiert. Momentan wird nach dem schnellsten Weg gesucht, weil wir davon ausgehen, dass damit auch das Sicherheitsrisiko am geringsten ist und der schnellste Weg auch der von den Speditionen favorisierte Weg ist." „Das heißt, der Weg, den unsere LKWs nehmen, ist nicht vorherbestimmt." „Genauso ist es", antwortete Seitz knapp, der insgeheim hoffte, dass er bei der Programmierung nicht auch noch Wünsche der Bundespolizei berücksichtigen musste. „In Ordnung, weiter würde ich gerne wissen, ob die Firma Bosch den Weg der LKWs mitverfolgt und kontrolliert, und wie sie das machen." „Alle Fahr- und Überwachungsdaten werden von uns auf unseren Laptops verfolgt und gespeichert, wobei wir den jeweiligen Standort der LKWs auf Google Maps sehen. Das funktioniert so ähnlich wie bei Ihnen, wenn Sie eine Handyortung veranlassen." „Und wie können Sie erkennen, dass an den LKWs alles in Ordnung ist?" „Erst einmal können wir das anhand der Fahrdaten der

Fahrzeuge erkennen und an den insgesamt elf Webcams, die an jedem LKW installiert sind, vier an jeder Seite, je eine vorn und hinten und eine im Cockpit." „Ja, das macht Sinn", antwortete Lutz, die sich geistig schon um ihre nächste Frage kümmerte. „Und kann das System jemand von außen manipulieren oder hacken und die LKWs kidnappen?" „Eigentlich nicht, da wir uns nicht im öffentlichen Internet bewegen, sondern unser eigenes Netzwerk und eigene Frequenzen nutzen. Aber wie ich Sie kenne, werden Sie doch sicherlich hinter den LKWs herfahren?", fragte Seitz mit leicht heiterem Unterton. „Voraussichtlich nicht, da wir nicht genug Personal haben werden zur Vorweihnachtszeit und weil wir im Vorfeld abklären, wo das größte Risiko steckt und uns dann darauf fokussieren werden. Aber jetzt habe ich Sie genug gestört." „Kein Problem, wir sind Partner und falls sie weitere Fragen haben, melden Sie sich ruhig. Sie können mir auch die Fragen per E-Mail schicken. Normalerweise versuche ich die E-Mails innerhalb von vierundzwanzig Stunden zu beantworten." „Das hört sich gut an. Dann bedanke ich mich erst einmal bei Ihnen und wünsche Ihnen noch einen schönen Tag", beendete die junge Kommissarin das Telefongespräch. „Nichts zu danken und schöne Grüße nach Berlin."

Für Kommissarin Lutz war das die erste größere Aufgabe, seit sie zur Kommissarin befördert worden war. Eigentlich hörte es sich nach einer Routinearbeit an, aber sie wollte nicht schon bei ihrer ersten Aufgabe ins Fettnäpfchen treten, deshalb versuchte sie so akribisch zu arbeiten, wie es nur ging. Ihr neuer Chef, Hauptkommissar Behrendt, ließ ihr dabei viele Freiheiten. So hatte er ihr gleich zu

Beginn zu verstehen gegeben, dass sie nicht alles mit ihm absprechen müsste, wenn sie Ideen oder Ansätze verfolgte. Einzig bei Ermittlungs- oder Polizeiaktionen, die sie auslösen wollte, verlangte er vorher eine Rücksprache. Über ihr iPhone hatte sie von Hauptkommissar Behrendt den Namen und die Telefonnummer des Chefs der Firma IC International Cargo zugesandt bekommen, mit der Bitte, die Mitarbeiterliste anzufordern, um sich über den Polizeicomputer mögliche Vorstrafen ausdrucken zu lassen. Als sie den Ausdruck nun einsah, gab es nur einen Mitarbeiter mit einer Vorstrafe: Herr Ronald Fleischer, einundfünfzig Jahre alt, von Beruf Kraftfahrer, Single, wohnhaft in Kelsterbach, ein Jahr auf Bewährung wegen illegalem Glücksspiel. Bei passender Gelegenheit werde ich mir den wohl einmal näher anschauen müssen, dachte sich die ehrgeizige Kommissarin.

Nachdem sich Ron, Faust und von Rügen begrüßt hatten, fing Letzterer auch sogleich mit der wichtigsten Neuigkeit an: „Jetzt haben wir endlich einen Termin, und zwar Donnerstag, den 22. Dezember." „Ist das gut für uns?", wollte Ron wissen. „Auf jeden Fall, da uns die Hektik der Vorweihnachtszeit voraussichtlich in die Karten spielt", antwortete Faust für von Rügen, der eigentlich angesprochen war. „Außerdem wird die Goldlieferung vom Frachtflieger in LKWs verladen und nicht durch Schlepper in den Frachtbereich gezogen." „Wieso sollte das ein Vorteil sein?", wollte Faust wissen. „Die Bundespolizei hat vergessen, dass mit dem Gold auch noch andere Fracht aus Argentinien kommt. Somit werden die Paletten mit dem Gold in LKWs verladen und der Rest aus dem

Flugzeugbauch wird mit Schleppern transportiert. Das heißt, es befinden sich mehrere Fahrzeuge am Flugzeug. Vielleicht fällt es nicht auf, wenn auch ein Fahrzeug von uns Fracht vom Flieger aufnimmt."

Für einen kurzen Moment hörte man in Rons Arbeitszimmer den kleinen Braun-Wecker laut ticken und Ron und Faust schauten Leopold von Rügen fragend an. „Hast du schon einen Plan?", unterbrach Faust als Erster das entstandene Vakuum, wobei ihn Ron kopfnickend unterstützte. „Eigentlich nicht, aber als in der gestrigen Sitzung darüber gesprochen wurde, glaubte ich vor meinem geistigen Auge eine Lösung zu erkennen, und deshalb brachte ich die LKWs ins Spiel. Die LKWs kommen doch sicherlich von IC, der Spedition, in der Ron arbeitet. Somit können wir ihn leichter auf das Flugfeld bringen. Vielleicht reicht uns ein Transporter, der unsere halbe Tonne während der Entladung der großen Menge nebenher aufnimmt und so unbemerkt den Flughafen wieder verlässt." Wieder entstand für Sekunden eine gespenstige Stille, doch diesmal war sie erfüllt von positiver Energie, die die drei förmlich spürten.

Nach wenigen Minuten intensiver Diskussion, wobei anfänglich alle drei durcheinander sprachen, wurde klar, dass von Rügens Idee so etwas wie die Basis für einen Masterplan war. Gegen dreiundzwanzig Uhr war aus der Idee dann ein erster detaillierter Aktionsplan und eine To-do-Liste entstanden, in der aufgeführt war, was bis zu seiner Umsetzung die drei noch zu erledigen hatten.

Auf Ron kam dabei eine besondere Aufgabe zu, denn er musste dafür sorgen, dass ein zusätzlicher Transporter offiziell Zugang zum Frachtbereich erhielt. Zu diesem

Zeitpunkt konnte er jedoch nicht wissen, dass eine ehrgeizige Kommissarin in ihm ein Sicherheitsrisiko zu erkennen glaubte.

Normalerweise waren die Wochenenden für Faust immer langweilige Angelegenheiten gewesen, an denen er lange ausschlief, oft eine Runde joggen ging oder mit seinem Sohn lange telefonierte. Dieses Wochenende jedoch spürte er schon beim Aufstehen eine positive Energie in seinem Innersten, wenn er auch nicht deren Ursprung lokalisieren konnte. Insgeheim aber wusste er, dass sicherlich die bevorstehende große Aufgabe ihn und auch die anderen beflügelte, wobei immer auch eine Prise Unwohlsein mitschwang. Aber was hatte er schon zu verlieren. Ähnlich wie Ron stand ihm das Wasser bis zum Hals und er benötigte dringend Geld, und außerdem musste er sein angeknacktes Ego wieder auf Vordermann bringen. Auf zu neuen Ufern, dachte er sich, während er seine erste Tasse Kaffee trank und sich auf dem kleinen Tisch neben dem Kühlschrank ein Marmeladenbrot schmierte. In der To-do-Liste, die die drei gestern gemeinsam ausgefüllt hatten, war vermerkt, dass sich Faust um Rons Zugang zum Frachtbereich kümmern sollte, und zwar so, dass Ron keinerlei Schwierigkeiten vor, während oder nach der Aktion haben sollte. Von Ron wusste er, dass das Sicherheitssystem im gesamten Frachtbereich erneuert wird, und dass ab 1. Oktober die Zufahrt mithilfe eines neuen, intelligenten Systems überwacht wird, bei dem unter anderem auch ein neuartiger Ausweis mit biometrischen Daten eine wichtige Rolle spielen soll. Sicherlich würden mit dem System auch Abgleiche durchgeführt werden über angemeldete Fahrzeuge, inklusive der dazugehörigen Fahrer. Faust versuchte an diesem Morgen herauszufinden, wie man das System aushebeln könnte, ohne dass sich Ron unnötig in Gefahr begäbe. Er spielte verschiedene Ansätze geistig durch, das System zu überlisten, wobei er immer wieder scheiterte. Eine Person unbemerkt in den Frachtbereich zu schleusen, wäre sicherlich möglich, doch sie benötigten ein Fahrzeug und das durfte nicht zu klein sein, immerhin müsste über eine größere Distanz eine halbe Tonne transportiert werden. Faust dachte auch darüber nach, einen Tag vorher ein leeres Fahrzeug mit Ron als Fahrer einfahren zu lassen, das Fahrzeug in der Nähe des Frachtbereiches zu parken und Ron den Frachtbereich zu Fuß wieder verlassen zu lassen. Aber das System würde sicherlich vermerken, dass Ron tags zuvor im Frachtbereich gewesen war. Sofern irgendwelche Probleme auftauchen würden, wäre es sicherlich für die Kontrollbehörden ein Leichtes herauszufinden, wer sich alles unerlaubt im Frachtbereich aufgehalten hatte. Nein, so komme ich einfach nicht weiter, grübelte Faust, während er in seine leere Kaffeetasse blickte und hoffte, dort die Lösung zu finden. Vielleicht liegt sie viel näher, als ich glaube, versuchte er sich zu konzentrieren, und ja, warum müssen wir das System überhaupt überlisten? Wäre es nicht besser, Ron ist ganz offiziell bei der Aktion dabei und damit Teil der Mannschaft, die das Gold für die Bundesbank auflädt und in den Frachtbereich fährt, wo es dann an die autonom fahrenden LKWs übergeben wird? Die Fahrzeuge, die die Fracht vom Flugzeug aufnehmen und in den Frachtbereich bringen, müssen doch anschließend den Flughafen wieder verlassen. Faust spürte, dass er auf dem richtigen Weg war und sofort machte er sich Notizen in sein kleines braunes Notizbuch.

Nachdem von Rügen seinem argentinischen Kollegen und Freund Santos einen Tag nach der Projektsitzung per E-Mail mitgeteilt hatte, dass sich die Deutsche Bundesbank für den Transport den 22. Dezember wünschte, dauerte es fast eine Woche, bevor die Antwort in von Rügens elektronischem Briefkasten erschien. In sehr höflicher und gut formulierter deutscher Sprache bestätigte Señor Santos vorläufig den Termin. „Sowohl seitens der Argentinischen Zentralbank als auch des Argentinischen Finanz- und Wirtschaftsministeriums steht dem Wunsch hinsichtlich des Transportes der derzeit im Besitz der Argentinischen Zentralbank befindlichen deutschen Goldreserven zum gewünschten Datum nichts im Wege." Zwischenzeitlich hatte von Rügen von seiner Kollegin Kramer, aus der Logistikabteilung, auch mitgeteilt bekommen, dass einen Tag vorher, am 21. Dezember, eine Lufthansa-Frachtmaschine kurz vor Mitternacht den Flughafen in Buenos Aires Richtung Frankfurt verlassen würde, die ab dem frühen Nachmittag beladen wird. Planmäßige Landung in Frankfurt sei für den 22. Dezember, gegen fünfzehn Uhr, vorgesehen. Die fünfzig Tonnen würden auf dem Weg von dem Tresor der Zentralbank in Buenos Aires bis zum Verschließen der Ladeluken des Lufthansa-Jets von einer Sicherheitsfirma begleitet. Genaue Daten über die Lufthansa-Flugnummer und die Flug- und Frachtdaten werden im Oktober zu erwarten sein. Von Rügen bedankte sich sogleich bei Señor Silva und seinem Team, wobei er nicht versäumte, an die schönen und interessanten Tage anlässlich seiner Geschäftsreise im Januar zu erinnern. „Teniamos buenos y interessantes dias en Buenos Aires. Muchas gracias a tu tio tambien".“

Kurz nachdem von Rügen die E-Mail abgeschickt hatte, erhielt Frau Kramer auch schon die offiziellen Frachtpapiere aus Buenos Aires übermittelt. Neben den für die Abwicklung im internationalen Warenverkehr üblichen Logistiknummern war auch das Frachtgewicht mit fünfzig Komma fünf Tonnen angegeben. Die eigentlich fehlenden Nullen hinter dem Komma fielen Frau Kramer nicht auf.

Innerlich rieb sich von Rügen die Hände. Bis jetzt ging ihr Plan auf. Fast schon zu glatt, dachte er. Um das Ass im Ärmel nicht zu verlieren, mailte er sogleich an Rambouille und informierte ihn darüber, dass im Zusammenhang mit der Pilotlieferung die ersten fünfzig Tonnen aus Argentinien wie vereinbart am 22. Dezember einträfen.

Des Weiteren bat er Rambouille darum, dieses Datum auch den beiden externen Partnern von der Bundespolizei und der Firma Bosch mitzuteilen, wobei er nicht vergaß, darauf hinzuweisen, dass ein Terminverzug nun nicht mehr akzeptiert werden könne.

„Ronald Fleischer?“ „Ja, wer ist denn da?“, wollte Ron wissen.

„Frau Cornelia Lutz von der Bundespolizei. Darf ich Sie kurz stören und Ihnen einige Fragen stellen?“ Ron blieb fast das Herz stehen, als er die Stimme am Hörer seiner Gegensprechanlage hörte, doch geistesgegenwärtig antwortete er: „Ja, natürlich, warten Sie, ich mache Ihnen auf.“ Von weitem hörte er, wie Parterre die schwere

Haustür aufgedrückt wurde und einige wenige Augenblicke später die junge Kommissarin vor seiner Wohnung erschien. Kurz bevor er seine Wohnungstür öffnete, hatte er noch die Tür seines Arbeitszimmers hastig zugemacht, abgeschlossen und den Schlüssel geistesgegenwärtig abgezogen und in seine Jeans gesteckt. „Guten Tag, Herr Fleischer, darf ich hereinkommen", begrüßte Frau Lutz Ron freundlich. „Darf ich zuerst einmal Ihren Ausweis sehen?", versuchte Ron erst gar keine emotionale Nähe aufkommen zu lassen, denn aus vielen Krimis hatte er gelernt, dass eine emotionale Nähe ein probates Mittel der Ermittler war, das Gegenüber gleich für sich einzunehmen. „Natürlich", antwortete die Kommissarin und kramte ihren Dienstauseis aus ihrer Jacke und hielt ihn Ron direkt vor die Nase. „Ja, in Ordnung, dann kommen Sie herein." Er führte Frau Lutz direkt in die Küche, bot ihr einen Platz am Küchentisch an und fragte, ob sie etwas trinken möchte. „Nein, danke, lassen Sie mich gleich meine Fragen loswerden und dann bin ich auch schon wieder weg."

„Sie arbeiten bei IC als Fahrer?" „Ja, aber das wissen Sie doch bestimmt." „Es war auch mehr als Feststellung gemeint. Dann wissen Sie doch auch, dass Ihre Firma für die Deutsche Bundesbank im Dezember einen Transport vom Flughafen zur Deutschen Bundesbank durchführt?" „Unser Chef hat uns vorgestern darüber informiert und auch um welche Fracht es sich dabei handelt. Aber was hat das mit mir zu tun?", wollte Ron wissen. „Die Bundespolizei überwacht den Transport, allerdings ohne die Fahrzeuge einzeln zu observieren. Wir schauen uns nun im Vorfeld eventuelle Sicherheitsrisiken an und die sind insbesondere dort, wo Personen am Prozess beteiligt sind. Und somit beschäftigen wir uns auch mit den Fahrern, die die Goldfuhre vom Flieger in den Frachtbereich transportieren." „Aber Sie wissen schon, dass ich nicht der einzige Fahrer bin, der für diesen Auftrag eingeteilt ist." „Das ist uns durchaus bewusst, aber Sie sind nun mal der Erste, den wir fragen, und außerdem war ich gerade in der Gegend." Ob ich das mal glauben soll, fiel Ron beim letzten Satz ein. „Aber wenn ich ehrlich bin, sind wir auf Sie aufmerksam geworden wegen Ihrer Vorstrafe vor einigen Jahre." „Das dachte ich mir doch gleich, aber das war doch nur eine Jugendsünde und wurde zur Bewährung ausgesetzt", versuchte Ron den Vorwurf zu entkräften. „Glauben Sie wirklich, ein kleiner Fisch wie ich würde eine Fuhre voll Gold stehlen und das noch unter den Augen der Bundespolizei?"

Natürlich denke ich das auch nicht, wusste Frau Lutz. Aber ehrgeizig wie sie war, wollte sie jede kleine Spur verfolgen, die sich ihr offenbarte. „Ihr Chef erklärte mir, dass Sie in letzter Zeit nicht mehr so viel fahren. Hat das einen Grund?" „Eigentlich liegt es an ihm, da er mich nicht mehr so oft einteilt. Ich fahre überwiegend nur als sogenannter Springer, je nach Auftragslage. Aber deshalb war ich auch froh, dass ich bei der Fuhre im Dezember dabei bin. Nächste Woche habe ich übrigens auch zwei Fuhren." Die Kommissarin merkte so langsam, dass ihr die Fragen ausgingen, obwohl sie gerne länger geblieben wäre, denn irgendwie fand sie Ronald Fleischer sympathisch. Nach kurzer Zeit verabschiedete sie sich jedoch und verließ die Wohnung, wobei sie versuchte, alles nur irgendwie

Verdächtige in Augenschein zu nehmen und abzuspeichern.

2.Akt

„Das Ding an sich."

Immanuel Kant

11

„Man soll aufhören, wenn es am schönsten ist."

Volksmund

Die Boeing 777F der Lufthansa Cargo landete mit zehn Minuten Verspätung auf der Runway RWY25R des Frankfurter Flughafens. Grund für die Verspätung war das schlechte Wetter über dem Atlantik, zweihundert Kilometer vor Portugal. Flugkapitän Berger bekam die Daten für die neue Route vom Lufthansa eigenen Mission-Support über einen Download auf sein Electronic flight bag. Auch wenn er lieber über Marokko dem Unwetter ausgewichen wäre, begrüßte er die kürzere Ausweichroute über die Bretagne und Paris. Er wusste von der sensiblen Fracht und wollte einigermaßen pünktlich landen, um auch die wartenden Kollegen des Frachtbereiches nicht zu verärgern. Theo Berger war dreiundsechzig, Pilot aus Leidenschaft und nun schon seit über fünfunddreißig Jahren bei Lufthansa Cargo. Er war nicht nur Pilot, er entsprach auch dem Bild eines Piloten der Lufthansa: groß, blond, hanseatisch ruhig, überlegt und ein wenig distanziert. Heute nun war sein letzter Flug und wie bei der Lufthansa allgemein üblich, konnte sich der Flugkapitän bei seinem letzten Flug die Destination selbst aussuchen, sofern es auch von seinem Flugmuster angeflogen wurde. Vor zwölf Jahren, als er zum ersten Mal als Kapitän eine Boeing 747 als Frachtflieger nach Buenos Aires steuerte, überraschte eine plötzlich auftretende Gewitterfront Berger und die Crew.

Die Maschine wurde extrem durchgeschüttelt und bis an ihre Belastungsgrenze strapaziert. Nur durch extreme Flugmanöver, überlegtes Handeln und beherztes Zupacken gelang es Berger, die Maschine wieder sicher aus dem Unwetter herauszufliegen und ohne Schaden auf dem Flughafen Buenos Aires Ezeiza zu landen. Nach der Landung bedankten sich die Crew-Mitglieder bei ihm und bescheinigten ihm eine hervorragende Leistung, die allerdings von der Lufthansa nicht gewürdigt wurde, was letztendlich auch dazu führte, dass Berger nicht wie allgemein üblich zur Lufthansa Passage wechselte, sondern den Rest seiner Dienstzeit bei der Lufthansa Cargo verbrachte. Nach der sicheren Landung schwor Berger, dass er seinen letzten Wunschflug in seiner Pilotenkarriere, sofern es dazu kommen sollte, nach Buenos Aires machen wollte, sozusagen als Dank dafür, dass er heil aus der Geschichte herausgekommen war. Bei der Äußerung seines Wunsches Mitte Oktober rieb man sich bei Lufthansa Cargo verwundert die Augen, doch war man auch froh, dass bei einer so heiklen Fracht ein erfahrener Pilot die Frachtmaschine fliegen würde. Für Berger war es sozusagen ein Zeichen, dass er bei seinem letzten Flug eine so wertvolle Fracht nach Frankfurt würde fliegen dürfen. So wird mir der letzte Flug noch einmal vergoldet, dachte er sich insgeheim und freute sich schon Wochen vor dem Flug auf dieses Highlight. Er ließ es sich deshalb auch nicht nehmen, beim Verladen der fünfzig Tonnen Gold an der Maschine anwesend zu sein und verfolgte am frühen Nachmittag des 21. Dezembers aus einigen Metern Entfernung, wie die Fracht im Beisein von bewaffneten Sicherheitskräften und eines Lademeisters im Bauch der Boeing verstaut wurde. Nachdem in den ersten beiden Stunden verschiedene Frachtbatches für den anschließenden Weiterflug von Frankfurt aus verladen wurden, schickten sich nun anschließend die argentinischen Ladearbeiter unter Anleitung des Lufthansa-Lademeisters an, die für die Deutsche Bundesbank vorgesehene letzte Fracht an Bord zu bringen. Hierbei fiel Berger auf, dass als Erstes eine Frachtpalette verladen wurde, unter deren Sicherungsnetz sich eine mit weißer Plane umwickelte Palette befand, die an ihren Ecken deutlich sichtbar grüne Punkte trug. Kurz bevor die Ladeluke geschlossen wurde, gab es beim Lademeister dann noch einige Aufregung. Anscheinend schien es wohl Unstimmigkeiten in den Frachtpapieren zu geben, denn Berger hörte, wie einige Male der Satz „El peso no es correcto" fiel. Ohne dass es Berger mitbekam, korrigierte der Lademeister kurzerhand das Nettogewicht der Fracht für Deutschland eigenhändig auf fünfzig Komma null null fünf Tonnen und klappte schnell den Deckel seines Notebooks zu. Damit war sein Auftrag erledigt, auch wenn die Abweichung des Gewichts nun aktenkundig war. Nach der Abfertigung der Lufthansa-Maschine verabschiedete sich der Lademeister dann auch in seinen wohlverdienten Feierabend, wobei er nicht vergaß, sich noch bei Flugkapitän Berger zu verabschieden. „So, nun ist alles verladen. Die Freigabe habe ich erteilt. Guten Flug, Kapitän Berger, und bis zum nächsten Mal." Berger unterließ es, den Mitarbeiter davon zu unterrichten, dass dies sein letzter Flug war und wünschte ihm noch einen schönen Feierabend.

Nach den letzten Treffen bei Ron trafen sich die drei nun endlich wieder einmal in der *Oase*. Nachdem sie es sich an ihrem Lieblingstisch gemütlich gemacht hatten, kam auch schon Rita mit drei Pils und je einem Handkäs mit Musik an ihren Tisch, wünschte einen guten Abend und war froh, dass ihre Stammgäste wieder einmal den Weg zu ihr gefunden hatten.

„Euch kriegt man ja gar nicht mehr zu Gesicht. Ich hoffe, ihr geht nicht fremd oder heckt was Verbotenes aus." „Wer dich kennt, würde niemals fremdgehen und ja, wir überfallen eine Bank", konterte Faust sehr nah an der Wahrheit. Ron und von Rügen froren für Sekunden die Gesichter ein, sie hätten fast vergessen zu atmen. „Ja klar, so seht ihr aus", antwortete Rita, während sie den Rückweg zu ihrem Tresen antrat und wie eine Lehrerin ermahnend ihren rechten Zeigefinger hob und damit den dreien zu verstehen gab, dass sie Fausts Äußerung nicht ernst nahm. Als Rita außer Hörweite war, sagte von Rügen: „Na, du hast Mut. Mir ist fast mein Herz in die Hose gerutscht." „Meine Mutter hat immer gesagt, lügen soll man nicht", antwortete Faust ein wenig frech. Ron kommentierte das Ganze nur durch leichtes Kopfschütteln.

„So, ihr wisst, in zwei Wochen haben wir unseren großen Auftritt und wir sollten uns jetzt noch einige Male treffen, um alles einmal durchzuspielen", versuchte Faust nun wieder ernst zu werden. Bei dem Gedanken, dass es bald soweit war, versanken alle drei kurzfristig in Lethargie und vergaßen für einen kurzen Moment, wo sie waren. „Hallo Leute, nicht einschlafen!", riss sie von Rügen unsanft aus ihren Tagträumen. „Das Einzige, was mir wirklich Sorgen macht, ist der Umstand, dass wir die Goldfuhre erst einmal in der angemieteten Garage unterbringen müssen." „Ich bin absolut bei dir, aber solange wir nicht wissen, wo das Gold langfristig aufbewahrt werden soll, ist das vorläufig die einzige Lösung", versuchte Faust das angesprochene Problem zu entkräften. Vor zwei Monaten hatte Faust in einer Wohnsiedlung in Frankfurt-Niederrad eine größere Garage auf seinen Namen angemietet. Ziel war es, die halbe Tonne Gold hier erst einmal abzuladen und anschließend zu entscheiden, wie man weiter verfahren wollte. In erster Linie war es von Rügens Problem, denn ihm gehörte das Gold. Da er es aber nicht auf seinem Grundstück in Oberursel endlagern wollte, kam die Idee auf, für das gesamte Gold erst einmal eine Zwischenlösung zu suchen. Außerdem war abzuwarten, ob es bei der ganzen Aktion nicht zu Verwerfungen kam, und man tunlichst entstandene Spuren verwischen musste.

Von Rügen spielte auch mit dem Gedanken, den Familienschatz komplett zu lassen und Ron und Faust auszubezahlen. Allerdings würden hierbei größere Geldbewegungen notwendig, die wiederum schwierig zu vertuschen waren. Im Laufe des Abends entfernten sich die Gedanken immer weiter von ihrem gemeinsamen

Vorhaben und die kleine Gesellschaft wurde immer ausgelassener. Erst kurz bevor sich die Runde vor Mitternacht auflöste, wurde es wieder ernst. „Ich würde vorschlagen, wir treffen uns am Montagabend wieder bei Ron und gehen die Aktion noch einmal durch. Bis dahin muss auch die To-do-Liste komplett abgearbeitet sein", ermahnte Faust seine Freunde. „Kommenden Freitag sollten wir gemeinsam zum Flughafen fahren und uns die Situation vor Ort noch einmal vergegenwärtigen", versuchte auch Ron die Aufmerksamkeit auf das Thema zu lenken. Kurz nach Mitternacht verließen die drei die *Oase*, wissend, dass in absehbarer Zeit sich möglicherweise ihr Leben verändern würde. Ob sie auch weiterhin Freunde blieben? Ob das Gold sie blenden würde, wenn sie es in den Händen halten würden? Vielleicht würde die erlebnisreiche Zeit die drei auf ewig vereinen. Bald werden wir es wissen, dachte sich Faust, während er seinen Wintermantel fester schloss, sich den langen Schal noch einmal um den Hals schlang und sich auf den Heimweg begab.

Erst Ende Oktober war bei der Firma Bosch die Freigabe für die Pilotserie des neuen autonomen Logistik- und Navigationssystems – ALoNa1 – erfolgt. Insgesamt sieben Einheiten wurden bei Bosch aufgebaut, wobei zwei LKWs der Firma IC International Cargo einschließlich der Auflieger mit dem neuen System aufgerüstet wurden und auf dem Testgelände der Firma Bosch umfangreiche Tests durchliefen. „Smart zwei, bitte Fahrt zum Testgelände Parkplatz." Der kleine Elektroflitzer setzte sich sofort surrend in Bewegung und fuhr Markus Seitz zum geforderten Ziel. Nach wenigen Minuten erreichte Projektleiter Seitz den Parkplatz nahe dem Testgelände, stieg aus und näherte sich der Gruppe von Ingenieuren, die vor einem der beiden LKWs der Firma IC standen und sich rege unterhielten. Als Markus Seitz die Gruppe erreichte, verstummten alle in Erwartung dessen, was Markus ihnen wohl zu sagen hatte. „Ja, Leute, endlich ist es soweit", fing er seine kleine Ansprache an. „Ich komme soeben von einer Sitzung der Geschäftsführung, bei der wir nun auch die Freigabe für die beiden Fahrzeuge und die Durchführung des Pilot-Transportes der Deutschen Bundesbank am 22. Dezember erhalten haben. Ich soll euch im Namen der Geschäftsführung für die tolle Leistung danken, insbesondere für die Arbeit der letzten beiden Wochen, als nicht sicher war, ob wir die Adaption an den beiden Fahrzeugen auch wirklich schaffen würden. Auch ich möchte mich bei euch allen bedanken, wenn dies auch nur ein erster wichtiger Meilenstein ist. Erst mit der finalen Freigabe im Februar sind wir durch und können das Projekt abschließen. Die nächsten Wochen werden nun zeigen, was in dem neuen System steckt. Ich denke, wir werden noch einige Bugs finden. Abschließend kommt noch der Hinweis von der Geschäftsführung, mit niemandem über das Projekt zu sprechen. Die Pressemitteilung über das neue System soll erst im März erfolgen. Diese wird dann im Beisein der Bundesregierung und der Deutschen Bundesbank stattfinden. So, jetzt genug der Worte, im Smart habe ich Sekt und Fingerfood mitgebracht, damit wir uns erst einmal stärken und auf den Erfolg anstoßen." Kaum waren die letzten Worte gesprochen, beklatschten die Kollegen sogleich ihren gemeinsamen Erfolg und ließen ihren Projektleiter spüren, dass sie auch mit seiner Leistung sehr zufrieden waren, denn er hatte sie auch bei Misserfolgen zu motivieren verstanden und war immer einer von ihnen gewesen.

„Es war die Entscheidung der Bundespolizei, dass die beiden Mercedes-Sattelschlepper bereits am 21. Dezember im Frachtbereich abgestellt und von ihnen überprüft und überwacht werden. Ich fahre Roger und Heinz dann nachmittags zum Flughafen, helfe mit beim Entladen der Fracht und bringe die Kollegen dann zur Bundesbank, wo sie die autonomen LKWs in Empfang nehmen. Passt das so, oder sollen wir es anders machen?" „Nee, ich glaube, das ist so am besten. Ich habe das jetzt auch so mit der Kommissarin abgesprochen", antwortete Rons Chef, den das Thema sichtlich nervte, da er nicht gerne fremdbestimmt war und sich durch die andauernden Fragen und Änderungen der Kommissarin in der letzten Zeit sehr eingeschränkt fühlte. Für Ron waren die letzten Wochen sehr nervenaufreibend gewesen, da bis zum Schluss nicht klar war, wie die Goldfracht aus Buenos Aires ausgeladen werden sollte.

Außerdem stellte Ron für die Kommissarin Lutz ein Sicherheitsrisiko dar, das es galt, nach Möglichkeit zu eliminieren. Letztendlich bestand sein Chef aber darauf, dass Ron dabei sein müsse, da er sich auf dem Flughafen am besten auskenne und die meiste Erfahrung habe. „Schluss, Ende, aus, und jetzt will ich von dem Thema nichts mehr wissen!", waren seine letzten Worte in der Angelegenheit.

Ron hoffte inständig, dass diese Entscheidung endlich von Dauer war, und das Trio sich nun in seinen letzten Besprechungen auch darauf einstellen konnte, denn es war immer noch offen, wie das „Rügengold" den Flughafen unerkannt verlassen sollte.

Bevor Ron an diesem Tag die Firma verließ, stellte er sich – von allen unbeobachtet – im Treppenhaus in eine Ecke und notierte sich einige Details in sein kleines schwarzes Notizbuch, was jetzt schon fast zur Hälfte gefüllt war.

Für Faust war klar, dass nun die entscheidende Phase ihres Projektes begonnen hatte und sie in weniger als zwei Wochen entweder im Besitz des Goldes waren oder aber ein fettes Problem mit der Justiz ihr Eigen nennen durften. Ron und auch von Rügen hatten bei ihren letzten Treffen immer wieder berichtet, wie sich die Bundespolizei in ihr Vorhaben mehr und mehr einmischte. Immer wieder kamen deshalb Zweifel auf, ob sie die Sache nicht abblasen sollten. Vor allem gab es bis zum Schluss kein Konzept, wie sie nach der Landung der Frachtmaschine in den Besitz der halben Tonne Gold kommen sollten. Durch von Rügens Kontakte nach Buenos Aires waren nur die Fracht- und Flugdaten bekannt, und dass die mit den grünen Punkten markierte Palette zusammen mit dem Bundesgold entladen würde. Auch konnte davon ausgegangen werden, dass Ron als Einziger der drei Zugang zum Flughafen haben dürfte und dass er dem Gold damit am nächsten kam. Von Rügen würde sich in der Nähe der Garage aufhalten, in der das Gold zwischengelagert werden sollte. Zu einem bestimmten Zeitpunkt würde von Rügen dann die Garage öffnen und auf die Ankunft des Goldes warten. Vielleicht wissen wir heute Abend mehr, wenn wir uns alle wieder bei Ron treffen, fiel Faust ein, während er auf seine Armbanduhr schaute, im Übrigen wird es Zeit, dass ich an Kohle komme. Erst vor wenigen Tagen hatte er einen unangenehmen Anruf seiner Hausbank erhalten, die ihn darauf aufmerksam gemacht hatte, dass sich sein Kontostand dem Nullpunkt näherte und sie auch schon seit geraumer Zeit festgestellt hatten, dass kein nennenswerter Geldzufluss mehr stattfand. Faust hatte noch ein Sparkonto bei einer österreichischen Bank. Von da aus überwies er hin und wieder kleinere Beträge auf sein Girokonto in Frankfurt, um dort den Anschein zu erwecken, dass er noch über Reserven verfüge. Aber auch diese Quelle begann nun zu versiegen. Hoffentlich hat das bald ein Ende, sinnierte Faust und ermahnte sich, positiv in die Zukunft zu schauen. Nachdem er zum zweiten Mal auf seine Uhr geblickt hatte, und es nun die richtige Uhrzeit war, griff er nach seinem Handy und wählte die Nummer seines Sohnes in Stuttgart.

12
„Das Ei des Kolumbus"
Redensart

„Ja, guten Tag, liebe Kolleginnen und Kollegen, das ist nun die letzte Projektsitzung in diesem Jahr und auch die letzte Besprechung vor unserer Pilotlieferung aus Buenos Aires", begrüßte Rambouille lächelnd alle im Raum befindlichen Personen. Seine gute Laune merkte man ihm förmlich an, für die er auch gleich eine Erklärung nachschob. „Unsere Geschäftsführung hat uns heute grünes Licht gegeben und mich gebeten, ein großes Lob an die Projektmitarbeiter auszusprechen, was ich hiermit auch gerne tue. Nichtsdestotrotz sind es aber bis zum 22. Dezember noch einige Tage und wir müssen heute die noch verbliebenen To-dos einsammeln und in der Zwischenzeit aufgekommene Fragen und Probleme besprechen." Als Nächstes projizierte der Projektleiter seine große Excelliste an die Wand, in der alle zu erledigenden Aufgaben notiert waren, und hinter jedem Punkt der Bearbeitungsstand mit einem roten, gelben oder grünen Punkt markiert war. So konnten alle Beteiligten sehr schnell erkennen, wie viele Punkte noch offen waren und auch, wer noch Themen abzuarbeiten hatte. Die lange Liste wurde darüber hinaus durch einen größeren Absatz in zwei Hälften geteilt, wobei der erste Teil all die Punkte betraf, die bis zum Eintreffen der ersten Lieferung abzuarbeiten waren, und der zweite Teil sich auf die weiteren Meilensteine bis zum Projektende bezog. Mit einigen wenigen Tastenfolgen auf seinem Notebook sammelte Rambouille jetzt nun alle gelben und roten Punkte zusammen, sodass sich die Liste auf nur noch wenige offene Punkte verkleinerte. Bei den meisten von ihnen handelte es sich um die letzten Freigaben der involvierten Abteilungen für die Pilotlieferung und die abschließende Stellungnahme der Firma Bosch und der Bundespolizei. Sowohl Seitz als auch Hauptkommissar Behrendt hatten eigene Präsentationen vorbereitet, in denen sie die Projektleitung und die Projektmitarbeiter über ihre Planungen und abschließenden Ergebnisse kurz informierten. Nach den beiden Präsentationen konnte

Rambouille auch bei den entsprechenden Punkten in seiner Excelliste jeweils den aktuellen gelben Punkt in einen grünen Punkt wechseln. Bei der Präsentation von Klaus Behrendt wurde von Rügen etwas nervös, da der Hauptkommissar wenig über den Einsatz der Bundespolizei sagte. Von Rügen ließ es sich jedoch nicht nehmen, hierzu nachzuhaken. „Wie viele Polizisten werden denn im Einsatz sein", wollte er frech wissen. „Eigentlich dürfte ich Ihnen das gar nicht sagen, aber Sie werden das Gold sicherlich nicht stehlen. Kommissarin Lutz und ich werden die ganze Aktion beobachten und kontrollieren. Auf dem Flughafen werden die Kollegen vom Zoll anwesend sein, und außerhalb des Flughafens wird die Landespolizei sowohl im Außeneinsatz als auch in den Verkehrsleitzentralen den Transport verfolgen, allerdings erst eingreifen, falls es zu Komplikationen kommt."

Nun meldete sich auch noch Markus Seitz zu Wort: „Und wir werden mithilfe des eingesetzten autonomen Transport- und Navigationssystems die ganze Aktion via Notebooks verfolgen. Wir können im gewissen Rahmen eingreifen und eventuell müssen wir das auch, falls das System oder Teile des Systems ausfallen. Ich selbst werde mich mit einem Kollegen im Frachtbereich des Flughafens aufhalten und hier schauen, dass alles funktioniert. Aber auch wir werden nur im Ernstfall eingreifen. Uns geht es insbesondere darum, das neue System im Einsatz zu sehen und auch zu erfahren, wie alle am Prozess Beteiligten mit ihren Aufgaben klarkommen. Für uns werden die Auswertungen der Daten im Anschluss dann wichtig. Hier werden wir erkennen, was alles schiefgelaufen ist.

Außerdem will ich noch einmal in Erinnerung rufen, dass wir insgesamt von einer Fahrstrecke der beiden LKWs von ungefähr nur fünfundzwanzig Kilometern sprechen. Außerdem wird die maximale Geschwindigkeit nicht mehr als vierzig Kilometer pro Stunde sein. Somit wird die reine Fahrzeit nicht mehr als eine Stunde betragen, vorausgesetzt, es gibt keine unerwarteten Staus, wovon wir ab zweiundzwanzig Uhr, wenn sich die LKWs in Bewegung setzen, nicht ausgehen."

„Ja, und ich selbst werde hier in der Bundesbank sitzen und auf die Ankunft der LKWs warten, die bis nach Mitternacht ausgeladen sein werden und von den Fahrern von IC wieder in Empfang genommen und zur Spedition gefahren werden. Da wir uns dann bereits in der Urlaubszeit befinden, werden wir uns alle gemeinsam erst wieder am 12. Januar hier wiedersehen. Bis dahin brauche ich auch von jedem Teammitglied eine Aufstellung über die Punkte, die nicht funktioniert haben oder zu verbessern sind. In der ersten Sitzung im neuen Jahr werden wir uns gemeinsam diese Punkte anschauen, verdichten und absprechen, wie wir damit umgehen. Die Firma Bosch hat dann bereits die Bugs in ihrem System soweit lokalisiert und teilweise schon verbessert. Doch lassen Sie uns aber heute nicht zu weit in die Zukunft schauen, jetzt wollen wir erst einmal den 22. Dezember erfolgreich hinter uns bringen. Sofern keine weiteren Fragen bestehen, schließe ich die heutige Besprechung. Falls noch Themen oder Probleme auftauchen, wissen Sie ja, wie Sie mich erreichen können. Einen schönen Feierabend wünsche ich noch."

Damit war die monatliche Projektsitzung offiziell beendet und alle Anwesenden klatschten leise, um Rambouille auch zu zeigen, dass sie seine Arbeit als Projektleiter für gut befanden. Anschließend bildeten sich noch einzelne kleinere Diskussionsrunden, die sich über Details unterhielten oder aktuelle Daten austauschten. Von Rügen verabschiedete sich freundlich bei Markus Seitz und den beiden Kommissaren Behrendt und Lutz und wünschte ihnen einen erfolgreichen 22. Dezember und schöne Feiertage. Als er das große Besprechungszimmer verließ, hatte er das Gefühl, dass mindestens zwei Augenpaare ihn verfolgten. Nach wenigen Schritten hatte er den Aufzug erreicht, drückte auf die Kommen-Taste und gelangte wenige Minuten später in sein Büro.

„Na, wie war die Besprechung?", wollte seine Assistentin, Frau Mohns, wissen. „Es lief alles normal und Rambouille hat uns schon in den Weihnachtsurlaub geschickt", antwortete von Rügen, wobei er versuchte, den Anschein zu erwecken, als ob ihn das Projekt nicht sonderlich interessierte. „Wie wäre es denn noch mit einem grünen Tee?", versuchte Frau Mohns ihren Chef noch vor dem nahenden Feierabend aufzuheitern. „Sehr gern, das ist eine gute Idee", nahm von Rügen Frau Mohns Plan wohlwollend auf. Nachdem Frau Mohns ihrem Chef den Tee zubereitet hatte, bedankte der sich bei ihr damit, dass er sie in ein privates Gespräch darüber verwickelte, wie sie denn Weihnachten und den Jahreswechsel feiern würde. Als sie beide den letzten Schluck ihres Tees getrunken hatten, nahm Frau Mohns ihrem Chef die Tasse ab, bedankte sich noch für das nette Gespräch und verließ fünf Minuten später das Büro, wobei sie von Rügen noch freundlich ermahnte, nicht den Feierabend zu vergessen.

„Nein, keine Angst, ich bin auch in einer viertel Stunde weg", entgegnete von Rügen, machte es sich auf seinem Bürostuhl noch einmal bequem und überlegte, wie und wann er seinen Ausstieg gestalten wollte. Ein Schreiben, in dem er seine Kündigung und die Gründe dafür aussprach, war sicherlich nur eine kurze Affäre. Mit dem Zeitpunkt tat sich von Rügen dagegen schwerer, auf jeden Fall nicht bevor das laufende Projekt abgeschlossen war und er sicher sein konnte, dass kein Makel, warum auch immer, an ihm hängen blieb. Außerdem musste er noch mit Cheryl über seinen Ausstieg sprechen. Sie wusste zwar generell von seinem Wunsch aufzuhören, allerdings nicht, dass der Zeitpunkt unmittelbar bevorstand. Auch wenn von Rügen für sich noch kein Datum festlegen wollte, so fühlte er doch, dass er sich bald würde entscheiden müssen. „2017 könnte ein gutes Jahr dafür werden", dachte er insgeheim, fuhr seinen Computer herunter, zog seinen warmen Burberry-Schal und den Lammfellmantel an, klemmte sich die alte Ledertasche unter seinen Arm und verließ sein Büro in Richtung Aufzug.

„Übernächsten Donnerstag ist es dann soweit", begann Faust seine Freunde in den Abend einzustimmen. Wie immer in den letzten Monaten hatte Ron für ihre Zusammenkünfte Getränke und Sandwiches besorgt und auf dem Küchentisch abgestellt, sodass sich die Männer unkompliziert bedienen konnten. Hin und wieder hatte von Rügen dann auch mit einer Fünfzig-Euro-Note die Verpflegung gesponsert. Die mauen Kassen bei Ron und Faust waren in den letzten beiden Monaten kein Thema mehr gewesen. Das Wissen, dass sie beide bald im Besitz eines kleinen Vermögens sein würden, hatte sie entspannter werden lassen. „Wir können uns den zeitlichen Ablauf noch einmal hier auf dem Flipchart anschauen", sagte Faust, wobei er mit einem Kugelschreiber den aufgezeichneten Zeitstrahl verfolgte und an einzelnen hervorgehobenen Punkten sowohl Ron und von Rügen erklärte, was beide wann zu tun hatten. Auch die Punkte, die ihn betrafen, ließ er nicht unerwähnt. Den detaillierten Zeitablauf am Flughafen übersprang er erst einmal. „Was am Flughafen passiert, müssen wir heute festlegen. Falls wir hier noch etwas vorzubereiten haben, bleiben uns nur noch wenige Tage. „Ron, weißt du mittlerweile, was IC am 22. Dezember macht, und wie wir an unser Gold kommen?", fragte Faust in Rons Richtung. Nun erklärte Ron sehr detailliert, wie er und seine Kollegen zum Flughafen gelangen würden, die Entladung des Goldes aus dem Flugzeug erfolgen sollte, und wie das Gold dann im Frachtbereich in die autonomen LKWs geladen würde. „Vom Entladen des Flugzeugs bis zum Beladen der LKWs wird der ganze Transport vom Zoll beobachtet. Deren Fahrzeuge werden in einigem Abstand stehen und die Beamten werden alles mit Infrarot-Feldstechern verfolgen. Im Frachtbereich selbst ist sowohl die Bundespolizei als auch die Firma Bosch. Hier geht also überhaupt nichts." Angespannte Stille füllte das kleine Arbeitszimmer für eine lange Minute. Jeder der Anwesenden versuchte sich die Situation auf dem Flughafen vorzustellen und den Punkt ausfindig zu machen, der es ihnen ermöglichte, an ihr Gold zu kommen. „Was wissen wir denn verlässlich?", fragte Faust in die Runde, wobei er selbst gleich die Antwort lieferte. „Roger und Heinz steigen in die beiden Tieflader und fahren zu der gelandeten Frachtmaschine, damit zuerst das Gold entladen wird. Alle anderen Container werden dann später von den Mitarbeitern des Frachtbereichs entladen und auch dorthin verbracht. Ich glaube, nur in diesem Zeitraum haben wir die Gelegenheit, an unser Gold zu kommen, da sowohl vom Zoll als auch von der Bundespolizei niemand körperlich anwesend sein wird." Nach einigen Momenten fingen Ron und von Rügen an, zustimmend zu nicken. „Und wo ist Ron in diesem Moment?", wollte von Rügen wissen. „Ich helfe Roger und Heinz die Container zu entladen", antwortete Ron, wie aus der Pistole geschossen. Wieder versuchte sich jeder der drei die Szene vorzustellen. „Wie kommst du denn zum Flugzeug?", fragte Faust. „Ich fahre mit Roger oder Heinz in deren Tieflader mit." „Und was wäre, wenn du mit dem Transporter zum Flugzeug fährst und anschließend wieder zurück?" Die von Faust gestellte Frage ließ im ersten Moment nur Fragezeichen in den Augen der anderen zurück, doch mit jeder anschließenden Sekunde merkte man, wie sich die Gesichter erhellten und bei allen fast gleichzeitig ein breites Grinsen folgen ließ. „Das Ei des Kolumbus!", brachte es von Rügen auf den Punkt, auch wenn die Details noch nicht in Sicht waren. „Ja, das könnte es sein", pflichtete Faust von Rügen bei. In den nächsten Minuten sprachen alle durcheinander und jeder glaubte zu wissen, wie die drei an das Gold kommen würden. Faust war dann der Erste, der versuchte, Ordnung in die verschiedenen Äußerungen seiner Freunde zu bringen. „Das heißt, Ron fährt nicht mit Heinz und Roger mit, sondern begleitet die beiden im Transporter, stellt ihn neben die Sattelschlepper und hilft den beiden zuerst das Bundesgold auf die Schlepper zu verladen. Während Heinz und Roger damit beschäftigt sind, die Fracht auf ihren Sattelschleppern zu sichern, wird die kleine Palette mit den fünfhundert Kilo im Schatten der beiden großen Züge in den Transporter geladen. Anschließend fahren die beiden Schlepper und der Transporter zum Frachtbereich, wobei Ron den Transporter neben dem Gebäude parkt und Heinz und Roger ihre Züge in den Frachtbereich fahren. Sobald Heinz und Roger fertig sind, steigen die in den Transporter und Ron fährt beide zur Bundesbank in die City." Ron und von Rügen klebten an Fausts Lippen und sogen jedes Wort wie Süchtige ein. „Aber Heinz und Roger werden das Gold im Transporter doch sehen." „Nein, ich nehme den Vito-Kastenwagen, der hat nur ein Fenster zum Laderaum, was ich aber abkleben kann." „Gut, dann wäre das ja auch geklärt", kommentierte Faust zufrieden. „Da ich den Flughafen wieder so verlasse, wie ich gekommen bin, sollte keinem etwas auffallen. Zur Vorsicht nehme ich einige Säcke Sand mit, falls man uns vorher und nachher wiegen sollte. Den Inhalt der Säcke schmeiße ich, sobald ich den Vito neben den Frachtbereich parke, aus dem Fahrzeug." „Gute Idee, jetzt wird die Sache so langsam rund und wir können uns am Freitag noch einmal treffen, um uns über die einzelnen Zeiten Gedanken zu machen", versuchte Faust den heutigen Abend mit seinen Erkenntnissen abzuschließen, zumindest was den offiziellen Teil anbelangte. Anschließend fingen die drei an, alle bemalten, beschriebenen und mit kleinen bunten Zetteln beklebten Charts, Papierbahnen und DIN-A1-Blätter abzuhängen, kleinzuschneiden und Stück für Stück in Rons altem

Schwedenofen, der im Wohnzimmer stand, zu verbrennen. Die Metaplanwand und das Flipchart würde Faust mitnehmen und beim Wertstoffhof entsorgen. Übrig blieb jetzt nur noch ein großer Streifen Papier, der an der Wand des Arbeitszimmers hing, und auf dem im Zeitraum von zwölf bis vierundzwanzig Uhr jeweils mit einem Viertelstunden-Raster jede geplante Aktion des Trios vermerkt war. Da nicht alle zusammenarbeiten würden, musste jeder wissen, mit was die anderen gerade beschäftigt waren. Als einzige Orientierung galten die Armbanduhren. Private Handys und Navigationsgeräte wurden bewusst ausgeschlossen und sollten zu Hause bleiben. Faust meinte, falls etwas schieflief und man Kontakt mit der Polizei hatte, könnte man sich eventuell noch herausreden. Sofern Bewegungsdaten durch die Polizei angefordert würden, hätte man keine Chance mehr. Wenn alles klappte, würde man sich in der *Oase* treffen, wobei Ron und von Rügen gemeinsam von der Garage kämen und Faust separat, da er beabsichtigte, in der Nähe der Bundesbank auf die Ankunft der LKWs mit dem Gold zu warten. Falls der Transport einigermaßen pünktlich ankam, wäre dies auch ein Zeichen, dass alles einigermaßen ohne Probleme funktioniert hätte. Die drei tranken noch gemeinsam ein Bier und aßen die mittlerweile abgestandenen Reste des kleinen Buffets in Rons Küche auf, bevor sie sich nach Mitternacht verabschiedeten und sich wieder für den nächsten Freitag verabredeten. Dies würde dann vorerst das letzte Treffen bei Ron sein. Als Faust seinen alten Fiat vor seinem Loch parkte, blieb er noch für einige Minuten in seinem Wagen sitzen. Der Motor knisterte noch und die Fensterscheiben begannen, durch den Temperaturunterschied und die Feuchtigkeit, anzulaufen, während Faust an seine Regina dachte. Ob er sie bald wiedersehen würde?, fragte er sich sehnsüchtig. Als er seine kleinen Wagen verließ und die Straße in Richtung seiner Wohnung überquerte, fing es an zu schneien.

13
„Denn mit der Größe der Aufgabe wächst die Kraft des Geistes."
Publius Cornelius Tacitus

Der graue Vito-Kastenwagen hielt nur wenige Zentimeter vor der Schranke an. Ron betätigte den Schalter für das Herablassen der Seitenscheibe und hielt die drei scheckkartengroßen Ausweise in eine kleine Kamera, die in einer weißen Säule integriert war. Nach wenigen Sekunden meldete sich eine quäkende Stimme aus dem kleinen Lautsprecher, der sich unter der Kamera befand: „Guten Tag, Herr Fleischer, hier spricht Frau Wagner von der Sicherheitszentrale des Frankfurter Flughafens. Sie müssen ihren Vito bitte etwas nach hinten setzen. Die Kameras können nicht das Kennzeichen und ihre Mitfahrer erkennen. Sie stehen zu dicht davor." „Okay, mache ich." Ron fuhr wie gewünscht sein Fahrzeug wenige Zentimeter zurück. Jetzt konnten die drei auch die seitlichen Überwachungskameras, die auf halber Höhe ebenfalls in einer weißen Säule untergebracht waren, erkennen.

„Tja, das gehört alles zum neuen Sicherheitssystem des Frachtbereichs", erklärte Ron seinen beiden Kollegen Heinz und Roger. „Hier kommt keiner rein und wieder raus, der nicht registriert ist und auch die Fahrzeuge müssen alle freigegeben sein", ergänzte Ron nervös. Nun öffnete sich die Schranke und der Kastenwagen konnte den Anfahrtsweg zum Frachtbereich befahren.

Nach fast fünf Minuten Fahrt erreichten sie die große Halle, vor der die beiden grauen Sattelschlepper der Firma IC nebeneinander geparkt waren. Die beiden großen Tore auf der rechten Seite der Frachtbereichshalle waren geschlossen. Ron parkte seinen Vito neben den beiden Transportfahrzeugen. Alle drei verließen das überhitzte Fahrzeug, nicht ohne ihre dicken Parkas und ihre Handschuhe mitzunehmen, und betraten die große Halle durch eine seitliche Tür, direkt neben den großen Toren. Innen herrschte emsiges Treiben, denn von Zeit zu Zeit kamen große, von kleinen Flurförderfahrzeugen gezogene Container oder Paletten in der Halle an und wurden von Mitarbeitern des Frachtbereichs entladen und in bereitgestellte LKWs verladen, wobei für einen Außenstehenden nicht erkennbar war, wie hier alles organisiert zu sein schien. Die rechte Seite der Frachthalle war weiträumig mit rot-weiß gestreiften Pylonen und Trassierband vom übrigen Hallenbereich abgetrennt, in dem die beiden autonom fahrenden LKWs mit ihren orangefarbenen Aufliegern standen. Die Türen der Auflieger waren weit geöffnet. Um die Fahrzeuge herum sah man mehrere Personen damit beschäftigt, Einzelheiten zu überprüfen, während sie gleichzeitig in ihre Notebooks schauten, so als ob sie dort eine Checkliste abarbeiteten. In der Nähe der beiden Zugmaschinen war ein kleines Stehpult errichtet, auf dem zwei Notebooks und ein großer

Drucker standen. Dort war ein Mann beschäftigt, der, als er die drei Neuankömmlinge sah, den Blick hob, ein freundliches Lächeln aufsetzte und auf die drei zukam.

„Schön, dass sie schon da sind", empfing Markus Seitz die Männer gut aufgelegt.

„Ja, lieber immer ein bisschen früher", antwortete Ron, und Heinz und Roger pflichteten ihm eilfertig bei. Die vier Männer kannten sich von Treffen bei IC in Frankfurt. Markus Seitz hatte im Rahmen des Bosch-Projektes einige Male seine Kollegen nach Frankfurt begleitet und als Projektleiter Termine, Kosten und Vorgehensweisen abgestimmt. Bei den letzten beiden Treffen hatte er dann auch Ron und seine beiden Kollegen kennengelernt.

„Wann kommt denn die Maschine aus Buenos Aires?", wollte Ron wissen. „Wenn sie pünktlich landet, dann um fünfzehnuhrfünfzig", antwortete Seitz. „Somit haben wir ja noch mindestens eineinhalb Stunden Zeit." „Unsere autonomen LKWs sind innerhalb einer halben Stunde überprüft und einsatzbereit. Mit dem Frachtbereich haben wir auch schon gesprochen. Sie werden Ihnen beim Entladen aus der Frachtmaschine helfen und hier in der Halle beim Beladen ihrer LKWs." Während Markus Seitz den drei IC-Mitarbeitern noch einmal erklärte, wie der Abtransport des Goldes in Richtung Innenstadt erfolgen würde, näherten sich der Gruppe von hinten zwei Personen. „Ah, da ist ja auch schon die Bundespolizei", begrüßte Markus Seitz Hauptkommissar Behrendt und Kommissarin Lutz, während er sich umdrehte. „Einen schönen Nachmittag, die Herren, bald geht es ja dann los", begrüßte der Hauptkommissar seinerseits die Männer. „Wir sind schon seit Mittag da und haben uns mit den

Kollegen vom Zoll abgesprochen und den Frachtbereich ein wenig inspiziert. „Wieso haben Sie denn Sandsäcke mit", wollte Kommissarin Lutz von Ron wissen, über dessen Hiersein sie nicht glücklich war. „Im Winter ist es hin und wieder gut, Gewicht auf der Hinterachse zu haben, damit man nicht durchrutscht, wenn es mal glatt ist", konterte Ron geschickt, wobei er der Kommissarin offen ins Gesicht blickte und sich nicht anmerken ließ, dass er ihr Verhalten, den leeren Transporter inspiziert zu haben, missbilligte.

Fürs Erste schien die Kommissarin beruhigt zu sein, hoffte Ron, obwohl er nach wie vor ein ungutes Gefühl verspürte, wenn er an sie dachte. Erst vor zehn Tagen hatte er von seinem Chef erfahren, dass alle Fahrer noch einmal durch die Bundespolizei überprüft worden waren und auch die aktuellen Mobilnummern der drei dabei erfragt wurden.

„Man muss das jetzt nicht absolut negativ sehen", versuchte Faust bei ihrem letzten Treffen optimistisch zu bleiben, nachdem Ron die Äußerungen seines Chefs kundgetan hatte.

„So wissen wir wenigstens, wo die Polizei ein Sicherheitsproblem sieht und können versuchen, das bei unserer Aktion noch zu berücksichtigen." „Aber das heißt auch, dass die Bundespolizei auf dem Flughafen ein besonderes Auge auf Ron werfen wird", ergänzte von Rügen den Gedankengang von Faust. „Somit müssen wir mit mehr Kontrolle rechnen." Nun schien die ganze Aktion in letzter Minute noch ins Wasser zu fallen, doch bei allen dreien merkte man, dass sie nicht bereit waren, so kurz vor knapp die Flinte ins Korn zu werfen. Außerdem käme von Rügen in arge Bedrängnis, wenn sein Gold ohne Vorankündigung plötzlich beim Zoll auftauchen würde. Nein, es gab jetzt kein Zurück mehr!

„Die einzige Phase, die kritisch wird, ist die, sobald Ron die Palette am Frachtflieger eingeladen hat und wenn er anschließend zu unserer Garage fährt. Hier könnte die Polizei Verdacht schöpfen und Ron verfolgen." Der Gedanke, dass er bei der Aktion noch mehr im Fokus stand als angedacht, verursachte Ron Kopfschmerzen. „Und was, wenn die mich anhalten und das Gold finden werden? Wie soll ich das erklären?" „Nicht verzagen, Faust fragen", versuchte Faust die kritische Situation doch noch zu retten. Nach einer gefühlten Ewigkeit meldete sich Faust mit den Worten zurück: „Was haltet ihr davon, die Polizei abzulenken? Und zwar miete ich einen zweiten Vito, der aussieht wie der Vito, den Ron fährt, und versuche im richtigen Moment die Aufmerksamkeit der Polizei auf mich zu lenken." Nach einem kurzen Augenblick wiegten die beiden anderen ihre Köpfe und ließen zu erkennen geben, dass es nicht die beste Idee von Faust war, aber auf jeden Fall eine Lösung sein könnte. „Dich kennen sie nicht und wenn sie dich anhalten, ist es ihr eigener Fehler, dass sie dem falschen Wagen gefolgt sind", versuchte von Rügen Fausts Idee weiterzuspinnen. Schnell einigten sich die drei auf diese Vorgehensweise und Faust vermerkte sich in seinem Notizbuch, welchen Fahrzeugtyp er anmieten sollte: Vito-Kastenwagen, grau, mit Frankfurter Kennzeichen.

An diesem letzten Freitag gingen die drei noch mehrmals ihre geplante Aktion durch, wobei nun auch noch Faust in die Aktion eingebunden wurde und Ron ihn genau informierte, welche Strecke er nach dem Verlassen des Frachtbereiches in Richtung Innenstadt nehmen würde, und wo und wie ein mögliches Abschütteln der Polizei sinnvoll wäre. Ron kannte sich dank seiner Erfahrung als Berufskraftfahrer sehr gut in der Umgebung des Flughafens aus und kannte somit jeden Stein. Irgendwann, im Laufe des späteren Abends, kam Ron auch noch eine Idee, wie er das aufgeladene Gold im Inneren des Kastenwagens besser tarnen könnte, für den Fall, dass man ihn kurz vor dem Verlassen des Flughafens kontrollieren würde.

„Und ich sage Ihnen, der Ronald Fleischer bleibt ein Risiko", bemerkte Frau Lutz bei der Abschlussbesprechung mit Hauptkommissar Behrendt in Berlin. „Ja, das haben Sie ja nun schon des Öfteren wiederholt. Und wir haben bereits vereinbart, dass wir ihn auf dem Flughafen im Blick haben werden. Aber was soll schon passieren. Fünfzig Tonnen Gold verschwinden zu lassen und das im Beisein von Zoll und Polizei ist sicherlich nicht so ohne Weiteres möglich." Für Behrendt war der ganze Einsatz eher Routine. Früher hatte er sich mit ganz anderen Themen beschäftigt und eine übereifrige Kollegin hatte ihm jetzt gerade noch gefehlt. Lieber machte er sich Gedanken darüber, wie er sich wieder an europäischen Projekten beteiligen konnte. Sein Vorgesetzter jedoch hatte ihm mehrmals zu verstehen gegeben, dass er zuerst seine laufenden Projekte positiv abzuarbeiten habe, bevor er wieder versetzt werden könnte. „Für nächste Woche muss noch die Dienstreise nach Frankfurt beantragt und vorbereitet werden. Und vergessen sie nicht, die Kollegen des Zolls und der Landespolizei zu informieren. Ich will, dass am zweiundzwanzigsten, ab fünfzehn Uhr, alle auf ihrem Platz sind. Bitte denken Sie auch daran, bei der Staatsanwaltschaft die Handy-Überwachung der Fahrer zu beantragen", beendete Behrendt die Besprechung mit Kommissarin Lutz und verabschiedete sich schmallippig in das Wochenende.

Zum wiederholten Mal durchblätterte Faust an diesem Sonntag sein braunes Notizbuch, wobei er immer an dem Eintrag hängen blieb, den er sich im Zusammenhang mit der Schauspielerei aufgeschrieben hatte. Da er nun mit einem geliehenen Kastenwagen die Polizei zu täuschen versuchen wollte, kam ihm dazu noch die Idee, dass es vielleicht sogar Sinn machen könnte, so wie Ron auszusehen. Leichte Veränderungen im Gesicht oder bei den Haaren würden schon reichen. Und im rechten Augenblick könnte er die Verkleidung entsorgen und aus dem Wagen werfen. Sogleich machte er sich in einem alten Gelbe-Seiten-Buch kundig, wo es einen Kostümladen in Frankfurt gab. Kaum hatte er sich in seinem Notizbuch die Adresse notiert, klingelte sein Handy. Noch bevor er die grüne Taste seines iPhones mit dem Zeigefinger angetippt hatte, sah er, dass Regina ihn anrief. „Ja, Faust hier", meldete er sich ganz offiziell so, als ob er nicht wüsste, wer der Anrufer sei.

Für einen Moment war es still in der Leitung. „Ich bin's, Regina. Wollte einmal hören, wie es dir geht", meldete sich seine Ex-Frau schüchtern zu Wort. Faust wusste nicht, wie ihm geschah. Warum rief sie an? Hatte sie Probleme?

Warum gerade jetzt, nur wenige Tage vor ihrem Coup? Wollte ihn das Schicksal warnen?

„Mir geht es gut und wie geht es dir?" „Mir geht es auch soweit ganz gut." In den nächsten Minuten sprachen die beiden über alles Belanglose, über das Wetter in Stuttgart und Frankfurt, über aktuelle Politikthemen und über das tägliche Auf und Ab in ihrem Leben. Je länger das Telefonat dauerte, umso mehr tauchten beide in ihr vergangenes gemeinsames Leben ein und erinnerten jeweils den anderen an die doch schönen und skurrilen Erlebnisse der letzten Jahre. Ein Unbeteiligter hätte sicherlich vermutet, dass sich hier zwei Verliebte miteinander unterhielten. Nach fast einer Stunde verabschiedete sich Regina dann von Faust, wobei sie ihn spüren ließ, wie gut ihr das Gespräch getan hatte. „Wenn du wieder einmal hier in Stuttgart bist, kannst du mich gern besuchen." „Das mache ich bestimmt und das wird sicherlich gar nicht mehr so lange dauern." Beide verabschiedeten sich höflich voneinander und wünschten dem jeweils anderen einen guten Wochenstart. Nachdem das Gespräch geendet hatte, starrte Faust noch einige Zeit auf sein Handy und hing in Gedanken noch bei dem soeben geführten Dialog. Hatte sie ihn wirklich angerufen? Schnell war ihm aufgefallen, dass es während des Gespräches keinerlei böses Wort oder komische Andeutungen gegeben hatte. Konnte es sein, dass ihre Zuneigung für einander wieder auflebte? Nichts wünschte sich Faust mehr, der in der letzten Stunde alle seine Sorgen vergessen hatte und sich endlich wieder einmal glücklich fühlte. Doch die Realität holte ihn schnell wieder ein. Er musste doch noch eine Autovermietung finden, bei der er den grauen Vito bestellen konnte. Ron hatte ihm eine Adresse in der Mainzer Landstraße genannt, die besonders auf Mercedes-Transporter spezialisiert war. Am morgigen Montag würde er zuerst die Autovermietung und anschließend auf der Zeil den Kostümladen aufsuchen.

„Ich bekomme gerade die Mitteilung, dass sich die Lufthansa-Maschine um fünfzehn Minuten verspäten wird. Das heißt, in weniger als einer Stunde geht die Aktion los." Markus Seitz schaute in die angespannten Gesichter, sowohl die seiner Kollegen, von den Kommissaren Behrendt und Lutz als auch von Ron, Heinz und Roger. „Gibt es noch irgendetwas, was es gilt abzuklären?", wollte Seitz wissen, dem man anmerkte, wie wichtig ihm das Projekt war. „Für uns ist alles klar, wir machen unseren Job, holen die Fracht hier in die Halle, dann werden Ihre LKWs mit dem Gold beladen und anschließend fahre ich Heinz und Roger runter nach Frankfurt zur Bundesbank. Alles andere liegt dann bei Ihnen und der Polizei", antwortete Ron, wobei er sich bemühte, unaufgeregt zu erscheinen, um keinen Verdacht aufkommen zu lassen. „Bitte keine Sonderlocken veranstalten. Halten Sie sich an die vereinbarten Wege und abgesprochenen Vereinbarungen", versuchte Kommissarin Lutz noch einmal die Wichtigkeit der Aktion zu unterstreichen. „Also dann, auf gutes Gelingen", schwor Markus Seitz alle noch einmal ein, bevor sich die Gruppe auflöste. Ron, Heinz und Roger verließen die Halle auf demselben Weg, auf dem sie gekommen waren. Am Ausgang der großen Halle nutzten Heinz und Roger noch einmal die Gelegenheit, in der dortigen Raucherecke eine Zigarette zu rauchen, während sie sich angeregt über das letzte Bundesliga-Wochenende vor der Winterpause unterhielten und diskutierten, welchen Tabellenplatz der Frankfurter FC wohl am Ende der Saison erzielen würde. Ron nutzte die Gelegenheit und entsorgte unter dem Vorwand, er müsse sein Firmenhandy im Vito holen, die Sandsäcke aus dem Laderaum. Allerdings blieb ihm nicht die Zeit, die schweren Sandsäcke auszuschütten, stattdessen legte er sie so neben die Halle, dass man sie auf den ersten Blick aus der Ferne nicht sehen konnte. Als er anschließend die Raucherecke mit seinen Kollegen wieder erreichte, hielt er demonstrativ das Mobiltelefon in die Höhe, zum Zeichen, dass er es gefunden habe.

Nach einer weiteren Zigarette gingen die drei Kollegen zu den beiden Sattelschleppern, starteten die großvolumigen Dieselmotoren, damit die Fahrerkabinen beheizt wurden, und kümmerten sich noch einmal darum, dass die später aufzunehmende Fracht ohne Probleme auf den Aufliegern festgezurrt werden konnte. Anschließend setzten sich alle drei in ihre Fahrzeuge und warteten auf die baldige Ankunft der Frachtmaschine. Kurz vor sechzehn Uhr fing es dann an zu schneien. Ein gutes Zeichen oder der Beginn des Chaos, dachte Ron, als er den Scheibenwischerhebel seines Vitos betätigte.

14

„Alles, was du sagst, sollte wahr sein. Aber nicht alles,
was wahr ist, solltest du auch sagen."
  Voltaire

Flugkapitän Berger folgte bei einsetzendem Schneetreiben
dem schwarz-gelben Kleinbus des Marshallers, der ihn zu
seiner Parkposition nahe dem Frachtbereich leitete und
ihm über Funk dann die endgültige Position freigab. Von
hier oben sah der Kleinbus in seinem karierten Farbenkleid
aus wie eine Wespe, dachte sich Berger. Dann griff der
Kapitän zum letzten Mal in seiner Karriere als Pilot über
sich ans Paneel und schaltete die riesigen Triebwerke der
Boeing 777F aus. „Gut gemacht", witzelte sein Copilot, mit
dem er sich während des Fluges recht gut verstanden hatte.
„Und alles nur erdenklich Gute wünsche ich Ihnen für
Ihren Ruhestand." „Ja, das wünsche ich Ihnen natürlich
auch", meldete sich nun auch der dritte Pilot zu Wort, der
während der Landung hinter Berger gesessen hatte und
ihm nun auch die Hand zur Gratulation reichte. Während
die beiden Kollegen sich noch nach Bergers Aktivitäten
nach dem erfolgreichen Berufsleben erkundigten, hörte
man auch schon, wie das Bodenpersonal die Gangway an
das Flugzeug andockte und innerhalb weniger Sekunden
begannen die für Berger gewohnten routinemäßigen
Arbeiten an der Frachtmaschine. Als der Copilot von innen
die vordere Flugzeugtür entriegelte und mit einem
Schwung öffnete, drang kalte Luft und eine Bö des
Schneeregens in das gewärmte Flugzeug, und die drei
Piloten beeilten sich, ihre dunkelblauen Jacketts und die
Regenmäntel anzuziehen. Mittlerweile hatte der Ramp

Agent die Kabine betreten, die drei Männer wie gewohnt begrüßt, um anschließend die notwendigen Informationen abzufragen und die erforderlichen Freigaben zu erteilen.

Als Kapitän Berger als Letzter die Gangway herunterschritt, blieb er auf halbem Wege stehen, drehte sich noch einmal Richtung Cockpit um, hob zwei Finger zu seiner in die Jahre gekommenen Pilotenmütze und verabschiedete sich von seinem geliebten Arbeitsplatz mit „Bye, bye, Blackbird."

Fast zur gleichen Zeit näherten sich in der beginnenden Dämmerung die beiden Sattelschlepper, gefolgt von Rons Vito und den Hub- und Flurfahrzeugen des Flughafen-Frachtbereichs der Boeing. In zweihundert Metern Entfernung hatte sich bereits vor geraumer Zeit ein dunkelgrüner VW Transporter des Flughafenzolls postiert, wobei einer der Insassen das Treiben an der Frachtmaschine mit einem Fernglas beobachtete. Die beiden Sattelschlepper parkten im hinteren Bereich nahe der großen Hecktür rückwärts ein. Ron wartete ein paar Sekunden, um zu erkennen, wo für ihn der beste Parkplatz war, um während des ganzen Entladeprozedere unauffällig zu bleiben.

Nachdem er das Zollfahrzeug entdeckt hatte, entschied er, sich so rückwärts neben die Sattelschlepper zu stellen, dass die Zollbeamten den Vito nur von vorne sehen konnten. Sowohl die Lichter der Fahrzeuge als auch die Halogenlampen im Bereich der Hecktür des Flugzeuges tauchten die Szene in der fortschreitenden Dämmerung und im zunehmenden Schneetreiben in eine unwirkliche Stimmung. Alle Fahrzeuge und Frachtmitarbeiter wurden scheinbar von einem unsichtbaren Maestro dirigiert, denn jedes Fahrzeug und jeder Mitarbeiter wusste genau seine Wege und Aktionen, ohne das gesamte Orchester aus dem Rhythmus zu bringen. Nur wenige lautstarke Befehle und Fingerzeige waren notwendig, um die großen Alu-Frachtcontainer aus dem Flugzeugbauch zu manövrieren und mit den riesigen Hubfahrzeugen auf den Sattelschleppern abzustellen. Ron war zwischenzeitlich zu dem Aufsichtsführenden des Frachtbereiches gelangt und verdeutlichte ihm mit lauten Worten und klaren Gesten, wie die nach den großen Frachtcontainern zu entladende kleinere Alu-Palette mit den grünen Punkten auf der Abdeckplane entladen werden sollte. Sofort wurden Rons Anweisungen über Funk weitergegeben und der große High-Loader-Hubwagen setzte sich in Bewegung. Nach wenigen Minuten erschien die kleine, auffällige Frachtpalette mit den grünen Punkten an der Hecktür der Boeing und wurde von zwei Männern über eine drehbare Rollvorrichtung auf das Hubfahrzeug geschoben, das sich dann von der Hecktür langsam löste, seine Fracht nach unten beförderte und sich gleichzeitig, im Halbschatten und abgeschirmt von den beiden Sattelschleppern, langsam Richtung Vito bewegte, um die Fracht dann einige Meter weiter ganz zu Boden zu lassen. Die gesamte Aktion dauerte nur ungefähr eine Minute. Sobald das Hubfahrzeug sich wieder in Richtung Hecktür bewegte, um die noch verbliebenen Paletten und Container zu entladen, näherte sich ein großer Gabelstapler der im Schneematsch stehenden Palette und nachdem Ron das Sicherheitsnetz entfernt und die Ladung entsichert hatte, nahm dieser die nun befreite Europalette behände mit seiner Metallgabel auf, um sie anschließend hinter den beiden geöffneten Hecktüren des Vitos verschwinden zu lassen. Ohne dass es einer der Beteiligten gemerkt hatte, befand sich Ron bereits auf der Ladefläche seines Transporters, um die Palette in Empfang zu nehmen. Mit einem im hinteren Bereich installierten mechanischen Flaschenzug zog er dann die Palette bis an die rückwärtige Bordwand und zog vor der Palette noch eine über die ganze Breite des Frachtraums hängende graue Jalousie bis zum Frachtraumboden herunter, wo er sie mit einer Schnur befestigte. Schnell sprang Ron dann aus dem Fahrzeug, verschloss die Hecktüren und eilte zu Rogers Sattelschlepper, auf dem gerade der letzte Container verzurrt wurde. Zusammen mit Heinz und Roger räumte er dann das übrig gebliebene Befestigungsmaterial in die Fahrerkabine. „Wo warst du denn die ganze Zeit?", wollte Heinz wissen. „Ich hatte mit dem Capo dort drüben abgesprochen, in welcher Reihenfolge die Container auf die Schlepper verladen werden sollen", log Ron, indem er mit seiner Hand auf den Aufsichtsführenden des Frachtbereichs zeigte, der nun seinen Kollegen andeutete, dass die Aktion beendet sei und dass der ganze Tross wieder in den nahegelegenen Frachtbereich zurückkehren könne. Völlig durchnässt vom mittlerweile nachlassenden Schneetreiben bestiegen Heinz, Roger und Ron daraufhin ihre Fahrzeuge und folgten langsam den Hub- und Frachtfahrzeugen wieder zurück in die große Halle, in der sie gestartet waren. Als letztes Fahrzeug in der Kolonne sah Ron in seinem Rückspiegel wie auch das Fahrzeug der Zollbeamten langsam wieder von der Bildschirmfläche verschwand, so, als ob nichts passiert sei.

Nach wenigen Minuten Fahrt erreichten die Fahrzeuge die große Halle, in der die beiden Sattelschlepper wieder rückwärts einparkten, sodass sie versetzt neben den beiden autonom fahrenden LKWs zum Stehen kamen. Ron stellte seinen Transporter wieder neben der Halle ab, unweit der Stelle, an der er zuvor schon geparkt hatte, und eilte mit schnellen Schritten in die Halle zu seinen Kollegen, nicht ohne sich vorher noch zu versichern, dass sein Fahrzeug diesmal richtig verschlossen war.

„So, das scheint ja alles geklappt zu haben", empfing Markus Seitz die Mitarbeiter der Firma IC. „Ja, wenn das Wetter nicht gewesen wäre", entgegnete Heinz, während er sich seine nasse Jacke auszog und sie mehrmals schüttelte, um sie von der übrig gebliebenen Nässe zu befreien. „Gab es irgendwelche Besonderheiten oder Auffälligkeiten?", fragte Kommissarin Lutz die drei. „Ich hatte Sie gar nicht gesehen, Herr Fleischer." „Ich habe versucht, die Aktion ein wenig zu koordinieren und war deshalb immer in der Nähe des Capos des Frachtbereichs", antwortete Ron kaltschnäuzig, den die andauernde Fragerei der Kommissarin so langsam nervte, auch wenn er sie langsam nett fand. Am liebsten hätte er jedoch geantwortet: Ja, Frau Super Kommissarin, Sie haben mich nicht gesehen, weil ich eine halbe Tonne Gold unbemerkt eingeladen habe. Sie haben leider nicht richtig aufgepasst. Stattdessen fragte er neugierig in Richtung der Kommissarin: „Von wo aus haben Sie uns denn beobachtet?" „Mit einem Kollegen vom Zoll saß ich im VW Transporter, unweit der Frachtmaschine. Leider war die Sicht so schlecht, dass wir kaum etwas gesehen haben." „Gott sei Dank", murmelte Ron in sich hinein.

Innerhalb der nächsten Stunden wurden die großen Alu-Container von den Sattelschleppern abgeladen und die im Inneren befindlichen Holzkisten über die großen Hecktüren der Auflieger eingeladen. Jede der nummerierten Holzkisten war mit dem Schriftzug „Banco de la Nacion Argentina" bedruckt und mit metallenen Spannbändern verschlossen und verplombt.

Vor dem Einladen wurde jede Kiste sehr genau inspiziert, gewogen und in einer Liste abgehakt. Anschließend gab Markus Seitz die Daten in eine Maske des Programms ALoNa1 ein. Nach wenigen Augenblicken erschien auf seinem Bildschirm ein grüner, nach oben gerichteter Daumen und signalisierte damit, dass alle notwendigen Eingaben getätigt waren und mit den zuvor eingegebenen Daten des Logistikauftrages übereinstimmten. „So, damit ist die Überprüfung des Auftrages abgeschlossen und die Fahrzeuge werden sich nach meiner Quittierung und der Sicherheitsüberprüfung hier im System in Bewegung setzen", informierte Seitz die kleine Gruppe, die unweit von ihm an einem notdürftig aufgestellten Bistrotisch stand, Kaffee trank und sich über Tagespolitik oder die bevorstehenden Weihnachtsfeiertage unterhielt.

„Das heißt, Sie müssen auf Ihrem Notebook nur noch einen Button drücken und dann geht es los?", bemerkte Hauptkommissar Behrendt, um noch einmal erklärt zu bekommen, was nun passieren würde. „Ja genau, ich quittiere den Auftrag, dann stellt mir das System noch einige Sicherheitsfragen und danach fahren die LKWs los, wobei sie heute nicht schneller als fünfundvierzig fahren werden." „Welche Route werden die Fahrzeuge nehmen?" „Da sie heute nicht so schnell fahren, werden sie nach dem

Flughafen die B43 benutzen und dann in der Stadt den schnellsten Weg zur Deutschen Bundesbank nehmen. Das Ganze wird nicht länger als fünfzig Minuten dauern", antwortete Seitz, während er gleichzeitig auf sein Notebook schaute. „Gut, dann werden wir den beiden LKWs folgen", sagte Behrendt. „Da Herr Fleischer seine Kollegen auch zur Bundesbank fahren muss, schlage ich vor, er fährt hinter den LKWs und wir fahren hinter ihm", konterte Kommissarin Lutz, ohne dabei das Einverständnis von Ron abzuwarten. „Okay, dann ist ja alles soweit geklärt", resümierte Seitz. „Bitte vorn an der Ausfahrt daran denken, dass die Fahrzeuge einzeln den Frachtbereich verlassen müssen. Das Sicherheitssystem wird jedes Fahrzeug überprüfen und die Schranke wird sich erst heben, sobald die Überprüfung positiv durchgeführt wurde. Aber Sie sind ja alle auch auf diesem Wege in den Frachtbereich gelangt. Sie brauchen sich jetzt nicht zu beeilen, um in Ihre Fahrzeuge zu steigen. Meine Kollegen und ich werden jetzt noch einmal alle sicherheitsrelevanten Systeme checken. Das wird noch einmal dreißig Minuten dauern. Wir werden die Aktion von hier aus überwachen und dann anschließend zur Bundesbank fahren, wo wir uns gegen dreiundzwanzig Uhr wieder alle treffen sollten." „Mich werden Sie dort nicht mehr antreffen", entgegnete Ron. „Ich fahre nur die beiden Kollegen zur Bank und anschließend nach Hause. Sie brauchen mich ja nicht mehr."

Kommissarin Lutz merkte man an, dass ihr dies nicht passte, aber nach einem kurzen Blickkontakt mit ihrem Chef entschied sie sich, nicht zu intervenieren. Markus Seitz löste sich von der Gruppe und begann mit seinen

Kollegen wie abgesprochen, die LKWs noch einmal sicherheitstechnisch zu überprüfen. Hauptkommissar Behrend und Kommissarin Lutz gingen langsam zu ihrem Dienstwagen, während Ron mit seinen Kollegen in Richtung des Vitos marschierte, wobei er versuchte, Heinz und Roger gekonnt abzulenken, damit sie nicht auf die Idee kämen, die Türen des Kastenwagens öffnen zu wollen. Nach einer halben Stunde drückte Markus Seitz nun über sein Programm den großen Startbutton, worauf sich etwas zeitverzögert die schweren Dieselmotoren der Zugmaschinen zu Wort meldeten und sich die großen Hecktüren der Auflieger automatisch schlossen. Langsam setzte sich der erste LKW in Bewegung, dem dann im Abstand von sieben Metern der zweite LKW folgte. Die Szene musste für einen Außenstehenden gespenstisch wirken, als die großen, in auffälligem Orange lackierten Züge langsam die Halle des Frachtbereichs verließen – ohne Fahrer und Beifahrer. Sogar die Fanfaren der LKWs ertönten dreimal hintereinander, begleitet vom kurzen Aufleuchten der Hauptscheinwerfer und über dem über den Fahrerkabinen zusätzlich montierten Nebelscheinwerfern. Hier und jetzt hatte die Zukunft begonnen!

15

„Was wäre das Leben, hätten wir nicht den Mut, etwas
zu riskieren?“
Vincent van Gogh

Die beiden auffälligen Sattelschlepper der Firma IC
passierten ohne viel Aufsehen die Sicherheitsschranke des
Frachtbereichs des Frankfurter Flughafens. Als Nächstes
fuhr nun Ron mit seinen Kollegen Heinz und Roger vor die
weiße Säule mit den eingebauten Kameras und wartete
angespannt, dass sich die rot-weiß gestreifte Schranke hob.
In diesem Moment klopfte Kommissarin Lutz an die
seitliche Fensterscheibe des grauen Vitos. Kaum hatte sich
Ron von dem Schreck erholt, betätigte er auch schon den
Fensterschalter und seine Seitenscheibe senkte sich
surrend. „Herr Fleischer, würden Sie bitte einmal den
Frachtraum Ihres Fahrzeuges öffnen!“ „Warum
ausgerechnet jetzt?“, wollte Ron wissen, wobei er mit einer
Geste auf die sich bereits öffnende Schranke hinwies. „Weil
ich wissen will, was Sie geladen haben.“ Missmutig zog
Ron den Zündschlüssel ab, öffnete seine Fahrertür und
eilte zusammen mit der Kommissarin zur Hecktür seines
Vitos. Mittlerweile war an der Schranke eine kleine
Kolonne von wartenden LKWs entstanden und
Kommissarin Lutz merkte förmlich, dass deren Fahrer
unruhig wurden. Ron ließ sich Zeit, während er das
Schloss der Hecktür entriegelte und langsam eine Seitentür
öffnete. Kommissarin Lutz steckte ihren Kopf in den sich
öffnenden und nur von ihrer kleinen Handy-Taschenlampe
spärlich erhellten Frachtraum des Transporters, während
sich einzelne Schneeflocken im offenen Kragen ihres

grauen Parkas auflösten. Der Schein der kleinen Lampe tanzte hektisch durch den gähnend leeren Frachtraum. „Na, schon was gefunden?", unkte Ron, hinter der Kommissarin stehend. „Soll ich die andere Hecktür auch noch öffnen, damit Sie den leeren Frachtraum besser sehen können?" Die Kommissarin winkte entnervt ab, wobei sie Ron zu verstehen gab, dass er die Hecktür wieder schließen könne. Einzelne LKWs in der immer länger werdenden Kolonne fingen bereits an zu hupen, oder signalisierten mit Lichtzeichen ihren Unmut über die Verzögerung. „Okay, lassen Sie uns fahren", wies die Kommissarin Ron an, der sich beeilte, seinen trockenen Fahrersitz wieder zu erreichen, den Motor zu starten und den Transporter zügig in Bewegung zu setzen. Nach einem kurzen Stopp an der Schranke gab Hauptkommissarin Behrend in dem schwarzen Dienstwagen Gas, um auf den vorausfahrenden Vito wieder aufzuschließen.

„Und haben Sie im Transporter irgendetwas gefunden?", wollte Behrend von seiner Kollegin wissen, der von der Aktion nicht begeistert war. „Nein, leider nichts", antwortete die junge Kommissarin nachdenklich, auf ihre Unterlippe beißend. Hätte sie Zeit und mehr Licht gehabt, hätte sie bestimmt bemerkt, dass die Ladefläche des grauen Vitos um fast eineinhalb Meter verkürzt war, die Sandsäcke fehlten, und sie im Frachtraum auf eine von Ron heruntergezogene, straff gespannte graue Leinwand geschaut hatte, die im oberen Bereich das kleine aufgemalte, nicht durchsichtige Rückfenster der Fahrerkabine aufwies. Hinter der Leinwand versteckte sich die mit einer Plane abgedeckte Palette, deren goldiger

Inhalt mehr als neunzehn Millionen Euro wert war. Hätte, hätte, Fahrradkette!

„Was war das denn?", wollte Heinz von Ron wissen. „Hast du Stress mit der Polizeitussi?" „Und ob, seitdem die weiß, dass ich einmal vor Jahren verurteilt wurde, terrorisiert die mich und lässt mich spüren, dass sie mir nicht vertraut." „Aber die hat doch nichts in der Hand", wollte Roger seinen Kollegen Ron beruhigen, der merkte, dass sein Kollege gestresst wirkte. „Natürlich nicht", log Ron schon zum wiederholten Mal an diesem Tag, während er aufpassen musste, dass er auch authentisch klang.

Nach einiger Zeit bogen die beiden autonom fahrenden LKWs, gefolgt von Rons Transporter und dem Dienstwagen der beiden Kommissare, auf die B44 ab, und näherten sich mit einer Geschwindigkeit von vierzig Stundenkilometern der Stadtgrenze der Frankfurter Innenstadt. Ohne dass es irgendjemand in der Kolonne gemerkt hatte, verfolgte ein weiterer grauer Vito mit Frankfurter Kennzeichen in sicherem Abstand die vier Fahrzeuge. Faust musste bei der niedrigen Geschwindigkeit aufpassen, dass er nicht zu nahe auffuhr. Glücklicherweise gebot der immer noch andauernde leichte Schneefall eine eher verhaltene Fahrweise. Ron hatte Faust angewiesen, ihn nicht eher zu überholen, bevor er das Hochhaus der Deutschen Bundesbank sehen würde. Ohne Navigationssystem, bei Dunkelheit und bei dem schlechten Wetter war das für Faust eine wirkliche Herausforderung. Die Kolonne mit den vier Fahrzeugen hielt nun an der ersten roten Ampel auf der Zeppelinallee. Faust verlangsamte sein Fahrzeug und fuhr rechts an eine sich anbietende Bushaltestelle ran. Nach wenigen

Sekunden setzte sich die Kolonne wieder in Bewegung und bog nach einigen Minuten rechts in die Miquelallee ein, von wo aus nun auch Faust nach wenigen Augenblicken den Gebäudekomplex der Deutschen Bundesbank in einigen hundert Metern Entfernung erkennen konnte. An Überholen war hier aber nicht zu denken und anrufen konnte er Ron auch nicht. Zu allem Überfluss musste der schwarze Dienstwagen auch noch an einer roten Ampel anhalten, während die übrigen Fahrzeuge der Kolonne weiterfuhren. Nun sah Faust, dass Rons Vito bereits den rechten Blinker setzte und in der Dunkelheit die Bremsleuchten aufleuchteten. Das Ziel war fast erreicht. Als auch der Dienstwagen mit den beiden Kommissaren nach wenigen Metern dann den Blinker setzte, entschied sich Faust langsam weiterzufahren, in der Hoffnung, dass er dann in der Wilhelm-Epstein-Straße Rons Vito noch ablösen könnte. Faust fuhr jetzt nur noch Schritttempo und vergewisserte sich in seinem Rückspiegel, dass er keinen anderen Verkehrsteilnehmer behinderte. Doch kaum dass er die Wilhelm-Epstein-Straße erreicht hatte, sah er auch schon Rons grauen Vito, von rechts kommend, in forcierter Fahrt an sich vorbeifahren. Faust glaubte sogar ein Lächeln auf Rons Gesicht erkannt zu haben. Schnell bog er in die Wilhelm-Epstein-Straße ab und passierte dann in langsamer Fahrt die Zufahrt zur Deutschen Bundesbank gegenüber einer weitläufigen Sportanlage. Am Ende der Zufahrt sah er, wie dem Dienstwagen der Bundespolizei eine großgewachsene Person entstieg, die sich nochmals in den Innenraum der Limousine beugte, der Fahrerin etwas sagte und dann die Beifahrertür mit Schwung zuwarf. Daraufhin setzte sich der schwarze Wagen wieder in

Bewegung und rollte die Zufahrt entlang in Richtung Wilhelm-Epstein-Straße. Die beiden LKWs mit ihren orangefarbenen Aufliegern konnte Faust auf dem weitläufigen Gelände nicht mehr sehen.

Ron hatte mittlerweile Heinz und Roger an der Zufahrt zur Deutschen Bundesbank abgesetzt und war für die Kommissarin bereits nicht mehr zu sehen. Stattdessen sah sie einen grauen Vito mit Frankfurter Kennzeichen auf der rechten Seite in zweihundert Metern Entfernung, der in die Hansaallee abbog. „Na, dann wollen wir mal schauen, wohin du fährst", murmelte Kommissarin Lutz, während sie den Blinker betätigte und dem grauen Kastenwagen zügig folgte. Kurz zuvor hatte sie ihren Vorgesetzten davon überzeugt, dass sie Ron noch folgen werde, um zu kontrollieren, ob er wirklich zur Zentrale der Firma IC fahren würde, um dort den Transporter abzustellen und in seinen Privatwagen zu steigen. Recht schnell bemerkte Faust, dass ihm ein Fahrzeug folgte, denn jetzt zur späten Stunde hatte der Verkehr in Frankfurt auch aufgrund des leichten Schneefalls merklich nachgelassen. „Also doch, Ron hatte recht", bestätigte Faust kopfschüttelnd. Bei ihren letzten Treffen vor ihrem Coup hatte Ron immer wieder darauf hingewiesen, dass man ihn kontrollieren und überwachen würde. Und so war es nun auch. Faust konnte im Rückspiegel die dunkle Limousine gut erkennen, denn immer, wenn er Gas gab, tat es das Verfolgerfahrzeug auch und passte auf, dass der Abstand nicht zu groß wurde.

Ron hatte zwischenzeitlich die von Rügen angemietete Garage erreicht und zusammen mit ihm bereits die Hälfte der schweren Goldbarren entladen, als er auf seine Armbanduhr schaute. „Bereits kurz vor Mitternacht, wir müssen uns beeilen", raunte er von Rügen zu, der eine solche Nachtarbeit gar nicht gewöhnt war und sich wie in einem Traum vorkam. Hielt er hier wirklich das Gold seiner Familie in den Händen? Hatte der ganze Coup tatsächlich geklappt? Für einen kurzen Moment dachte er an seinen Großvater und wünschte sich, dass er ihm von der Rettung des Familiengoldes berichten könnte. Aber wer weiß, dachte er, vielleicht schaut er ja von der Ferne zu. Nach weiteren zehn Minuten waren alle Barren von der Palette geräumt und mit der Plane mit den grünen Punkten wieder abgedeckt. Zusammen entluden Ron und von Rügen noch schnell die leere Palette aus dem Vito und entfernten gemeinsam die im Frachtraum installierte graue Leinwand und den Flaschenzug. Nach einer Viertelstunde verabschiedete sich Ron von Leopold, sprang nassgeschwitzt in seinen Vito, drehte den Zündschlüssel um und verließ die geöffnete, nur von einer schwachen Glühbirne erleuchtete Garage zügig in Richtung Innenstadt.

So, jetzt muss ich dich langsam abhängen, dachte sich Faust, während er im Rückspiegel seinen Verfolger beobachtete. Hundert Meter vor der nächsten Ampel verlangsamte er seinen Transporter, sodass er gerade noch so bei Gelb die Kreuzung überqueren konnte, sein Verfolger jedoch in letzter Sekunde abbremsen musste, um nicht aufzufallen. Faust beschleunigte seinen Vito und während er rechts in eine kleine Seitenstraße abbog, löschte er sogleich die Fahrzeugbeleuchtung und nutzte eine sich anbietende Parklücke, um sich für einen Moment unsichtbar zu machen. Er schaute auf die Fahrzeuguhr, die einzig im Display leuchtete. „Null Uhr fünf", murmelte Faust, „hoffentlich hat die Scharade gereicht." Faust wartete noch fünf Minuten, dann setzte er den gemieteten grauen Transporter wieder in Bewegung und machte sich in Richtung Autovermietung auf, wo er den Vito abstellte, den Schlüssel in den dafür vorgesehenen Briefkasten warf, seinen Fiat Uno mit einigen Handbewegungen vom Schnee befreite und zügig den Parkplatz verließ.

„Shit, shit, shit!", schrie Kommissarin Lutz in Richtung Windschutzscheibe. „Jetzt habe ich den Idioten auch noch verloren!" Mit reduzierter Geschwindigkeit fuhr sie weiter und überlegte, wie sie weiter vorgehen sollte. „Eigentlich müsste er den Wagen mittlerweile an der Firmenzentrale geparkt haben", machte sich die junge Kommissarin Mut. „Warum ist er eigentlich so lange in der Stadt rumgekurvt? Vielleicht ist er dort gar nicht angekommen?" Schnell fütterte Kommissarin Lutz ihr Navigationssystem mit den Daten der Firmenzentrale von IC, wartete bis sich die monotone Stimme des Navigationsgerätes mit der ersten Fahranweisung meldete und brauste los in Richtung Konstablerwache, die sie in wenigen Minuten erreichte. Kaum dass sich die Stimme ihres Navigators mit den Worten „Sie haben Ihr Ziel erreicht, es befindet sich auf der linken Seite", verabschiedete, sah sie auch schon den grauen Vito auf einem der schräg angeordneten Parkplätze stehen. Er fiel schon dadurch auf, dass er als einziger in der Parkplatzreihe stand und schneefrei war. Die Kommissarin parkte ihren Dienstwagen dahinter, stieg aus, schaute in die Fahrerkabine und berührte noch kurz das Auspuffrohr des Transporters. „Lange steht der noch nicht", stellte sie fest, während sie auf ihre Armbanduhr schaute. „Kurz vor halb eins", las sie ab und beeilte sich, ihren trockenen Fahrerplatz wieder zu erreichen. Kurz danach rief sie ihren Chef über die Freisprecheinrichtung an und berichtete ihm in kurzen Zügen über die Vorkommnisse.

„In zehn Minuten werde ich bei Ihnen bei der Deutschen Bundesbank sein, bis gleich", schloss sie ihr Gespräch ab.

Während ihrer Rückfahrt ließ sie die letzte halbe Stunde noch einmal Revue passieren. „Irgendwie lief das alles viel zu glatt", resümierte sie ihre Gedanken. Als sie die Deutsche Bundesbank erreichte, trafen sich nicht unweit von ihr drei Männer in dem noch gut besuchten Szenelokal *Oase*, tranken drei Pils, aßen Handkäs mit Musik und waren stolz wie Bolle. Mit einem breiten Lächeln auf dem Gesicht meinte Faust nur: „No risk, no fun", als ein gerade von draußen kommender Gast die am Tresen Stehenden darüber informierte, dass es mittlerweile aufgehört hatte zu schneien.

16

„Es ist nicht alles Gold, was glänzt"
Sprichwort

„Guten Morgen, liebe Kolleginnen und Kollegen und externen Gäste, heute nun ist die erste Projektsitzung im neuen Jahr und ich denke, es gibt einiges Positive zu berichten", begann Rambouille seine Eröffnungsrede, wobei er nun nach den vergangenen Weihnachtsfeiertagen in überwiegend erholte Gesichter blickte. „Wir werden uns heute zuerst noch einmal mit unserem Piloten aus Argentinien beschäftigen, bevor wir dann über die weiteren Aktivitäten sprechen, um unser Projekt pünktlich abzuschließen. Gibt es noch Fragen zu der heutigen Agenda?" Rambouille schaute in die Teilnehmerrunde, wobei er nicht wirklich mit Einwänden rechnete. „Also dann bitte ich nun Herrn Markus Seitz, von der Firma Bosch, mit seiner Präsentation zu starten." „Ja, guten Morgen auch noch einmal von meiner Seite und gleichwohl ebenfalls noch einen guten Start ins neue Jahr, auch wenn wir heute schon den zwölften Januar haben." Die Zuhörerschaft nahm die guten Wünsche für das neue Jahr durch allgemeines Kopfnicken wohlwollend zur Kenntnis.

„Mit der heutigen Präsentation werde ich noch einmal kurz auf den 22. Dezember eingehen, was wir an Fehlern und Bugs festgestellt und mittlerweile beseitigt haben, und wie es in den nächsten Tagen weitergehen soll." Von Rügen war den ganzen Tag angespannt gewesen, da er nun nach über drei Wochen das erste Mal offiziell mitgeteilt bekommen würde, was alles während ihres Coups schiefgelaufen war und ob es irgendwelche Auffälligkeiten gegeben hatte. Seit ihrem Treffen in der *Oase* hatten sich Ron, Faust und von Rügen nicht mehr getroffen. Man war sich einig, dass man erst einmal den Pulverrauch verziehen lassen wollte, bevor man wieder zusammenkam. Außerdem regte Faust an, dass Ron und vor allem von Rügen die offiziellen und inoffiziellen Nachrichten bei ihren Arbeitgebern in Erfahrung bringen sollten. Anschließend würde man sich wieder bei Ron treffen, um abzusprechen, wie man auf die aktuellen Nachrichten oder Gegebenheiten reagieren sollte. Markus Seitz informierte seine Zuhörerschaft sehr sachlich, sowohl über die positiven als auch negativen Erkenntnisse aus der Sicht der Firma Bosch, wobei er in seiner Präsentation einige aktuelle Bilder vom 22. Dezember zeigte. Dadurch bekam auch von Rügen einen Einblick von der Situation im Frachtbereich des Frankfurter Flughafens und war überrascht, wie zügig die ganze Logistik über die Bühne gegangen war. Auf ein paar Bildern erkannte er sogar Ron in Begleitung seiner Kollegen von IC. Anschließend ging Seitz noch detailliert auf einige Fehler ein, wobei es sich in erster Linie um Bugs in der Software handelte und es um nicht immer sauber arbeitende Fahrzeugsensoren ging, deren Fehlverhalten überwiegend auf das schlechte Wetter zurückzuführen gewesen sei. „Bevor ich auf die weitere Vorgehensweise der Firma Bosch eingehe, wäre es bestimmt interessant zu hören, wie das Pilotprojekt aus Sicht der Deutschen Bundesbank und der Bundespolizei verlaufen ist", wandte sich Seitz an den Projektleiter Rambouille. „Ja, das ist ein guter Vorschlag. Dann bitte ich nun Frau Kramer und anschließend Herrn Behrendt zu berichten." Frau Kramer als Teammitglied verantwortlich für die gesamte Logistik innerhalb der Bundesbank übernahm das Beamerkabel von Markus Seitz, steckte es an ihr Notebook, streifte sich noch schnell ihr neues schwarzes Kleid glatt, was sie extra für den heutigen Tag gekauft hatte, und präsentierte der Gruppe ihre Sicht der Dinge. Eigentlich war alles gut verlaufen, einzig die geplanten Zeiten wurden aufgrund des schlechten Wetters nicht eingehalten. Außerdem sei die Einfahrt in den Sicherheitsbereich der Deutschen

Bundesbank nur über die Ernst-Schwendler-Straße möglich gewesen. Die schweren Holzkisten mit der Goldfracht hätten umständlich entladen werden müssen. Für die zukünftigen Lieferungen müsse sich die Bundesbank hier anders aufstellen, verwies sie in Richtung des Gesamt-Projektleiters Rambouille, der den Hinweis auch sogleich notierte. „Ansonsten gab es keine Auffälligkeiten, außer dass bei den Frachtpapieren einige kleine Unstimmigkeiten vorlagen", wollte Frau Kramer ihre kurze Präsentation beenden. „Inwiefern?", fragte Kommissarin Lutz prompt nach. Von Rügen stockte das Blut in seinen Adern und seine Adrenalinausschüttung explodierte förmlich. „In den verschiedenen Frachtpapieren, die wir teilweise schon vorher erhalten hatten, tauchten unterschiedliche Gesamtgewichte auf. Durch Nachfrage bei den beteiligten Stellen bekamen wir den Fehler jedoch schnell erklärt. Es hatte wohl am Flughafen in Buenos Aires einen Übertragungsfehler gegeben."

Wenn sich auch die Zuhörerschaft mit der Erklärung von Frau Kramer zufriedengab, merkte man der Kommissarin an, dass leichte Zweifel bei ihr blieben und somit machte sie sich schnell einige Notizen zu dem Vorkommnis. „Vielleicht werden wir bei den weiteren Lieferungen ähnliche Fehler feststellen", flüsterte sie ihrem Chef zu, der neben ihr saß und zustimmend nickte. Auch von Rügen notierte sich eine Bemerkung in sein kleines blaues Büchlein, wobei er aufpasste, dass dies niemand mitbekam. Nach Frau Kramer erhob sich Hauptkommissar Behrendt und informierte kurz die Anwesenden aus Sicht der Bundespolizei über die Vorkommnisse des 22. Dezembers. Von Rügen fiel auf, dass der Hauptkommissar es vermied, sich zu tief in die Karten blicken zu lassen. Wahrscheinlich aus Sicherheitsgründen, um nicht offenzulegen, mit welchen Tricks und Kniffen die Polizei arbeitet, vermutete von Rügen. „Wir sollten ja auch nur aufpassen, dass nichts verloren geht und dass keine Straftaten passieren. Nach unseren Erkenntnissen hat es keinerlei Auffälligkeiten gegeben. Einzig einen Hinweis würde ich noch in Richtung der Firma Bosch geben wollen: Herr Seitz, an Ihrer Stelle würde ich noch einmal die Datensicherheit überprüfen, aber das Thema kennen Sie ja schon", schloss der Hauptkommissar seine Präsentation ab. Vor der Mittagspause warf Rambouille noch seine To-do-Liste an die Wand und füllte die relevanten Zeilen im Zusammenhang mit der Pilotlieferung aus Buenos Aires aus, wobei sich immer mehr grüne, nach oben gerichtete Daumen in der Liste wiederfanden und Rambouille abschließend das Pilotprojekt positiv abschloss. Mit den Worten: „Nach der Pause schauen wir uns gemeinsam die weiteren Schritte an", unterbrach er die Projektsitzung, wobei er die externen Gäste in die hauseigene Kantine einlud. Von Rügen hatte genug gehört und verzichtete darauf, Rambouille und den Gästen zum Mittagessen zu folgen.

Nach der Projektsitzung arbeitete er in seinem Büro noch einige Zeit für das Projekt „Goldener Herbst 2016." Die sich noch in Paris und London befindlichen deutschen Goldreserven beliefen sich auf mehrere hundert Tonnen. Von Rügen hatte sich mit den Zentralbanken bereits im November ausgetauscht, die vorhandenen deutschen Goldreserven buchhalterisch kontrolliert und bereits Vorschläge mit ihnen abgestimmt, in welchen Teilmengen die Transporte erfolgen sollten. Frau Kramer hatte auf diese Vorschläge hin dann ein Konzept erstellt, wie und wann die Einzeltransporte durchgeführt werden sollten. Nach ihrem Plan würde das letzte Gold Ende März aus Paris eintreffen. Nachdem Frau Mohn am frühen Abend das Büro verlassen hatte, nicht ohne sich vorher von ihrem Chef zu verabschieden, entspannte sich von Rügen, reckte die Arme in die Luft, atmete tief durch und blickte in den Abendhimmel von Frankfurt. Ein wohliges Gefühl breitete sich in ihm aus, denn nach dem heutigen Tag war für ihn sicher, dass man ihren Coup am Flughafen nicht bemerkt hatte. Sie konnten stolz auf sich sein. Doch nach dem Spiel ist vor dem Spiel, dachte sich von Rügen. Außerdem wird es Zeit, dass ich hier bald meine Zelte abbreche. In seinem Notebook hatte er bereits ein Kündigungsschreiben aufgesetzt, das er jetzt noch einmal durchlas und an einigen Stellen leicht modifizierte.

Nach den Weihnachtsfeiertagen und ein paar Tagen Skilaufen mit der Familie in Lech am Arlberg hatte er sich mit Cheryl lange über seinen Berufsausstieg unterhalten. „Und wann willst du dann aufhören?", wollte Cheryl von Leopold wissen. „Ende Juni will ich Schluss machen. Das heißt, ich muss Ende März kündigen." „Ab wann sollen wir dann nach dem Ferienhaus in Spanien suchen?" „Von mir aus ab sofort. Du kannst schon einmal im Internet recherchieren und mit Maklern vor Ort sprechen", versuchte Leopold seine Frau zu animieren. Er wusste, dass er damit ihren Nerv treffen würde, und er wusste auch, dass er sich hier hundert Prozent auf Cheryl verlassen konnte. Sie würde den richtigen Platz und das richtige Haus finden.

Von Rügen meldete sich an seinem Notebook ab, packte schnell seine Sachen in seine alte Aktentasche und verließ sein Büro auf direktem Weg in die Garage. Unterwegs schrieb er an Faust und Ron eine kurze SMS und fragte an, wann man sich bei Ron treffen könne, um die weiteren Schritte zu besprechen.

Er hatte seinen Wagen noch nicht erreicht, da kam auch schon von Ron der Vorschlag, sich am Freitagabend, um zwanzig Uhr, bei ihm zu treffen. Von Rügen bestätigte kurz den Termin, setzte sich in seinen alten Porsche und verließ die Tiefgarage in zügiger Fahrt Richtung Oberursel.

Für Faust waren die vergangenen Wochen die besten, die er in den letzten beiden Jahren erlebt hatte. Nicht nur dass er wahrscheinlich reich war, nein, auch mit Regina hatte er jetzt des Öfteren Kontakt. Bei ihrem letzten Telefonat, am vergangenen Wochenende, hatte Regina vorgeschlagen, dass man sich in Stuttgart treffen könnte, vielleicht bei ihrem Sohn Alexander, sozusagen an einem neutralen Ort. Auch wenn Faust sich lieber in Reginas Wohnung getroffen hätte, so war er doch froh, dass er sie endlich einmal wiedersehen würde. Ob sie immer noch so gut aussah und auch so gut roch? Würde sie sich für ihn in Schale schmeißen oder in legerer Jeans erscheinen? Wie würde sie ihr Haar tragen – offen oder mit Pferdeschwanz? Ach egal, Hauptsache, ich treffe sie, besann sich Faust schnell seines kleinen Glücks. Heute, am Montag, war es auch wieder einmal Zeit, ins *Bon Giorno* frühstücken zu gehen, dachte sich Faust, während er kurz sein Loch aufräumte, seinen Schal und seine Lederjacke schnappte und kurze Zeit später auch schon seinen Americano schlürfte und ein

Schokocroissant verdrückte. „Bernd, deine Schokocroissants sind einfach göttlich. Hast du noch eins für mich?", rief Faust in Richtung Theke, hinter der Bernd gerade für einen anderen Gast einen Espresso zubereitete. „Ja, aber das ist dann das Letzte, sonst habe ich keine mehr für meine anderen Gäste", log Bernd, der wusste, dass Faust seine Antwort eh nicht glauben würde. Als Bernd das zweite Croissant und einen weiteren Americano auf Fausts Beistelltisch abstellte fragte er seinen Lieblingsgast: „Und was macht die Liebe und das Leben?" „Alles bestens, meine Liebste treffe ich bald, und das Leben könnte momentan nicht schöner sein." „Wie kommt es, dass du so gut aufgelegt bist? Hat dir der Bosch endlich deine Abfindung ausbezahlt?" „Nicht direkt ausbezahlt, aber mitgeholfen, dass ich nicht am Hungertuch nagen muss", antwortete Faust, wobei man ein kleines Schmunzeln auf seinen Lippen ablesen konnte. „Stimmt ja auch irgendwie", murmelte Faust, während Bernd schon den nächsten Gast bediente.

Ron war froh, als sich Leopold endlich meldete und für kommenden Freitag ein Treffen anregte. Des Öfteren war er schon an der Garage vorbeigefahren, in der die fünfhundert Kilo Gold lagerten. Fünfundzwanzig Kilo hatte ihm Leopold versprochen, wobei der auch vorgeschlagen hatte, dass er ihm den Wert vielleicht ausbezahlen wolle. Das wäre auch besser so, denn beim Abladen der Goldbarren hatte Ron auf den schweren Barren ein großes, eingekringeltes R bemerkt. Wahrscheinlich ein Familienwappen, dachte er sich. Wie und wo sollte er so einen Barren verkaufen können, ohne nicht gleich aufzufallen. Und außerdem war Ron daran interessiert, den gesamten Familienschatz zu behalten. Von Rügen hatte noch bei ihrer kleinen Feier in der *Oase* Faust und ihm versprochen, so schnell wie möglich eine Lösung für ihren „Arbeitslohn" zu finden. Vielleicht wäre es am kommenden Freitag dann soweit, und er wäre endlich ein reicher Mann. Laut der aktuellen Goldnotierung hätte er nun ein kleines Vermögen von ungefähr einer Million Euro.

Bei diesem Gedanken blitzten auf Rons Gesicht einige Lachfalten auf und ließen ihn für einen Augenblick ganz glücklich aussehen. Was könnte er mit dem Geld nicht alles anschaffen: einen neuen Wagen, neue Möbel für seine Wohnung oder erst einmal in den Urlaub fahren. Seit einigen Tagen beschäftigte er sich aber auch mit dem Gedanken, sich selbstständig zu machen. Ihm schwebte eine kleine Spedition vor, allerdings nur so eine Art Kurierfahrten innerhalb Deutschlands. Vielleicht könnte er sich in einer Nische breitmachen, die es noch nicht so richtig gab – Sonderfahrten für Sondergüter zu Sonderbedingungen und Sonderzeiten. Na ja, zuerst einmal brauche ich das Geld, dachte sich Ron. Und außerdem sollte noch etwas Gras über die Sache gewachsen sein. Eine Äußerung, die sich noch bewahrheiten sollte.

„Ich verstehe nicht, wo Ihr Problem ist, Frau Kollegin. Wir haben keinen Anhaltspunkt, dass beim Transport etwas Unrechtmäßiges passiert ist. Gesehen oder gemerkt haben wir auch nichts und keiner der Beteiligten vermisst etwas oder hat uns über Ungewöhnliches in Kenntnis gesetzt."

Hauptkommissar Behrendt saß vor dem Schreibtisch seiner Kollegin und kam sich vor wie ein Schüler, der seinem Deutschlehrer umständlich auseinandersetzen musste, warum seine Interpretation des Brecht-Zitats nur drei Seiten lang war und er trotzdem alles zur Genüge erklärt zu haben glaubte. Seit sie vor zwei Tagen aus Frankfurt wieder in Berlin gelandet waren, versuchte Kommissarin Lutz ihren Vorgesetzten davon zu überzeugen, dass bei dem Goldtransport irgendetwas schiefgelaufen sei. „Aber ich sage Ihnen, der Hinweis, dass mit den Frachtpapieren aus Buenos Aires etwas nicht in Ordnung war, sollte uns nachdenklich machen", versuchte Lutz den Hauptkommissar doch noch umzustimmen, die Frankfurter Akte nach dem letzten Goldtransport nicht zu schließen.

„Nein, ich bleibe dabei, wir schließen die Akte", beendete Hauptkommissar Behrendt das Gespräch, während er gleichzeitig aufstand, den Stuhl, auf dem er gesessen hatte, wieder ordnungsgemäß vor dem Schreibtisch der Kollegin parkte und ihr gemeinsames Büro verließ. Wie er seine Kollegin kannte, würde sie mit seiner Entscheidung sicherlich nicht einverstanden sein und heimlich versuchen, weiter zu recherchieren. Hätte er die Gedanken seiner Kollegin zu diesem Zeitpunkt lesen können, wäre er nicht wirklich verwundert gewesen.

17

„In allen Dingen lass dir einen Ausweg und hoffe
nicht, dass etwas ein zweites Mal nach Wunsch verläuft."
Aus China

Nachdem sie hinter Lyon von der A6 auf die A7
gewechselt waren, änderte sich auch zusehends das
Wetter. Vor sechs Stunden hatten sie Frankfurt im Regen
verlassen und waren nun froh, endlich die Sonne sehen
und spüren zu können.

„In ungefähr zwei Stunden erreichen wir Montpellier. Ich
hatte gedacht, dort machen wir eine längere Pause. Was
hältst du davon?" „Ja, ich denke, wir sollten etwas essen
und tanken müssten wir auch", antwortete Ron, während
er sich in Richtung Anzeigeinstrumente beugte und die
Tankanzeige kontrollierte. Ron war die ersten vier Stunden
gefahren und hatte dann darauf gedrängt, dass Faust das
Lenkrad übernahm und er einige Minuten schlafen konnte.
In den letzten vier Monaten war viel passiert und im
Halbschlaf konnte er die Geschichte noch einmal Revue
passieren lassen, auch um eventuell einen gemachten
Fehler zu erkennen, sozusagen die berühmte Stecknadel im
Heuhaufen.

Bei ihrem ersten Treffen bei Ron im Januar gab es erst
einmal ein großes Hallo, Neujahrswünsche und jede
Menge Umarmungen. Man merkte allen drei an, dass sie
froh waren, ihre Dezemberaktion hinter sich gebracht zu
haben und sie scheinbar nichts mehr zu befürchten hatten.
Ron und von Rügen erzählten abwechselnd, was sich zum
Jahresstart in ihren Firmen getan hatte, und dass es
keinerlei Auffälligkeiten gegeben habe. Von Rügen

verschwieg jedoch, dass die Bundespolizei auf Unregelmäßigkeiten in den Frachtpapieren hingewiesen hatte. Er wollte seine Freunde in ihrem derzeitigen Glück nicht verunsichern und außerdem war von Rügen noch nicht an seinem Ziel angekommen, das Familiengold an einem sicheren Ort zu wähnen. Vielleicht brauchte er noch einmal die Hilfe seiner Freunde.

Im Laufe ihrer Wiedersehensfeier wurde auch sehr schnell die Frage gestellt, wie es denn nun weitergehe. Man könne das Gold ja nicht ewig in der Garage belassen. An von Rügen gewandt wollten Ron und Faust auch wissen, wie er sie denn jetzt bezahlen wollte. „Ich habe vor, in der nächsten Woche auf meinen Namen zwei Onlinekonten bei meiner Hausbank zu eröffnen. Eine Woche später überweise ich jeweils eine Million Euro auf diese Konten. Gleichzeitig erhaltet ihr auf jeweils ein Konto Zugriff in unbegrenzter Höhe. Ich denke, in der momentanen Situation ist diese Vorgehensweise am unauffälligsten, sowohl für euch als auch für mich. Keiner würde verstehen, woher ihr auf einmal so viel Geld habt und meine Hausbank wird keine Fragen stellen, wenn ich einige Wertpapiere zu Geld mache und auf zwei Konten aufteile. Das könnten doch Konten für mich und meine Frau oder für meine beiden Töchter sein. Und was haltet ihr davon?" Ron und Faust schauten sich kurz an und gaben von Rügen durch ihr kleines Schmunzeln zu verstehen, dass sie einverstanden waren. „Wir sehen, du denkst mit und handelst in unserem Sinne", antwortete Faust, indem er Leopold leicht auf die Schulter klopfte. „Und was soll nun mit dem Gold passieren?", fragte Ron nun zum wiederholten Male. Faust und von Rügen merkten bei Rons Frage, dass ihn das Thema richtig stresste und er das Gold so schnell wie möglich bei von Rügen in Sicherheit wissen wollte. Von Rügen informierte nun seine Freunde darüber, dass er im Sommer die Deutsche Bundesbank verlassen würde, und auch über die Absicht, in Spanien ein Ferienhaus zu kaufen, das er dann auch mindestens neun Monate im Jahr nutzen wollte. „Dahin will ich dann auch das Gold transportieren, und ich hoffe, ihr helft mir dabei, sozusagen als Abschluss der ganzen Aktion. Cheryl würde es nicht verstehen, wenn ich alleine das Gold nach Spanien schaffe, was ja auch viel zu gefährlich wäre. Eventuell hat auch die Bundespolizei noch ein Auge auf mich geworfen." Nach einer kurzen Bedenkzeit meldete sich Faust zu Wort: „Ja, da hast du sicherlich recht, und ich denke, auch Ron und mir wäre es lieber, wenn wir wüssten, dass das Gold seinen endgültigen Platz gefunden hat und nicht mehr mit uns hier in Frankfurt in Verbindung gebracht werden kann." Ron nickte zustimmend in Fausts Richtung. „Aber ich denke, der Transport wird nicht vor Juni stattfinden können, wir haben mit der Suche des Ferienhauses erst vor ein paar Tagen begonnen." „Vor allem solltest du darauf achten, dass du dort einen sicheren Platz für das Gold findest." „Ja, das ist mir klar, und er muss auch gut zugänglich sein", bemerkte von Rügen.

Anschließend sprachen die drei noch einige Zeit über von Rügens Entschluss, die Bank zu verlassen und sich in Spanien eine zweite Heimat aufzubauen. Bei dieser Gelegenheit fragte auch von Rügen: „Und was habt ihr beiden jetzt vor? Nun habt ihr ja ein bisschen Geld und könnt euch auch einige Wünsche erfüllen."

„Mein Wunsch wäre es, wieder mit Regina zusammenzukommen. Aber das hat sicherlich nicht unbedingt mit Geld etwas zu tun. Auf jeden Fall beruhigt es und schenkt mir Freiheit."

„Und ich werde mich selbstständig machen", meldete sich Ron sogleich zu Wort. „Und womit, wenn man fragen darf?" In groben Zügen erklärte Ron seine Idee der Kurierfahrten. „Als LKW-Fahrer werde ich ja zukünftig nicht mehr gebraucht, wie man gesehen hat, und außerdem möchte ich einige meiner eigenen Ideen umsetzen." „Das heißt, du hörst bei IC auf?", wollte Faust interessiert wissen. „Ja, auf jeden Fall, aber erst, wenn ich genau weiß, was ich will." „Vielleicht wäre es klug, den Spanientransport des Goldes noch abzuwarten", meldete sich von Rügen zu Wort. „Oder aber als Selbstständiger damit den ersten Auftrag durchzuführen", konterte Faust blitzschnell, indem er auf Ron zeigte. Nachdem Ron und von Rügen die Idee hinter Fausts Satz verstanden hatten, nickten beide wohlwollend und Ron gab zu verstehen, dass er über diese Idee noch einmal nachdenken wollte. „Vielleicht brauchst du auch noch einen Mitarbeiter, der dich bei den Kurierfahrten unterstützen kann", ergänzte Faust noch augenzwinkernd. „Mein Gott, was bist du heute kreativ", klatschte Ron erfreut in die Hände. In den nächsten Minuten sprudelte es nur so vor Ideen für Rons angedachtes Geschäftsmodell und auch von Rügen gab einige Hinweise in Bezug auf die Finanzierung und verwies auf einige steuerliche Aspekte. „Ihr solltet natürlich auch daran denken, wie ihr euer neues Vermögen erklärt und in Umlauf bringt. Vielleicht macht ihr beide gemeinsam eine Firma auf, geteilte Freude ist bekanntlich doppelte Freude!" Ron und Faust sahen sich an, wiegten leicht ihre Köpfe und kräuselten ihre Lippen. „Kein schlechter Vorschlag, darüber kann man nachdenken", kommentierte Faust als Erster von Rügens Hinweis. Auch Ron sah man an, dass er nicht abgeneigt war, sich mit Faust selbstständig zu machen. Die nächste halbe Stunde diskutierten die drei, wie die Selbstständigkeit von Ron und Faust im Einzelnen aussehen könnte, welche Vorteile, aber auch welche Nachteile bestünden. „Ich glaube, wir müssen noch einmal ein paar Tage darüber schlafen, dann können wir uns wieder treffen", beendete Ron die sich langsam im Kreis drehende Diskussion. Anschließend ließen die drei noch einmal ihren großen Coup mit allen Details Revue passieren, prosteten sich mehrfach zu und vergaßen fast, dass jetzt noch ein weiteres Abenteuer vor ihnen lag. Faust brachte dann doch noch alles auf den Punkt: „Hoffentlich haben wir beim zweiten Mal wieder so viel Glück."

Und so hatte sich dann innerhalb von drei Monaten alles gefügt. Von Rügen bereitete alles vor, um im März in der Bank seine Entscheidung bekanntzugeben, das Haus Ende Juni zu verlassen. Das Projekt „Goldener Herbst 2016" wollte er aber auf alle Fälle noch bis zum Abschluss begleiten, alleine schon deshalb, weil er auf dem Laufenden bleiben wollte, was die Bundespolizei noch alles an Informationen zu den Ungereimtheiten hinsichtlich der Frachtpapiere liefern würde. Cheryl hatte sich bereits mehrere Häuser vor Ort in Spanien angeschaut, wobei nun zwei Häuser in Südspanien, in der Nähe von Málaga, in der engeren Wahl waren. Dorthin wollte sie in den nächsten Wochen mit Leopold fliegen, um sich mit den Maklern zu treffen. Und auch Ron hatte sich entschieden, sich mit seiner Idee der Kurierfahrten ab Juni selbstständig zu machen. Faust hatte ihm versprochen, ihm als Mitarbeiter in den ersten Monaten zur Verfügung zu stehen. In sein Geschäft einsteigen wollte er aber vorerst nicht. Somit war auch klar, wer den letztmaligen Goldtransport nach Spanien durchführen würde. Von Rügen war sehr erleichtert, als er von dieser Nachricht erfuhr.

Sobald er das Ferienhaus in Spanien gekauft haben würde, könnte man den Goldtransport offiziell als Umzugstransport laufen lassen.

Nach fast drei Stunden Fahrt parkte Faust seinen alten Fiat in der Uhlandstrasse, unweit der kleinen Wohnung seines Sohnes, und schlenderte die letzten Meter durch die sich langsam erwärmende Aprilluft, vorbei an den immer grüner werdenden Kastanienbäumen. Heute würde er endlich Regina treffen, wenn auch nur für einige Stunden. Das erste Wiedersehen nach fast zwei Jahren musste noch einige Male verschoben werden, da entweder Alexander nicht in seiner Wohnung war oder einmal auch, weil Regina eine langwierige Bronchitis erst ausheilen wollte. Jetzt, wenige Augenblicke bevor er sie wiedersehen würde, bekam Faust Lampenfieber wie bei ihrem ersten Treffen. Oder waren es Schmetterlinge im Bauch? Als ihn sein Sohn über die Sprechanlage begrüßte und er die zwei Stockwerke wie ein Teenager fast springend erklomm, war er oben ein wenig außer Puste und musste sich erst einmal sammeln. Die Tür war nur angelehnt und so betrat Faust die Wohnung noch ein wenig echauffiert. Alexander hieß ihn herzlich willkommen, nahm ihm seine alte Lederjacke ab, die so viel zu erzählen hätte, hängte sie an der Garderobe auf und bat ihn in das kleine Wohnzimmer. Wie aus dem Nichts stand Regina plötzlich in ihrem jugendlichen Aussehen vor ihm, mit ihren wunderschönen, langen Haaren und ihrem sympathischen Lächeln. Um seine Verlegenheit zu überdecken, zog er sie sogleich sanft zu sich heran und gab ihr links und rechts auf ihre zartrosa Wangen einen flüchtigen Kuss, wobei er ihr Lieblingsparfüm – Chanel No. 5 – tief in sich einsog.

„So schön und bezaubernd wie eh und je", versuchte es Faust ein wenig zu schnell mit einem Kompliment. „Noch immer ein Charmeur", erwiderte Regina umgehend. „Wann haben wir drei uns eigentlich das letzte Mal gesehen?", wollte Faust ehrlich wissen. „Hier bei mir, nachdem ich eingezogen war und meinen einundzwanzigsten Geburtstag gefeiert habe", brachte sich Alexander in den Dialog ein. „Papps brachte noch einige alte Umzugskisten aus Bad Homburg von mir mit und Regina hatte einen Kuchen gebacken. Abends waren wir noch um die Ecke beim Griechen essen und dann seid ihr wieder gegangen. Gott sei Dank musste ich am nächsten Tag gleich in die Uni und habe gar nicht gemerkt, dass es bei euch kriselte. Regina kam dann bereits einige Monate später nach Stuttgart."

„Ja, und es ist viel passiert in der Zwischenzeit", stellte Faust nachdenklich fest. „Umso schöner, dass wir es nun mal wieder geschafft haben, uns gemeinsam zu treffen."

In den nächsten Stunden erzählte jeder von ihnen, was er im letzten Jahr so alles erlebt hatte, wobei Faust aber sein großes Abenteuer mit keinem Wort erwähnte. Faust glaubte, der richtige Zeitpunkt hierfür wäre noch nicht gekommen. Er berichtete allerdings davon, dass er Ron und von Rügen kennengelernt hatte, und dass deren Freundschaft ihm mittlerweile doch einiges bedeutete. Regina fragte natürlich nach, was er denn jetzt arbeite und was mit dem Bosch noch herausgekommen sei. Faust erzählte hier noch einmal die ganze Geschichte, angefangen mit dem damaligen Kündigungsgrund, weil er Alexander ebenfalls die Gelegenheit geben wollte, sich selbst eine Meinung über die Causa Bosch zu bilden. Am Ende seiner Ausführungen sprach er auch darüber, dass er ab Juni in Rons kleinem neuen Unternehmen mithelfen würde und sogar ein kleines Gehalt bekäme, mit dem er erst einmal seine laufenden Kosten begleichen könnte. Anschließend begann Regina ihr letztes Jahr Revue passieren zu lassen. Zum Schluss ihrer Erlebnisse erzählte sie dann noch mit ein wenig Stolz, dass sie seit wenigen Wochen wieder in ihrer doch so geliebten Staatsoper für die Requisite arbeitete, wenn auch nur einige Stunden in der Woche, aber immerhin. Es hatte sie über ein Jahr Zeit gekostet, bis sie diese Teilzeitstelle besetzen konnte. Faust pflichtete ihr bei, wie schwer es sei, heutzutage in ihrem Alter eine vernünftige Arbeit zu bekommen. Er könne ein Lied davon singen, denn er habe nach der Kündigung mehr als vierzig Bewerbungen geschrieben und keinen einzigen Erfolg verbuchen können.

Dann wollten Regina und Faust noch hören, wie es denn bei Alexander lief, obwohl beide wussten, wie es ihrem Sohn seit dem Beginn seines Studiums ergangen war und so konzentrierte er sich mehr darauf, über die Themen zu berichten, von denen er bis heute seinen Eltern weniger erzählt hatte. Insbesondere sein Nebenjob bereite ihm viel Spaß und er bekäme je Menge Anerkennung. „Ende des Jahres gab es im Zusammenhang mit einem Bosch-Pilotprojekt bei autonom fahrenden LKWs einige Softwareprobleme, weil aktivierte Sensoren bei starkem Schneefall die unmittelbare Umgebung ungenügend gescannt hatten. Für dieses Szenario habe ich den bestimmenden Algorithmus optimiert und ein Unterprogramm geschrieben. Nun kann es weiße Wände schneien, jetzt erkennen die Sensoren aufgrund weniger Daten die Umgebung." „Gut gemacht, mein Sohn", lobte ihn sein Vater. „Aber mit dem Bosch hast du nichts zu tun, oder?", wollte Faust neugierig wissen. „Nein, nur indirekt, weil wir mit einem Unterlieferanten von Bosch zusammenarbeiten." Faust schien zufrieden und wechselte das Thema. Am späteren Abend entschieden sich die drei, noch gemeinsam eine Pizza beim nicht weit entfernten Italiener zu essen, und so verließen sie bei einsetzender Dunkelheit Alexanders kleine Wohnung. Während des Essens bekräftigten alle drei, wie schön der gemeinsame Tag gewesen sei, fast so wie in vergangenen Tagen und man vereinbarte, dieses Happening in absehbarer Zeit zu wiederholen. Als sie sich vor dem italienischen Restaurant verabschiedeten, wollte Faust nicht so recht glauben, was er hörte, als Regina ihn unbeholfen fragte: „Würdest du mich denn bitte nach Hause fahren? Mein Wagen ist in der Werkstatt und ich bin heute den ganzen Tag schon auf den Beinen." Zusammen gingen sie zurück zu Fausts Fiat, den er unweit von Alexanders Wohnung geparkt hatte, verabschiedeten Alexander sehr herzlich und Regina und

Faust verließen den von einer alten Straßenlaterne hell erleuchteten Parkplatz in Richtung Innenstadt. Als Alexander dann zu seiner Wohnung zurückging, strich er mit seiner Hand leicht über einen an der Seite geparkten dunkelblauen Golf mit Stuttgarter Kennzeichen und murmelte leise vor sich hin: „Regina, Regina, ich wusste gar nicht, dass du so überzeugend schwindeln kannst."

18

„Wenn über eine dumme Sache endlich Gras
gewachsen ist, kommt sicher ein Kamel gelaufen, das
alles wieder runterfrißt."
Wilhelm Busch

Nachdem mit zwei Wochen Verzögerung auch die restlichen Goldlieferungen aus London und Paris bei der Deutschen Bundesbank ohne größere Probleme eingetroffen waren und der Projektleiter Rambouille die letzte Projektsitzung zu organisieren begann, informierte von Rügen seinen Chef bei einer der montäglichen Bereichssitzungen, dass er die Bank Ende Juni verlassen werde. „Haben Sie sich das auch gut überlegt, Sie sind doch gerade erst sechzig? Offiziell in Rente können Sie doch erst mit fünfundsechzig gehen?" „Ja, ich weiß, aber irgendwann muss man erkennen, wann Schluss ist. Die Bank hat sich in den letzten beiden Jahren doch sehr verändert und die neuen Kollegen drücken mächtig nach oben. Und außerdem hat mir mein Großvater einiges hinterlassen, was ich kaum verleben kann." Bei seinem letzten Satz huschte ein kleines Lächeln über von Rügens

Gesicht. „Ihnen scheint es recht ernst zu sein, und wenn ich Sie so ansehe, erkenne ich auch keine Zweifel. Nun gut, dann will ich Sie auch nicht länger mit Fragen langweilen." Da von Rügen seinen Vorgesetzten gut kannte, wusste er, dass hiermit das Gespräch beendet war, und nach einigen Höflichkeitsfloskeln verließ er das Büro, stolz auf sich, endlich Nägel mit Köpfen gemacht zu haben. Zurück in seinem Büro merkte Frau Mohns gleich, dass mit von Rügen irgendetwas nicht stimmte. „Sie wirken so entspannt. Haben Sie im Lotto gewonnen oder haben Sie gekündigt?" „Letzteres, Frau Mohns, letzteres." Frau Mohns schaute ihren Chef an und fiel aus allen Wolken. „Echt jetzt, wie kann ich Sie zum Umdenken bewegen? Was soll ich machen? Sie können mich doch jetzt nicht alleine lassen! Wie können Sie nur ohne Arbeit leben?"

Bei einer Tasse Kaffee erzählte von Rügen Frau Mohns nun von seinem Vorhaben, ein Ferienhaus in Spanien zu erwerben, die Sonne zu genießen und sich dort mit Dingen zu beschäftigen, für die er bis jetzt keine Zeit hatte. „Und außerdem bin ich nicht sofort weg, erst Ende Juni werde ich die Bank verlassen. Mein Nachfolger soll im nächsten Monat bestimmt werden. Das wird dann auch Ihr neuer Chef." „Oh Gott, irgendein junger Schnösel, der wieder alles besser weiß", entgegnete Frau Mohns leicht gereizt und etwas schulmeisterlich. Von Rügen versprach seiner Assistentin jedoch, für sie ein gutes Wort bei Herrn Rambouille einzulegen, der, wie er wusste, eine neue Assistentin suchte und für den Frau Mohns insgeheim schwärmte. Mit dieser positiven Aussicht beruhigte sich Frau Mohns so langsam wieder. „So, dann können wir uns also in den nächsten Tagen noch mit dem Projektabschluss vom „Goldenen Herbst 2016" beschäftigen", lenkte von Rügen das gemeinsame Augenmerk wieder auf das Tagesgeschäft. „Ach ja, und für Mai plane ich meinen Resturlaub. Da bin ich voraussichtlich mit meiner Frau in Spanien – wegen der Ferienhäuser." Frau Mohns machte sich hierzu eine Notiz und kehrte mit ihrer Kaffeetasse in der Hand wieder zu ihrem Arbeitsplatz zurück. Von Rügen goss sich noch einen weiteren von Hand aufgebrühten Kaffee ein, machte es sich vor seinem Notebook bequem und bereitete die Abschlusspräsentation für seine letzte Projektsitzung im kommenden Monat vor, als sich Frau Kramer von der Logistik bei ihm telefonisch meldete: „Hallo Herr von Rügen, ich rufe noch einmal an wegen der Ungereimtheiten bei den Frachtpapieren von Buenos Aires. Wie wollen wir das in unserer Abschlusspräsentation darstellen?"

Kurzes Schweigen. „Ich denke, da auf unserer Seite kein Schaden entstanden ist, und die Goldmenge stimmte, müssen wir hier nichts erwähnen. Meiner Meinung nach ist dies Sache der Polizei oder des Zolls, falls es hier Auffälligkeiten gab." Wieder kurzes Schweigen. „Ja, das sehe ich ähnlich. Okay, somit haben wir uns abgestimmt. Schönen Feierabend noch." „Ihnen auch, Frau Kramer."

„So, und Sie wollen den ganzen Juli über Urlaub haben? Machen Sie eine Weltreise oder planen Sie eine Mars-Expedition?" Hauptkommissar Behrendt wollte an diesem sonnigen Maimorgen lustig zu seiner Kollegin sein, da seit der Geschichte mit der Deutschen Bundesbank die Chemie zwischen ihnen etwas gelitten hatte. „Ja, so was Ähnliches. Ich werde zu Fuß die Alpen überqueren und mit der

Vorbereitung und Durchführung vier Wochen brauchen. Vor allem ist man im Juli oben vor Schneefeldern relativ sicher", log Kommissarin Lutz, die nach wie vor glaubte, dass es bei dem Goldtransport vom Dezember letzten Jahres etwas zu verheimlichen gab – von wem auch immer. Letztendlich ging es um einige hundert Kilo Fracht, die irgendwo abgeblieben waren, dachte sich die Kommissarin. In den letzten Wochen, seitdem ihr Chef die Überwachung der Goldtransporte der Bundesbank abgeschlossen und sie beide sogar eine kleine Belobigung aus dem Innenministerium erhalten hatten, beschäftigte sie sich – sozusagen Undercover – weiter mit dem Fall, meistens wenn Behrendt nicht im Büro war.

Auch wenn sie momentan nur einige wenige Puzzleteile in der Hand hielt, spürte sie förmlich, dass Ronald Fleischer etwas über den Verbleib der fehlenden Kilo wusste. Leider hatte auch eine Auslesung seiner Mobilfunkdaten keine weiteren Aufschlüsse ergeben. Die Genehmigung hierzu hatte sie sich unter einem Vorwand erschlichen. Wenn das rauskommen würde, hätte sie bestimmt ein Disziplinarverfahren am Hals, hatte die Kommissarin seinerzeit überlegt. Ihren Chef nervte es jedes Mal tierisch, wenn sie wieder mit ihren „Verschwörungstheorien" zu diesem Thema anfing. Somit blieb ihr jetzt nur noch die Observation von Ronald Fleischer in ihrer Freizeit. Sie hatte sich vorgenommen, ihn vier Wochen zu beschatten, und falls sie nichts ans Tageslicht brächte, das Thema ein für alle Mal abzuhaken. Sie hatte jetzt noch einige Wochen Vorbereitungszeit, die es zu nutzen galt. Neben der rechtzeitigen Reservierung der Unterkunft in Frankfurt wollte sie sich noch einen schnelleren und komfortableren Wagen als ihren in die Jahre gekommenen Toyota kaufen. Außerdem würde ihr eine digitale Spiegelreflexkamera mit einem guten Teleobjektiv wertvolle Hilfe leisten, insbesondere wenn sie den Verfolgten nur von der Ferne observieren konnte, und ein mobiles Navigationssystem. Auch wenn sie das ganze Spiel einige Tausender kosten würde, der sich vor ihrem geistigen Auge bald einstellende Erfolg in Form einer Beförderung wog alle Bedenken auf. Die Kommissarin war sich allerdings auch des Risikos bewusst. Im Falle einer Amtsaufsichtsbeschwerde hätte sie sicherlich ein gravierendes Problem. Nun, nachdem Hauptkommissar Behrendt ihren Urlaub genehmigt hatte und die Nachricht der Freigabe in ihrem Notebook eingetroffen war, wusste die junge Kommissarin, dass sie jetzt schon fast nicht mehr umkehren konnte. Zweifeln gehört zu meinem Beruf, ermahnte sie sich zum wiederholten Male. Erst wenn ich weiß, dass alles korrekt bei dem Transport verlaufen ist, kann ich wieder beruhigt schlafen, war sie sich sicher.

Wie von Rügen versprochen hatte, wurden die beiden Onlinekonten für Faust und Ron eingerichtet und kurze Zeit später auch mit dem vereinbarten Geld befüllt. Mit den entsprechenden Benutzernamen und Passwörtern konnten beide Geldbeträge – in welcher Höhe auch immer – abheben oder überweisen. Nachdem Ron bei IC kurzfristig gekündigt hatte, investierte er in einen weißen Mercedes Vito, richtete eine Firmen-Website ein und meldete sein Gewerbe im Rathaus an. Einige Firmen und Kunden, die er von IC her kannte, gaben ihm bereits nach kurzer Zeit erste Aufträge für Kurierfahrten im Frankfurter

Raum, sodass er Faust bereits im Juni als Mitarbeiter für einige Stunden beschäftigen konnte, und sie sich somit fast jeden zweiten Tag sahen. Gemeinsam fuhren sie dabei auch an ihrer „Goldgarage" vorbei, um sicherzustellen, dass hier alles in Ordnung war. „Wenn uns von Rügen im nächsten Monat beauftragt, sollten wir vorbereitet sein", ermahnte Ron Faust, der froh war, wenn er das Thema endgültig abschließen konnte. Zu viel bedeutete ihm nun seine eigene kleine Firma. „Ja, du hast recht, wir sollten uns überlegen, wie wir den Transport unauffällig durchführen können. Insbesondere sollten wir damit rechnen, dass wir überwacht werden. Auch wenn unser Coup gelungen ist, wäre es leichtsinnig zu denken, dass wir damit aus dem Schneider sind. Wenn man meint, dass über eine Sache Gras gewachsen ist, kommt meist ein Kamel vorbei und frisst es wieder ab", sagte Faust leicht belustigt mit erhobenem Zeigefinger.

In der schon recht warmen Maisonne wurden von Rügen und seine Frau Cheryl am Flughafen von Málaga vom dort ansässigen Immobilienmakler Jaime Eduardo Albandoz in Empfang genommen.

Der smarte Spanier war insbesondere für deutsche Klienten ein idealer Geschäftspartner, da er hervorragend Deutsch sprach und die Kultur der Teutonen bestens kannte. Er hatte in Köln sechs Jahre Germanistik studiert und war lange Zeit mit einer deutschen Frau liiert gewesen, bevor er vor drei Jahren in die väterliche Maklerfirma eingestiegen war und sich schnell auf die deutschen Immobiliensuchenden spezialisiert hatte.

Die erste Immobilie lag vierzig Kilometer außerhalb Málagas und konnte schon deshalb das deutsche Ehepaar nicht überzeugen, da das Anwesen nur schwer über einen langen, schmalen Weg erreichbar war.

Bei der zweiten Immobilie handelte es sich um eine kleine Finca, nur fünf Kilometer von Málaga entfernt, in nördlicher Richtung. Die Finca war bereits hundert Jahre alt und in ihrer Blütezeit war das Herrenhaus der Mittelpunkt einer großen Olivenplantage.

Nachdem der Sohn des Besitzers die Plantage noch bis in die späten Neunziger geführt hatte und die Nachkommen nicht mehr an der Arbeit als Olivenbauern interessiert waren, wurden große Teile der Plantage verkauft und übrig blieb ein Areal mit dreitausend Quadratmetern. Neben dem Haus gab es noch eine große Scheune, einen Pferdestall und einen Swimmingpool. Nach dem ersten Rundgang war das deutsche Ehepaar sichtlich begeistert von der Immobilie. „Muy, muy bien, Señor Albandoz, una finca grandiosa", versuchte von Rügen mit seinen spanischen Sprachkenntnissen den Makler zu beeindrucken und seiner Begeisterung besonderen Ausdruck zu verleihen. „Muchas gracias, Señor Rügen, su español es perfecto", retournierte Señor Albandoz gekonnt. "Wie hoch ist denn der Verkaufspreis?", wollte von Rügen im Anschluss wissen, während Cheryl sich noch im Pferdestall umsah. „Eins Komma zwei Millionen Euro, für die Lage und auch die Größe nicht sehr teuer." Auch wenn es von Rügen zum jetzigen Zeitpunkt nicht zugeben wollte, musste er Señor Albandoz recht geben. Allerdings wusste er nicht, ob das Anwesen nicht zu groß für sie war. „Die Größe sollte Sie nicht schocken. Je mehr

Abstand Sie zu den Nachbarn haben, umso besser," antwortete der Makler in perfektem Deutsch auf von Rügens unausgesprochene Bedenken. „Einige Olivenbäume stehen ja noch im Garten. Vielleicht wollen Sie später einmal Ihr eigenes Öl pressen, die Räumlichkeiten wären dann nützlich."

„Ja, Sie haben recht, besser zu groß als zu klein", entgegnete von Rügen. Auch Cheryl, die mittlerweile wieder zu den beiden Männern gestoßen war, pflichtete ihrem Mann bei.

Besonders hatte es von Rügen das unter der Scheune befindliche Kellergewölbe angetan, in dem wohl früher neben den Ölfässern auch Wein gelagert worden war. Das ist sicher ein guter Platz für den Familienschatz, dachte sich von Rügen schon während er in der Internet-Anzeige von dem Gewölbe gelesen hatte. In der Wirklichkeit schien die Räumlichkeit sogar noch viel besser als idealer Aufbewahrungsort für das Gold zu sein, zumal der Keller auch vom Haus aus über einen unterirdischen Gang gut zu erreichen war. Der letzte Besitzer hatte diese Verbindung wohl aus Bequemlichkeitsgründen erst vor ein paar Jahren anlegen lassen. Nach einer nochmaligen Begehung zog sich das Ehepaar für einige Minuten zur Beratung zurück. „Señor Albandoz, de'acerdo, la immobilia esta bien para nosotros. Tiene usted la posibildad reducir un poco la oferta?", versuchte von Rügen erneut, mit seinen spanischen Sprachkenntnissen das Vertrauen des sympathischen Maklers zu erlangen. „Valle, Señor von Rügen, creo que cincuenta mil euros no es un problema para el propietario." Als Controller war von Rügen kein Mann von schnellen Entscheidungen, aber hier war er sich sicher, dass er das Richtige tat. Auch an Cheryls Augen, die ihn flehentlich baten, doch zuzusagen, erkannte er, dass er sich dafür entscheiden musste. „Einverstanden, dann machen wir heute einen Vorvertrag und beschließen den Rest beim Notar in der nächsten Woche." Der Makler und von Rügen besiegelten das Gesagte per Handschlag und anschließend wurde noch ein kleiner schriftlicher Vorvertrag ausgefüllt und unterschrieben.

Den Termin würde Cheryl in der nächsten Woche alleine wahrnehmen können, wobei sie eine entsprechende Erklärung ihres Mannes vorweisen und von Rügens Unterschrift auf dem Vertrag nachträglich geleistet werden müsste, informierte Señor Albandoz noch das deutsche Paar abschließend. Um den Kauf gebührend zu feiern, ließ es sich Señor Albandoz nicht nehmen, von Rügen mit seiner Frau in eines der besten Restaurants in Málaga einzuladen, dem *Beluga Málaga* am Plaza las Flores.

Man verabredete sich um zehn Uhr und alle drei verbrachten einen gelungenen Abend, an dem Señor Albandoz den beiden Deutschen noch viele Hinweise zu Málaga, seinen Einwohnern und seinen Eigenheiten vermittelte. Weit nach Mitternacht verabschiedeten sich von Rügen und Cheryl von dem spanischen Makler, nicht ohne sich noch einmal ihrer Wertschätzung zu versichern und sich gegenseitig zu bedanken. Im nahegelegenen Hotel *Barcelo Málaga* angekommen, umarmten sich Cheryl und ihr Mann innig und freuten sich wie zwei kleine Kinder über ihr neues Zuhause. „Morgen müssen wir es zuerst unsere Kinder wissen lassen, die fallen aus allen Wolken", jubilierte Cheryl, indem sie immer noch leicht betrunken ihre Hände durch die Luft wirbelte und ihren Mann langsam zu sich heranzog und beide rückwärts auf ihr Doppelbett fielen, während die Klimaanlage surrend ihren Dienst verrichtete.

Nach dem Frühstück am nächsten Morgen gingen von Rügen und Cheryl am Hafen spazieren, während sie sich den Kauf der Finca noch einmal vor Augen führten und dabei sehr glücklich waren.

Am frühen Nachmittag kehrten sie zu ihrem Hotel zurück, ließen sich ein Taxi rufen, das sie pünktlich zum Flughafen brachte. Nach einem Zwischenstopp in Madrid erreichten sie ihr Zuhause in Oberursel gegen einundzwanzig Uhr.

19

„Wer Recht erkennen will, muss zuvor in richtiger Weise gezweifelt haben."

Aristoteles

Anfang Juni, zwei Wochen nachdem Cheryl den Notartermin in Málaga wahrgenommen hatte, trafen sich Faust, Ron und von Rügen wieder an einem frühen Freitagabend bei Ron. Zuerst erzählte Ron, dass er nun offiziell seine ersten Kurierfahrten im Großraum Frankfurt durchgeführt hatte und die Auftragslage so gut war, dass auch Faust mittlerweile bei ihm mitarbeitete. „Gut zu hören, dann muss ich dich jetzt mit dem Goldtransport nach Spanien beauftragen", informierte von Rügen nun umgehend seine beiden Freunde. Faust war sichtlich überrascht. „Erzähl, wo seid ihr fündig geworden? Habt ihr eure Traumimmobilie gefunden?" Von Rügen nutzte die Gelegenheit, Ron und Faust in allen Einzelheiten von ihrem Kauf in Málaga zu berichten. Seine beiden Zuhörer merkten ihm förmlich an, wie begeistert er von seinem neuen Zuhause war und wie sehr er sich auf sein Leben in Spanien freute. Faust war sogar ein wenig neidisch auf von Rügens neue Lebensumstände. Wie gerne würde er auch mit Regina ein neues Leben beginnen oder zumindest wieder mit ihr zusammen sein. Aber vielleicht brauchte es noch etwas Zeit, bis alles so kommen konnte, wie er es sich wünschte.

„Einen großen Umzug planen wir erst einmal nicht. Wir werden einige Möbel, Hausrat und einige andere Habseligkeiten nach Málaga mitnehmen. Das meiste werden wir in Málaga oder in der Umgebung kaufen. Cheryl will das Haus in einem spanisch-maurischen Stil einrichten. So gesehen wäre es gut, wenn ihr zuerst das Gold, vielleicht einige Möbelstücke und andere Kleinigkeiten nach Málaga transportiert." „Viel mehr können wir auch nicht mitnehmen, da wir ansonsten das zulässige Gesamtgewicht des Transportes überschreiten", ergänzte Ron, der innerlich drei Kreuze machen würde, wenn das Gold endlich in Spanien bei von Rügen war. Aus diesem Grund schlug er auch vor, dass ihn von Rügen so schnell wie möglich beauftragen sollte, damit der Transport in der ersten Juliwoche stattfinden könnte. Faust und er würden sich dann eine Woche vorher noch um das Gold in der Garage kümmern. Die drei waren sich schnell über Rons Vorschlag einig und Ron versprach von Rügen direkt am Montag ein Angebot über den Transport nach Spanien – natürlich ohne Erwähnung des Familienschatzes – per E-Mail zu schicken. „Und jetzt denke ich, sollten wir zur Feier des Tages gut essen gehen und auf unsere Zukunft anstoßen. Ich habe im *Medici* für uns für halb neun einen Tisch reserviert. Also lasst uns aufbrechen, alles Weitere können wir dort noch besprechen." Ron pfiff leise durch die Zähne, denn er wusste, dass das *Medici* – nicht weit vom Goethehaus entfernt – zu den Top-Restaurants Frankfurts zählte. Sein ehemaliger Chef hatte dort oft mit seinen Geschäftspartnern lukrative Vertragsabschlüsse gefeiert. Von Rügen war heute mit seinem noblen englischen SUV zu Ron gefahren und hatte seinen Wagen direkt vor dessen Wohnung geparkt. Somit konnte er Ron und Faust schnell einladen und sie erreichten nach einer halben Stunde Fahrzeit das Parkhaus an der Hauptwache. Bis zum Restaurant waren es dann nur noch wenige Minuten Gehzeit. Nach einem vorzüglichen Drei-Gänge-Menü, einer guten Flasche Rotwein und abschließendem zwölf Jahre altem Cognac brachte von Rügen seine beiden Freunde wieder zu Rons Wohnung, wo auch Fausts alter Fiat abgestellt war. Von Rügen erinnerte Ron noch einmal an das Angebot für den Umzug nach Málaga und enteilte wenige Augenblicke später in die dunkle Nacht in Richtung Taunus.

Für Montag, den zweiten Juli, war der Umzugstransport für von Rügens Goldschatz und einiger Möbelstücke geplant. Ron hatte seinen weißen Vito für den Transport der Goldbarren entsprechend vorbereitet und einen doppelten Boden geschreinert. Dieser nur wenige Zentimeter hohe Holzboden deckte nun den eigentlichen metallenen Boden der Ladefläche exakt ab. Ron hatte ihn mit Hammerschlagfarbe gestrichen und somit war für einen Außenstehenden nicht sofort ersichtlich, dass es sich hier um einen doppelten Boden handelte. Unter dem Boden, der in einzelnen Abschnitten herausnehmbar war, befand sich genug Platz für die vierzig Goldbarren. Damit sie nicht so leicht während der Fahrt verrutschten, lag jeder einzelne Barren auf einem passenden Schaumstoffzuschnitt. Eine Woche vor dem eigentlichen Transport fuhr dann Faust mit seinem alten Fiat Panda jeden Tag zweimal zu der Garage, in der das Gold lagerte, und packte immer drei bis vier Barren in den Fußraum des Beifahrers, abgedeckt mit einer alten karierten Decke, um anschließend damit zu Ron zu fahren. Dort angekommen parkte er seinen Wagen so neben Rons Transporter, dass das Umpacken der Goldbarren ohne Aufsehen zügig erfolgen konnte. So wurde der Vito mit jedem Tag wertvoller und Rons Nervenstränge immer dünner. „Hoffentlich wird der Wagen nicht am letzten Tag gestohlen", versuchte Ron sich ein mögliches Schreckensszenario vorzustellen. „Wenn es sein soll, wird es auch passieren", konterte Faust philosophisch. „Keine Angst, das wird nicht geschehen. Warum auch? Keiner bringt uns auch nur im Entferntesten mit dem Gold in Verbindung." Das beruhigte Ron dann doch auch. Trotzdem schlief er die letzten beiden Tage vor dem Umzug schlecht, wachte nachts immer wieder auf und vergewisserte sich, indem er aus dem Fenster seines Arbeitszimmers schaute, von wo aus er den Transporter sehen konnte, dass alles in Ordnung war. In der letzten Nacht, als er wieder aus seinem Fenster auf den weißen Vito schaute, glaubte er in einem, der auf der anderen Seite der Straße geparkten Wagen für einen kurzen Moment das erleuchtete Display eines Handys erkannt zu haben. „Jetzt sehe ich schon weiße Mäuse", maßregelte sich Ron umgehend selbst, wankte wieder zu seinem Bett und fiel in einen tiefen Schlaf. Am nächsten Morgen klingelte Faust pünktlich um sieben Uhr an Rons Haustür. Die beiden frühstückten sehr ausgiebig mit Rührei, Kaffee und geröstetem Toast, bevor sie Rons Wohnung verließen und sich am Fahrzeug vergewisserten, dass sie alles an Bord hatten. Dann bestieg Ron den Fahrersitz und setzte, nachdem sich beide angeschnallt hatten, bei einsetzendem Regen den Blinker in Richtung A5. Keine fünf Sekunden später blinkte auch ein dunkelblauer VW Tiguan und fuhr in dieselbe Richtung, am Lenkrad eine junge Frau, die in den letzten Stunden wenig geschlafen hatte und jetzt froh war, dass es endlich losging.

„Mal schauen, wo uns Ronald Fleischer hinführt", sprach die junge Frau, die eigentlich Kommissarin war, verschwörerisch zu sich selbst.

Kurz nach Montpellier steuerte Faust am späten Nachmittag eine Cespa-Tankstelle mit großem Rastplatz an der Autobahn an. Nachdem sie getankt hatten, entschlossen sich Ron und Faust, die Nacht auf dem Rastplatz zu verbringen und nachts dann abwechselnd zu schlafen. Das Mittelmeerklima spürte Faust schon deutlich, denn abends kühlte es nur unmerklich ab und die Luft wies schon einen minimalen Salzgeschmack auf.

Bevor sie Frankfurt am Morgen verlassen hatten, hatte Ron noch schnell einige Lebensmittel aus seinem Kühlschrank eingepackt, die sie jetzt essen konnten. „Ich kaufe an der Tanke noch eine Flasche Wein, dann schmeckt es gleich besser und hilft beim Einschlafen", rief Ron Faust zu, der sich auf der Ladefläche des Vitos zu schaffen machte und zwei Stühle als Sitzgelegenheiten ausräumte, die eigentlich zu von Rügens Inventar gehörten. „Er wird schon nichts dagegen haben", meinte Faust zu sich selbst, während er die Stühle ins nahegelegene Gras positionierte und noch eine Umzugskiste als Tisch umfunktionierte, auf dem sie Rons Lebensmittel ausbreiten konnten. Nach einer Viertelstunde kam Ron mit einer Flasche Roséwein, zwei Kunststoffbechern und einigen Süßigkeiten zurück.

In der kommenden Stunde aßen die beiden Rons Vorräte fast auf und auch der Wein fiel ihrem Durst zum Opfer. Ron ließ es sich nicht nehmen, eine weitere Flasche zu kaufen, und so geriet der Abend immer länger und länger, bevor es sich ein übermüdeter Faust dann kurz vor Mitternacht im Führerhaus des kleinen Transporters bequem machte und nach wenigen Sekunden bereits eingeschlafen war. Ron weckte ihn nach drei Stunden und überreichte ihm die große Stablampe, damit Faust hin und wieder auch ihren Standplatz kontrollieren konnte.

Frau Lutz parkte keine zweihundert Meter entfernt von dem weißen Vito auf dem gleichen Parkplatz. Sie war den beiden seit Frankfurt permanent gefolgt und hatte jetzt auch die Gelegenheit genutzt, ihren Wagen vollzutanken, wobei sie darauf achtete, nicht mit Ron oder seinem Beifahrer in Kontakt zu kommen. Als sie sich am Abend dann ein belegtes Baguette und Mineralwasser an der Tankstelle holte, wäre sie doch beinahe Herrn Fleischer in die Arme gelaufen, der vor ihr eine Flasche Wein kaufte. Im letzten Moment erkannte sie ihn und versteckte sich, bis er die Tankstelle verlassen hatte, hinter einem großen

Zeitungsständer. Nach ihrem kargen Mahl schlief die junge Frau dann bei geöffnetem Fenster ein und wachte erst am frühen Morgen wieder auf. Kaum dass sie registriert hatte, dass sie wohl eingeschlafen war, schaute sie auf ihre Uhr, um anschließend aus ihrem Wagen zu stürmen und sich zu vergewissern, dass der weiße Transporter mit seinen Insassen noch an seinem Platz stand. Puh, da habe ich aber Glück gehabt, das darf mir das nächste Mal nicht wieder passieren, ermahnte sich die noch immer leicht geschockte Kommissarin.

Faust weckte Ron kurz nach sechs auf. Abwechselnd gingen sie sich in der nahegelegenen Parkplatz-Toilette waschen. Diesmal kaufte Faust in der Tankstelle einige frischen Croissants und zwei große Kaffee. Mittlerweile spürten beide, dass es heute ein heißer Tag werden würde, denn bereits am frühen Morgen gab es keine Wolke am Himmel und die Sonne heizte die Erde bereits mächtig auf. „Beeilen wir uns und schauen, dass wir es heute bis zu Leos Anwesen schaffen", sagte Faust in Richtung Ron. „Von mir aus, kein Problem, aber du weißt, Leo sehen wir erst am Donnerstag." Gott sei Dank hatte Leo Ron noch vor der Abfahrt den Schlüssel der Scheune vorbeigebracht. Hier konnten sie den Transporter abstellen, wobei von Rügen beim Entladen des Goldes dabei sein wollte. „Also gut, dann lass uns fahren. Ich bin fertig. Willst du fahren?" Die Frage war an Ron gerichtet. „Ja, ich würde gerne als erster fahren", antwortete Ron. Wenige Augenblicke später setzte sich der kleine Umzugstransport mit den beiden Deutschen in Richtung Südspanien wieder in Bewegung.

Zweihundert Meter dahinter folgte ihnen ein dunkelblauer Tiguan.

Nach zwei Stunden Fahrt erreichten Ron und Faust die mautpflichtige Autopista 7, die sie direkt über die Grenze nach Spanien führte und der sie jetzt über dreihundert Kilometer folgen würden. Kurz nach Figueres meinte Ron, nachdem er mehrere Male in seine großen Rückspiegel geschaut hatte: „Ich leide eigentlich nicht an Verfolgungswahn, aber ich glaube, wir werden verfolgt." Faust, der in Gedanken schon in Málaga war und sich fragte, wie die Finca von Leopold wohl aussah, schaute Ron etwas verdutzt an: „Wer sollte uns denn verfolgen?"

„Schau doch selbst in den Rückspiegel bei dir. Etwa zweihundert Meter hinter uns bemüht sich ein blauer Tiguan, uns nicht zu verlieren. Da ich es selbst nicht glaubte, habe ich in den letzten Minuten öfters mal das Tempo gewechselt. Der Tiguan hat aber immer mitgespielt." Jetzt sah auch Faust den dunkelblauen Wagen im Rückspiegel auf seiner Seite und grübelte, wer das wohl sein könnte. „Lass uns doch einmal auf den nächsten Parkplatz fahren, dann sehen wir, ob uns der Wagen verfolgt." „Okay, das ist eine gute Idee." Als wenige Kilometer später der nächste Autobahnparkplatz auftauchte, reduzierte Ron seine Geschwindigkeit, blinkte und bog auf den verlassenen Rastplatz ab. Als der Transporter hielt, sahen Ron und Faust, wie der blaue Tiguan mit erhöhter Reisegeschwindigkeit auf der AP7 an ihnen vorbeirauschte. „Ich glaube, du siehst Gespenster", entfuhr es Faust spontan, mit einem leicht verächtlichen Blick auf Ron. „Na ja, mir kam es halt komisch vor, und außerdem heißt das noch gar nichts. Vielleicht ist der

Fahrer viel cleverer, als wir denken." „Hast du denn das Autokennzeichen erkannt?", fragte Faust nach. „Nicht ganz, das Fahrzeug stammt aus Berlin und die weiteren Ziffern waren ein C und ein L, glaube ich, bin mir aber nicht hundert Prozent sicher." „Nun gut, dann fahren wir weiter und schauen, ob wir den Tiguan noch einmal wiedersehen."

Cornelia Lutz hatte sich kurzfristig entschieden, dem vorausfahrenden Transporter nicht auf den Parkplatz zu folgen, stattdessen gab sie Gas und ließ die beiden Deutschen das erste Mal hinter sich. „Das war bestimmt nicht geplant", mutmaßte die junge Frau. Eine Eingebung hatte ihr geraten, dem Vito nicht zu folgen. „Beim nächsten Parkplatz fahre ich raus und reihe mich dann wieder hinter den beiden ein", sprach sie aufmunternd zu sich selbst.

Gegen Mittag erreichten Ron und Faust Tarragona. „Ich glaube, jetzt sollten wir mal wieder tauschen", sagte Ron zu Faust. „Und vielleicht auch mal auf Toilette gehen und etwas zum Essen kaufen. Deine Vorräte sind bis auf ein paar Äpfel und zwei Müsliriegel aufgebraucht." „Ja, du hast recht, aber lange sollten wir nicht anhalten, ich will noch vor der Dunkelheit in Málaga ankommen." „Klar, will ich auch. Schau, in fünf Kilometer kommt eine Ripsol-Tankstelle, da können wir kurz anhalten und ein paar Lebensmittel kaufen", erwiderte Faust, indem er auf das Hinweisschild vor ihnen am Autobahnrand deutete, mit dem die nahende Tankstelle angekündigt wurde.

Nach wenigen Minuten bog Ron mit gedrosselter Geschwindigkeit auf die Abbiegespur zur Tankstelle ein und lenkte seinen Vito auf einen der seitlichen Rastplätze, die im Schatten lagen. Der blaue Geländewagen, der sie mittlerweile wieder verfolgte, blieb weit vor den Rastplätzen im Schutze eines LKWs stehen.

Ron und Faust wollten gerade ihren Transporter verlassen, als hundert Meter vor ihnen eine junge Frau, die gerade aus einem hellblauen Peugeot gesprungen war, von ihrem wohl mitreisenden Freund mehrmals zu Boden gestoßen und lautstark aufs Übelste beschimpft wurde, wenn auch für Ron und Faust in unverständlichem Französisch. Die junge Frau ließ sich jedoch nicht einschüchtern, stand wiederholt auf, bespuckte ihren Widersacher und entgegnete selbst lautstark Beleidigungen in dessen Richtung. Als sich nun die kleine Szene nicht beruhigen wollte, sprangen Ron und Faust nach einem kurzen Blickkontakt gleichzeitig aus ihrem Fahrzeug und liefen in Richtung der Kampfhähne, um sie, bevor noch Blut floss, nach Möglichkeit zu trennen. Kaum hatten sie die Hälfte der Wegstrecke zurückgelegt, schauten die Streitenden auf die beiden herannahenden Männer, sprangen wie von einer Tarantel gestochen wieder in ihren Peugeot, schlugen die Türen zu und jagten mit durchdrehenden Rädern in Richtung Autobahn. Ron und Faust bremsten ihren Lauf abrupt ab und standen nun verdutzt inmitten des, durch den Sprint aufgewirbelten Staubes. „Was war das denn?", fragte Ron mehr zu sich selbst. Kaum dass er die Frage gestellt hatte, preschte ein Fahrzeug an ihnen vorbei und verließ den Parkplatz ebenfalls in Richtung Autobahn. „Das ist doch unser Vito!", schrie Faust hysterisch und versuchte noch hinterherzulaufen, in der Hoffnung, ihn einzuholen. Nach zweihundert Metern blieb er stehen, stützte sich mit seinen Händen auf seinen Oberschenkeln ab und schnappte nach ausreichend Luft in der sengenden Sonne.

Die ganze Szene hatte keine Minute gedauert! Faust kehrte – mit den Händen hinter seinem Kopf verschränkt – zu Ron zurück, der noch immer wie angewurzelt an der Stelle stand, als sein Vito an ihm vorbei gejagt war. „Scheiße, Scheiße, Scheiße!", schrie Faust kopfschüttelnd. „Da hat man uns ja ganz klassisch hereingelegt! Und keiner hat es gesehen! Verdammt noch mal, warum waren wir auch nur so unvernünftig!" Ron hatte mittlerweile seine Stimme wiedergefunden: „Weißt du, dass man uns da gerade eine halbe Tonne Gold geklaut hat? Warum bist du nicht im Wagen geblieben? Wie sollen wir das Leo erklären? Der glaubt uns doch nie!" Ron fasste sich mit beiden Händen an den Kopf, hockte sich völlig entkräftet vor Faust hin und versuchte, das Erlebte irgendwie zu verarbeiten.

Cornelia Lutz wollte gerade aus ihrem Wagen steigen, um sich im Schutze des LKWs zu vergewissern, dass der Vito mit den beiden Deutschen noch parkte, als sie den Transporter mit forcierter Fahrt wegfahren sah. Hatte sie ihre Tarnung verloren, und versuchten die beiden sie gerade abzuschütteln?

Die Kommissarin dachte nicht weiter nach, rannte zu ihrem Wagen, stürzte auf den Fahrersitz und hetzte dem weißen Transporter mit einem Sprint hinterher, in der Hoffnung, ihn nicht zu verlieren. Hätte sie in ihren Rückspiegel geschaut, hätte sie zwei sehr verzweifelte Männer in einem erbarmungswürdigen Zustand in der spanischen Sonne bemerkt, und sie hätte andere Schlüsse gezogen.

20

„Wie gewonnen, so zerronnen."
Redensart

Ron und Faust konnten für lange Momente keinen klaren Gedanken fassen, zu unvorhergesehen und gleichzeitig zu dämlich war der Diebstahl ihres Fahrzeuges. Jeder von ihnen musste erst das Erlebte nachvollziehen, begreifen und im gesamten Zusammenhang verstehen. Faust fand als Erster seine Sprache wieder: „Wir müssen den Dieben hinterher, und zwar so schnell wie möglich. Ich denke, sie werden auf der Autobahn bleiben und versuchen, irgendwo den Transporter zu verkaufen. Mir scheint es eine Bande zu sein, die nur darauf aus ist, mit dem Diebstahl schnell Kohle zu machen." „Ja, das sehe ich ähnlich. Die nächsten größeren Städte sind Valencia, Alicante und Cartagena. Aber was machen wir, wenn wir sie gefunden haben? Die sind doch mindestens zu dritt oder zu viert", ergänzte Ron. „Keine Ahnung, damit will ich mich jetzt nicht beschäftigen. Erst müssen wir sie finden, und das wird nicht einfach sein."

Sogleich lief Faust in Richtung der parkenden LKWs, nicht unweit von ihnen. Ron lief langsam hinterher. Wagen für Wagen steuerte Faust an und versuchte, mit den verschiedenen Fahrern Kontakt aufzunehmen, um herauszufinden, wer in Kürze in Richtung Valencia fahren würde. Endlich fand er einen jungen spanischen Trucker, der im Begriff war loszufahren, und sich bereit erklärte, die beiden Deutschen noch mitzunehmen, nachdem ihm Faust berichtete, dass man ihren Transporter vor wenigen Minuten gestohlen hatte. Schnell wuchteten sich Ron und Faust in die Fahrerkabine, während der spanische Fahrer den starken Dieselmotor startete und seinen Truck zügig in Bewegung setzte. Faust erzählte dem Fahrer innerhalb der nächsten Minuten von dem Diebstahl im Detail, wobei er den Goldschatz verheimlichte und stattdessen von wertvollen Bildern sprach. Gott sei Dank sprach der Trucker englisch, sodass die Kommunikation auf Anhieb klappte. Mit Manolo, so hieß der Fahrer, freundeten sich Ron und Faust schnell an, insbesondere nachdem ihm Ron von seinem Vorleben als LKW-Fahrer berichtet hatte, und dass er sich vor wenigen Monaten als Kurierfahrer selbstständig gemacht habe. Manolo ließ es sich sogar nicht nehmen, schneller als erlaubt zu fahren, zumal sein Auflieger leer war. In Valencia würde er eine Fuhre Orangen aufnehmen und nach Montpellier bringen. Neben anderen Fahrten machte er diese Tour zweimal in der Woche. „Warum habt ihr nicht die Polizei verständigt?", wollte Manolo wissen. „Bis wir denen erklärt hätten, was passiert ist, und bis die unsere Namen gecheckt hätten, wären die Diebe auf jeden Fall über alle Berge gewesen. So haben wir wenigstens noch eine kleine Chance, sie zu finden", antwortete Faust schnell, da er auf diese Frage schon gewartet hatte. Während der nächsten Stunde konzentrierten sich die beiden Deutschen auf die Autobahn, die vorbeifliegenden Rastplätze und die Ausfahrten, in der Hoffnung, ihren Transporter oder den kleinen hellblauen Peugeot ausfindig machen zu können.

Manolo versuchte die beiden zu beruhigen, indem er aussprach, was beide hofften. „Sicherlich seid ihr einer Bande auf den Leim gegangen, die nur an eurem Fahrzeug interessiert ist, das sie nun schnell zu Geld machen will. Viele Fahrzeuge gehen nach Nordafrika und werden dann von Hehlern weiterverkauft." „Wo vermutest du, werden sie das Fahrzeug verkaufen?", wollte Faust wissen. „Weiß ich nicht, aber so lange werden sie euren Transporter nicht behalten, da sie sonst Gefahr laufen, von der Polizei erwischt zu werden. Sie müssen doch damit rechnen, dass ihr die Polizei eingeschaltet habt." Richtig, dachte Faust. „Also wäre Valencia nicht so verkehrt", nährte Ron die Hoffnung eines baldigen Wiedersehens. „Ja, das könnte sein, aber auch Alicante wäre möglich, da von dort Fähren nach Algerien ablegen." Fausts Gehirn arbeitete auf Hochtouren. „Wie weit ist es denn von Valencia nach Alicante", wollte Faust von Manolo wissen. „Ungefähr zwei Stunden mit dem LKW. Wo ich dann meine Ladung aufnehme, gibt es viele LKWs, die heute noch zum Hafen von Alicante fahren. Wenn wir dort angekommen sind, helfe ich euch, eine passende Mitfahrgelegenheit zu finden. Es kann sein, dass morgen früh bereits eine Fähre nach Algerien übersetzt. Vielleicht habt ihr ja Glück." Faust und Ron schauten sich an und das erste Mal seit mehreren Stunden konnte man einen kleinen Hoffnungsschimmer in ihren Gesichtern erkennen. Aber was dann, dachte Ron, wie könnten sie wieder in den Besitz ihres Goldwagens kommen, ohne Aufsehen zu erregen oder sich in eine Schlägerei mit den Dieben zu begeben. Die Polizei durften sie nicht einschalten, sonst würde ihr illegaler Goldtransport auffliegen.

Der blaue Tiguan folgte nun seit fast zwei Stunden dem weißen Mercedes-Transporter in sicherem Abstand. Kurz vor Valencia bog der Vito an einer Tankstelle ab. Frau Lutz folgte in weitem Abstand und parkte auf dem nahegelegenen Parkplatz, nahm ihr neues Fernglas aus ihrem Rucksack und versuchte, nachdem sie ihr Auto verlassen hatte, den verfolgten Wagen zu observieren. Sie traute ihren Augen nicht, als sie sah, wie der Fahrer ausstieg und begann, das Fahrzeug zu betanken. „Was ist denn da passiert? Das ist doch ein ganz anderer Fahrer!", bemerkte sie lautstark. Schnell vergewisserte sie sich, dass sie nicht das falsche Fahrzeug beobachtet hatte. Doch es gab keinen Zweifel! Anscheinend haben die beiden Deutschen das Fahrzeug bei der letzten Rast übergeben, kam es der Kommissarin in den Sinn, und mit dem einsetzenden Adrenalinausstoß in ihrem Körper setzte auch ihr Jagdinstinkt wieder ein. „Ja, damit ist wohl klar, dass hier was Illegales läuft", entfuhr es ihr, wobei sie den Wagen keine Sekunde aus den Augen verlor. Sicherlich geht es um Rauschgift, das so seinen Weg von Südamerika nach Europa findet. Vielleicht wird es in Südspanien noch veredelt oder gestreckt, bevor es dann verkauft wird, nährte sie ihren von keinem geteilten Zweifel. Nach wenigen Minuten sah sie durch ihr Fernglas, wie der Fahrer den Tankvorgang abschloss, zügig bezahlte und eiligen Schrittes den Transporter wieder bestieg und losfuhr. Die nun bis in die Haarspitzen motivierte Kommissarin tat es dem Fahrer gleich und setzte die Verfolgung unauffällig fort. In einigem Abstand hinter den beiden Fahrzeugen bemühte sich ein kleiner Peugeot, den weißen Transporter nicht zu verlieren. Dass nun ein zweites Fahrzeug dem Transporter Geleitschutz gab, kam den beiden Insassen des französischen Kleinwagens nicht in den Sinn.

Während sich der spanische LKW langsam Valencia näherte, fuhr Manolo nun fast jede größere Tankstelle und jeden großen Rastplatz an, in dem Bemühen, den gestohlenen Vito ausfindig zu machen. Auch im weitverzweigten Hafen von Valencia fuhr Manolo einige Hotspots an, bei denen er das gesuchte Fahrzeug vermutete. Jedoch ohne Erfolg. Schließlich brachte er die beiden deutschen Mitfahrer zum Frachtterminal, an dem die Fahrer von zuvor beladenen LKWs auf ihre Frachtpapiere warteten. Hier kannte er einige seiner fahrenden Kollegen so gut, dass er für Faust und Ron eine schnelle Mitfahrgelegenheit nach Alicante organisieren konnte. „Das werden wir dir nie vergessen, Manolo, wie sehr du uns geholfen hast", sagte Ron, während er Manolo kräftig die Hand schüttelte. Auch Faust bedankte sich mit einigen spanischen Worten bei dem Trucker: „Muchas gracias por todo y hasta luego." „De nada y mucha suerte", erwiderte Manolo, indem er beim Weggehen mit einer Hand in Richtung Himmel zeigte, so als käme das Glück von ganz oben. Ron und Faust mussten sich nun beeilen, denn Julio, ihr neuer Fahrer, signalisierte ihnen, dass er in wenigen Sekunden abfahren würde. Kaum, dass sie die Fahrerkabine erklommen hatten, setzte sich der voll beladene Truck auch schon langsam in Bewegung und nach einer Viertelstunde waren sie bereits wieder auf der Autobahn, die sie direkt nach Alicante bringen sollte.

Im Gegensatz zu Manolo war Julio sehr verschlossen und redete wenig.

Als älterem Trucker sah man ihm die vielen Jahre im Gesicht an, das von unzähligen Falten und Sommersprossen bedeckt war.

Ron schätzte sein Alter auf über sechzig Jahre. Auch konnte er nicht so gut Englisch wie Manolo. Somit war die wenige Konversation zwischen den Männern ein Mischmasch aus Deutsch, Spanisch und einer Zeichensprache. Nach mehreren Anläufen hatte Julio wohl verstanden, dass man den beiden Alemanes das Fahrzeug gestohlen hatte, das sie nun suchten und hofften, in Alicante zu finden. Julio gab den beiden zu verstehen, dass die Aktion nicht ungefährlich sei, zumal die Diebe immer noch denken müssten, dass sie von der Polizei gesucht würden und ihnen das Gefängnis drohte. Unabhängig voneinander nickten Ron und Faust mit dem Kopf. „Wenn wir unseren Transporter wirklich finden sollten, können wir nur hoffen, sie irgendwie ablenken zu können", versuchte Faust, sich und Ron die Angst vor einem Zusammentreffen mit den Dieben zu nehmen. „Vor allem dürfen wir den Peugeot mit der jungen Frau und dem Mann nicht vergessen. Insgesamt sind es vielleicht sogar vier Personen. Wir sind nur zu zweit", merkte Ron an. „Ja, du hast recht. Aber wir müssen an das Fahrzeug kommen. Was erzählen wir sonst Leopold? Dass wir uns von einigen Tölpeln haben überrumpeln lassen wie dumme Schuljungen? Nein, das ist nicht die Nachricht, die ich Leopold überbringen möchte." Die nächste halbe Stunde wurde es ruhig in der Fahrerkabine und alle drei Männer hingen ihren Gedanken nach. Julio dachte an seine geliebte Aleksandra, mit der er schon seit fünfunddreißig Jahren verheiratet war, und die er bald wiedersehen würde. Noch ein Jahr musste er Trucks fahren, dann konnte er endlich in Rente gehen und mit seiner Frau gemeinsam die Tage verbringen. Ron haderte mit seinem Schicksal und malte sich aus, wie sein Leben verlaufen wäre, wenn er Faust und Leopold nicht getroffen hätte. Gold, das er noch nicht einmal hatte, machte auch nicht glücklich! Faust dagegen versuchte sich auszumalen, wie sie die Diebe überrumpeln könnten. Vielleicht half ihnen das Schicksal noch einmal, das ihnen schon so oft geholfen hatte. Oder hatten sie ihr Glück schon zur Genüge ausgeschöpft? Er zwang sich, positiv zu denken und das Glas halb voll zu sehen, anstatt halb leer. Irgendwie würde es schon klappen!

„Hambre?", fragte Julio und wies Faust an, der neben ihm saß, hinter seinem Fahrersitz eine Tüte mit Brot, Käse und Obst hervorzuholen und auszupacken. Auch einige Flaschen Wasser befanden sich dort, die Julio an seine Mitfahrer weiterreichte. Essen und Trinken hilft immer, die Stimmung aufzuheitern, dachte er sich, denn er merkte, dass die beiden Alemanes doch sehr entmutigt wirkten, bei dem vielen Pech, was sie heute schon gehabt hatten. Nach einigen Bissen Brot und Manchego-Käse meldeten sich die Lebensgeister bei allen dreien wieder und als Julio das Radio mit typischer spanischer Musik etwas lauter stellte, kehrte auch die Fröhlichkeit auf den Gesichtern zurück. „Wann werden wir den Hafen erreichen?", wollte Faust von Julio wissen. „En una hora", antwortete Julio, indem er leicht mit dem Kopf hin und her wiegte, was so viel hieß wie: Es könnte auch etwas länger dauern.

„Dann wird es auch langsam kühler und wir kommen in die Dämmerung", sprach Faust in Rons Richtung. „Das könnte uns auf jeden Fall helfen. Ich denke, wir suchen als

Erstes die Fähre, die nach Algerien fährt. Wenn die Diebe in Alicante sind, dann werden sie mit großer Wahrscheinlichkeit dort zu finden sein", versuchte Faust ein erstes Szenario aufzubauen.

„Bestimmt hast du recht. Es wäre sicherlich gut, wenn wir die Diebe in irgendeiner Form ablenken könnten. Im Prinzip so ähnlich, wie sie uns den Vito abgeluchst haben", begann Ron Fausts Szenario zu vervollständigen und Hoffnung aufkeimen zu lassen.

Der weiße Transporter, den die Kommissarin und der kleine Peugeot verfolgten, wurde kurz vor Alicante langsamer und bog dann in Richtung Hafen von der Autobahn ab. Jetzt hieß es für Frau Lutz, bloß nicht die Nerven zu verlieren. Während der letzten Stunde hatte sie intensiv überlegt, wie sie den Drogendealern ihr Handwerk legen könnte. Die spanische Polizei einzuschalten schien ihr am sinnvollsten, aber was, wenn es nicht um Drogen ging, sondern um ein ganz legales Geschäft? Außerdem würden die sich wundern, dass eine Deutsche alleine einen großen Drogentransport bis nach Spanien verfolgte und dann um Amtshilfe bat. Kurz hatte sie auch überlegt, Hauptkommissar Behrendt anzurufen, um mit seiner Hilfe die Bande hochgehen zu lassen. Er hatte doch gute Kontakte zu Europol. Aber hier würde sie Gefahr laufen, ein Disziplinarverfahren an den Hals zu bekommen. Nein, alle diese Ideen konnten ihr nicht helfen. Vielmehr müsste sie sich erst hundert Prozent sicher sein, dass es sich wirklich um einen größeren Drogendeal handelte. Sie brauchte Beweise, und das hieß, sie musste in den Transporter gelangen. Vielleicht bekäme sie hier in

Alicante eine Gelegenheit! Der Wagen, der zweihundert Meter vor ihr fuhr, steuerte jetzt in Richtung Port de Alicante. Frau Lutz musste nun aufpassen, dass sie nicht auffiel. Deshalb ließ sie sich weitere hundert Meter zurückfallen, wobei sie von dem kleinen hellblauen Peugeot überholt wurde. Alle drei Fahrzeuge erreichten nach weiteren zehn Minuten die Zufahrt zum Hafen. Der weiße Vito fuhr am langen Containerhafen vorbei, um anschließend auf dem Parkplatz des Hafen-Terminals zu parken. Der französische Kleinwagen parkte zwanzig Meter neben dem Vito. Frau Lutz suchte sich in der zweiten Reihe neben weiteren schon parkenden Fahrzeugen eine Parklücke, von der sie gute Sicht auf den Vito hatte.

Kurz vor dem Hafenbereich in Alicante hielt Julio seinen schwer beladenen Truck an und deutete mit seiner, in Richtung der Zufahrt des Hafenbereichs zeigenden Hand an, in welche Richtung die beiden Männer zu gehen hatten. Diesmal verlief der Abschied von ihrem Fahrer nicht so emotional wie in Valencia, dafür war die Verbundenheit nicht tief genug. Aber trotzdem verabschiedeten sich die Männer anständig voneinander und wünschten sich Glück für ihre weitere Zukunft. Glück, das insbesondere Ron und Faust gebrauchen konnten. Die beiden Freunde winkten Julio, nachdem er seinen Truck gewendet hatte, noch zu und betraten am späteren Nachmittag den Hafenbereich, wobei eine leichte, vom Meer her wehende kühlende Brise und der für einen Hafen typische Geruch nach Öl, Fischen und Salzwasser die beiden empfing. Ging heute ihre Reise hier zu Ende oder wie würde das Schicksal diesmal mit ihnen spielen?

3. Akt

„Am Ziele deiner Wünsche wirst du jedenfalls eines
vermissen: dein Wandern zum Ziel"
Marie von Ebner-Eschenbach

21

„Am Ende wird alles gut! Und wenn es noch nicht gut
ist, ist es noch nicht das Ende."
Oscar Wilde

Seit nunmehr zwei Wochen packten Leopold von Rügen, zusammen mit Klara, die hin und wieder im Haushalt half, und seiner Frau Cheryl all die Sachen in Umzugskartons, die sie mit nach Spanien nehmen wollten wie Bettwäsche, Handtücher und jede Menge Küchenutensilien. Mit der Zeit wurden es immer mehr Kartons, obwohl sie sich anfänglich darauf geeinigt hatten, nur die wirklich für das Ferienhaus bestimmten Gegenstände einzupacken. Grundsätzlich würden sie bis auf einige Ausnahmen keine Möbel mitnehmen, zumal sich auch einiges an Einrichtungsgegenständen schon im Haus befand. So gab es fast in jedem Schlafzimmer Einbauschränke und im größten Schlafzimmer stand ein großes historisches Bett mit Baldachin. Auch im Wohnzimmer befand sich bereits eine alte lederne Sitzgruppe und mehrere kleine Beistelltische im maurischen Stil. Die Vorbesitzer hatten auch fast alle Lampen hängen gelassen, sodass sie erst einmal überall Licht haben würden. Außerdem wollten sie ihr neues Domizil Stück für Stück einrichten und gemeinsam vor Ort nach passenden Möbeln schauen. Am Ende waren es aber trotzdem über fünfzig Umzugskisten, die die drei gefüllt hatten und die in der kommenden Woche von einer Spedition abgeholt werden würden. Leopold würde dann am Donnerstag nach Málaga fliegen, um Ron und Faust zu treffen und am Freitag die Spedition zu empfangen und die Kisten in die richtigen Zimmer zu verteilen. Cheryl käme dann mit ihrem Wagen mit einigen privaten Sachen am Sonntag nach. Von Rügen hatte die Termine extra so geplant, dass er genügend Zeit hätte, das Gold im Kellergewölbe unter der Scheune zu lagern und zu verstecken. Er wollte Cheryl nicht unnötig mit dem Thema belasten, zumal er wusste, dass sie von seinem Vorgehen nicht besonders angetan war. Ihr war es wichtiger, aus ihrem neuen Feriendomizil einen Hort der Erholung, der Harmonie und der spanischen ausgelassenen Lebensweise zu formen. Leopold wollte ihr hierbei freie Hand gewähren und sie, nur wo es notwendig war, unterstützen. Für ihn war lediglich wichtig, dass sich das Familiengold an einem sicheren und für ihn jederzeit erreichbaren Ort befand. In wenigen Tagen wäre es dann soweit, und er würde das Gold wieder in den Schoß der Familie zurückführen, so wie es sein Großvater sicherlich auch von ihm erwartet hatte, als er Leopold am Sterbebett erstmals von dessen Existenz berichtete. Am letzten Freitag im Juni fuhren Ron und Faust zu Leopold nach Oberursel, um einige wenige Habseligkeiten, insbesondere Garten- und Küchenmöbel wie Tische und Stühle in den Transporter zu verstauen. Hierbei übergab Leopold den beiden auch die Schlüssel, die – mit separaten Anhängern versehen – zu den jeweiligen Türen gehörten. Wie schon bei ihrem Flughafencoup vereinbarten sie, sich nicht über ihre Handys zu verständigen, sondern im Notfall nur öffentliche Telefone zu benutzen. Auch wenn die Aktion am Frankfurter Flughafen jetzt schon über sechs Monaten her war, befürchtete insbesondere Ron noch immer, dass er überwacht werden könnte. „Also dann sehen wir uns am Donnerstag und verfahrt euch nicht. Ihr wisst, wie wertvoll eure Fuhre ist", neckte Leopold die beiden Fahrer mit einer nicht ernst gemeinten strengen Miene. „Wir haben jetzt genügend Zeit, uns zu überlegen, wie wir uns aus dem Staub machen können", konterte Faust ironisch zurück, während Ron die Augen verdrehte und meinte: „Je oller, desto doller." Nach einigen schnellen Umarmungen machten sich dann Ron und Faust zurück auf den Weg nach Frankfurt zu Rons Wohnung. Hier angekommen parkte Ron den Transporter gegenüber seiner Wohnung, damit er ihn von seinen Fenstern zur Straßenseite auch jederzeit im Blick hatte. Ron lud Faust für den kommenden Montagmorgen zum Frühstück ein, bevor sich beide noch ein schönes Wochenende wünschten und Faust in seinen alten Fiat stieg. In ein paar Tagen ist die Geschichte dann endlich vorbei, und ich kann mich wieder um Regina kümmern, waren Fausts erste Gedanken, als er den Zündschlüssel umdrehte und seinen Wagen in Richtung Frankfurt lenkte.

Als sich Ron und Faust zu Fuß dem Parkplatz vor dem Hafenterminal näherten, fiel ihnen fast das Herz in die Hose und vor lauter Schreck blieben sie wie angewurzelt stehen. In einer Entfernung von ungefähr hundert Metern sahen sie ihren weißen Vito. Wie auf ein Stichwort blickten sich die beiden an. Ron war der Erste, dem etwas einfiel zu sagen: „Das glaube ich jetzt nicht. Welchen Dusel haben wir denn?" „Ich würde jetzt nicht von Dusel reden, sondern von einer Herausforderung. Siehst du daneben den kleinen Peugeot?", erwiderte Faust, indem er dabei auf den französischen Kleinwagen deutete. „Ja, du hast recht. Vor allem brauchen wir jetzt einen Plan, wie wir wieder an unseren Transporter kommen, ohne Aufsehen zu erregen." „Erst einmal brauchen wir einen Ort, an dem wir nicht so auf dem Präsentierteller stehen wie hier. Und wir müssen wissen, wann die Fähre heute losfährt. Lass uns einmal in den Terminal schauen, ob wir hier etwas in Erfahrung bringen können", antwortete Faust, ohne direkt auf Rons Bemerkung zu einem Plan einzugehen.

Nach wenigen Minuten betraten sie das Hafengebäude und versicherten sich, dass die Entführer ihres Vitos nicht in der Nähe weilten. Schnell brachten sie in Erfahrung, dass um neunzehn Uhr die nächste Fähre nach Oran fuhr. „Das ist ja schon in zweieinhalb Stunden", stöhnte Ron, als er nervös auf seine Uhr blickte. „Hm, das stimmt, und ich gehe davon aus, dass die Einschiffung der Fahrzeuge in spätestens anderthalb Stunden startet. Die Diebe haben sicherlich schon ihre Papiere und warten jetzt darauf, dass es losgeht", befeuerte Faust Rons Nervosität. Die beiden Deutschen kauften sich in dem kleinen Einkaufsladen im Terminal noch schnell Trinkwasser, Bananen und

Schokolade, bevor sie das Gebäude wieder verließen und als Erstes nachschauten, ob ihr Vito noch an seinem Platz stand. Alles war noch beim Alten. Gott sei Dank!

Aber so langsam füllte sich der Parkplatz merklich, sowohl mit Touristen als auch mit algerischen Händlern, die die Nähe zu Spanien nutzten, um ihre Waren hier zu verkaufen. Nach einer halben Stunde war der Parkplatz fast völlig besetzt und es herrschte ein reges Treiben. Gegen achtzehn Uhr gab es auf dem Parkplatz eine Lautsprecherdurchsage, die die Fahrer der Fahrzeuge darauf hinwies, dass jetzt die Einschiffung beginnen würde. Nun hieß es für Ron und Faust, die Nerven zu bewahren. Während der letzten halben Stunde hatten sie sich krampfhaft einen Plan überlegt, wie sie wieder in den Besitz ihres Fahrzeuges kommen könnten – ohne nennenswerten Erfolg.

Gerade hatten sie noch schnell ihr Wasser und die Schokolade verdrückt und wollten sich auch noch die zwei kanarischen Bananen aufteilen, als sich bereits die ersten Fahrzeuge in Richtung der Fähre in Bewegung setzten, wobei sie vom Hafenpersonal in dafür vorgesehene Zufahrtspuren eingewiesen wurden. Jetzt war es Zeit zu handeln! Faust riss Ron seine Banane aus der Hand und deutete ihm gleichzeitig an, ihm in Richtung des Peugeots zu folgen. „Was hast du vor?", flüsterte Ron in konspirativer Weise. „Wir müssen versuchen, den Peugeot zum Halten zu bringen", entfuhr es Faust, als er nur noch wenige Meter vom Auto entfernt in die Hocke ging und sich hinter einem Wohnmobil mit französischem Kennzeichen, das hinter dem Peugeot parkte, versteckte. Ron tat es ihm gleich und schaute Faust fragend an. „Du bleibst jetzt hier, ich komme gleich wieder." Geduckt, dabei immer noch die beiden Bananen in der rechten Hand haltend, schlich sich Faust hinter den Peugeot, in dem das junge Paar saß, das ihnen auf dem Parkplatz bei Tarragona die filmreife Schlägerei vorgespielt hatte. Nun nahm er die beiden Bananen und stopfte sie mit Gewalt in den kleinen Auspuff des Autos. Sofort anschließend machte er sich wieder in gebückter Haltung auf den Rückweg zu Ron, der mit offenem Mund die kurze Szene verfolgte und langsam begriff, was Faust vorhatte. „Meinst du das funktioniert?" „Mir fällt jetzt nichts anderes mehr ein. Es sei denn, du hast noch eine geniale Idee." Ron schaute Faust mit großen Augen an, wobei er leicht den Kopf schüttelte. Nachdem nunmehr die Autos aus den ersten Reihen des Parkplatzes bereits in Richtung der Fähre unterwegs waren und sich dort die Zufahrtspuren so langsam füllten, beeilten sich nun auch die Fahrzeuge der mittleren Reihen, den Anschluss nicht zu verlieren. Auch die Familie des französischen Wohnmobiles kam aus dem Terminal – bepackt mit mehreren Einkaufstüten – angelaufen. Ron und Fausts notdürftiges Versteck würde sich gleich in Luft auflösen. In diesem Moment startete der weiße Vito den Motor und fast gleichzeitig der, zwei Parkplätze weiter stehende hellblaue Peugeot. Beide Fahrzeuge setzten zurück und als sie gerade die Fahrt nach vorne weiterführen wollten, fing der Peugeot an zu ruckeln und unkontrolliert nach vorn zu hüpfen. Ron und Faust blickten nervös hinter dem Wohnmobil hervor auf die Szene, das nun auch den Motor startete. Plötzlich setzte der Motor des französischen Kleinwagens aus und der vorausfahrende Vito entfernte sich zusehends. Ron und

Faust fingen an, in Richtung ihres gestohlenen Fahrzeuges zu laufen, und befanden sich nun fast auf gleicher Höhe in der nächsten Parkstraße, wobei sie immer wieder fahrenden Fahrzeugen ausweichen mussten. Plötzlich blieb der Kleintransporter stehen und es schien, als hätte die Besatzung bemerkt, dass der Rest ihrer Bande ein Problem hatte. Auch Ron und Faust blieben abrupt stehen und versteckten sich hinter einem langsam fahrenden Wagen, dessen Insassen leicht verwirrt auf die beiden Deutschen schauten, die in gebückter Haltung neben ihnen herliefen. Die beiden Männer in dem Vito wussten für einen Moment nicht, was sie tun sollten. Hinter dem plötzlich stehen gebliebenem Peugeot hatte sich schon ein kleiner Stau mit weiteren Fahrzeugen gebildet, die, um die Fähre nicht zu verpassen, anfingen zu hupen. Als die Männer in dem gestohlenen Vito nun sahen, dass ihre Freunde Hilfe brauchten, und um zu verhindern, dass womöglich noch Polizei erschien, entschieden sich beide, auszusteigen und zum weit hinter ihnen stehen gebliebenen Peugeot zu laufen. Beide Türen des Vito standen nun weit auf. Ron wollte schon zu dem offenen Wagen laufen, doch Faust hielt ihn für einige Sekunden am Hemdsärmel zurück, wobei er abwartete, bis die Männer den französischen Kleinwagen erreicht hatten, aus dem mittlerweile der Fahrer ausgestiegen war und in Richtung der Motorhaube zeigte. „Jetzt", bellte Faust Ron an, der sofort in Richtung Vito lossprintete, das Fahrzeug und die geöffnete Fahrertür von vorne umrundete, auf den Fahrersitz hechtete, den ersten Gang des laufenden Motors reindrosch und somit das Fahrzeug anfuhr. Sekundenbruchteile später wuchtete sich auch Faust auf den Beifahrersitz, riss seine Wagentür zu, kurz bevor sie eine neben dem Wagen gehende Urlauberin umgehauen hätte, und herrschte Ron lautstark an: "Gib Gas und bring uns hier raus!" Das war kein leichtes Unterfangen, denn Ron musste den vor ihm fahrenden Fahrzeugen ausweichen. Glücklicherweise hatte der plötzlich anhaltende Vito vor sich eine größere Lücke entstehen lassen, sodass Ron nun genügend Raum hatte, den sich langsam in Bewegung setzenden Fahrzeugen in dieser Parkreihe rechtzeitig ausweichen zu können. Immer noch im ersten Gang, schraubte Ron das Lenkrad einmal in die eine, dann in die andere Richtung und näherte sich so langsam der Zufahrt des Parkplatzes. Ron beobachtete bei dem im Rückspiegel immer kleiner werdenden Peugeot das Geschehen. Dadurch, dass auf dem Parkplatz mittlerweile sich fast alle Fahrzeuge bewegten, fiel den Dieben erst sehr spät auf, dass sie ihren Raub wieder verloren hatten. Für eine Verfolgung war es bereits zu spät und so riefen sie dem immer schneller werdenden Vito – wild gestikulierend – noch Schimpftiraden hinterher, die im Lärm des Parkplatzes allerdings untergingen. Ob sie wohl ahnten, wem sie auf den Leim gegangen waren? Auf jeden Fall waren sie jetzt im Besitz von zwei zerdrückten kanarischen Bananen, wenn die auch nicht mehr ganz so genießbar waren.

Als Ron und Faust die Zufahrt zum Terminal-Parkplatz erreichten und Ron erkannte, dass sie das Unmögliche geschafft hatten, hielt er kurz an, um durchzuatmen und das restliche Adrenalin in seinen Adern zu spüren. Beide Männer blickten durch das geöffnete Beifahrerfenster noch einmal zurück auf den Parkplatz und waren froh, dass sie im dort herrschenden Gewusel mit ihrer Aktion kaum aufgefallen waren. Dann schauten sie sich kurz an, bevor sie sich erschöpft um den Hals fielen. „Jetzt aber nichts wie weg!", war Rons kumpelhafter Kommentar, als er den Vito in Richtung Hafenausfahrt beschleunigte.

Kommissarin Lutz hatte von der ganzen Aktion nichts mitbekommen, da sie zu weit weg parkte und sich der Parkplatz in den letzten beiden Stunden doch sehr gefüllt hatte und viele Reisende und Händler auf dem Parkplatz unterwegs waren und somit den Blick auf den weißen Vito extrem einschränkten. Auch ihr neues Fernglas vermochte wenig dagegen auszurichten. Sie wurde nur durch das laute Hupen einiger Fahrzeuge darauf aufmerksam gemacht, dass wohl irgendetwas passierte. Aus diesem Grunde stieg sie aus ihrem Geländewagen aus, den sie von Zeit zu Zeit anließ, um die Klimaanlage zu aktivieren, und stellte sich auf den Türschweller. Von diesem Standort aus sah sie über die parkenden Fahrzeuge hinweg, wie der stehen gebliebene Peugeot einen kleinen Stau verursachte und wie der weiße Transporter in Schlangenlinie in Richtung Parkplatzausfahrt fuhr. Schnell begriff sie, dass irgendetwas Ungewöhnliches passiert sein musste, tauchte ab auf ihren Fahrersitz und beeilte sich, ebenfalls den Parkplatz zu verlassen und dem immer schneller werdenden Transporter zu folgen.

22

„Glück und Glas, wie leicht bricht das."

Sprichwort

Nachdem sie das weiträumige Hafengelände verlassen hatten, beeilte sich Ron, wieder auf die Autobahn zu kommen, und nach einer Viertelstunde waren sie auf der A7 in Richtung Murcia unterwegs. Erst jetzt fiel von den beiden die Anspannung ab.

„Was für ein Tag! Heute Morgen schon das Ziel vor Augen, mittags dann das Chaos und heute Abend wieder glücklich!", versuchte Faust die Vergangenheit hinter sich zu lassen.

„Na ja, wir hatten halt jede Menge Glück", kommentierte Ron Fausts Zusammenfassung. „Auf jeden Fall sind wir jetzt wieder auf der Gewinnerstraße und in ein paar Stunden ist der ganze Spuk vorbei", brachte Faust alles auf einen Punkt.

„Ich schlage vor, wir fahren die vier Stunden jetzt durch, dann sind wir gegen Mitternacht am Ziel und sind in Sicherheit. Wir sollten das Glück nicht noch einmal herausfordern", ergänzte Ron, indem er fast drohend seine rechte Hand vom Lenkrad nahm und mit dem ausgestreckten Zeigefinger hin und her wackelte. Faust deutete ihm durch leichtes Nicken seine Zustimmung an. Kurz bevor sie die A7 verließen und auf die A91 in Richtung Granada wechselten, tankten sie noch einmal, kauften Getränke und kleine Snacks und machten eine halbe Stunde Rast auf dem benachbarten Parkplatz. Es blieb nun immer einer beim Fahrzeug und Ron zog vorsichtshalber den Zündschlüssel ab.

Cornelia Lutz war dem Transporter nun schon wieder seit Stunden gefolgt und erkannte erst jetzt beim Tankstopp, dass wieder die beiden Deutschen den Wagen fuhren. Als der weiße Transporter betankt worden war und auf einem der weiter weg gelegenen Parkplätze stand, fuhr sie auch mit ihrem blauen Tiguan zum Tanken. Nachdem die Kommissarin noch einige kleinere Einkäufe getätigt und bezahlt hatte, fuhr sie, vorsichtig die Dunkelheit ausnutzend, ebenfalls auf den nahegelegenen Parkplatz und stellte ihr Fahrzeug neben einem überfüllten Müllcontainer ab. Von hier aus konnte sie den Transporter gut mit ihrem Infrarotfernglas beobachten.

Darauf, dass nun wieder die beiden Deutschen das Fahrzeug fuhren, konnte sie sich überhaupt keinen Reim machen. Entweder hatte es bei der Übergabe des Rauschgifts Probleme gegeben oder die Überfahrt nach Algerien hatte nicht funktioniert. Frau Lutz versuchte die Situation von verschiedenen Seiten zu betrachten, fand allerdings keine plausible Erklärung. Als sie anfing, sich für eine längere Ruhepause einzurichten, schließlich war sie nun seit fast vierundzwanzig Stunden auf den Beinen, setzte sich der von ihr beobachtete Transporter wieder in Bewegung. Mit deutlichem Abstand folgte sie ihm. Lange kann ich mich aber nicht mehr aufrecht halten, dachte die Kommissarin, während sie mit der rechten Hand versuchte, sich die Müdigkeit aus ihren Augen zu reiben und gleichzeitig die Verfolgten nicht zu verlieren.

Kurz nach Mitternacht erreichten Ron und Faust die südspanische Hafenstadt Málaga. Von Rügen hatte den beiden genau aufgeschrieben, wie sie seine neuerworbene Finca erreichen konnten. Faust, der mittlerweile fuhr, ließ sich von Ron von der Ausfahrt an, entsprechend der aufgeschriebenen Route, leiten. Auch hier waren Ron und Faust aus Sicherheitsgründen darauf bedacht, kein Handy oder Navigationsgerät zu benutzen. Genutzt hatte ihnen diese Vorsichtsmaßnahme überhaupt nichts, denn ohne es zu wissen, wurden sie bereits seit geraumer Zeit beobachtet wie von einer Spinne, die in Ruhe ihr Netz spinnt und dann auf den richtigen Moment wartet, um ihre Beute zu verspeisen. Würden sich Ron und Faust noch rechtzeitig aus dem immer enger werdenden Netz befreien können?

Nachdem sie von Norden kommend die A7 verlassen hatten, fuhren sie in Richtung Hafen. Von dort führten sie von Rügens Notizen wieder weg vom Stadtzentrum in Richtung Norden auf die Straße nach Colmenar. Die Umgebung wurde immer ländlicher und die Straßen immer schmaler und verwinkelter. Nach einer knappen halben Stunde erhellten die Scheinwerfer ihres Fahrzeuges ein großes hölzernes Tor, eingerahmt von einem Steinbogen. Sie hatten ihr Ziel endlich erreicht! Rechts neben dem Tor befand sich eine Überwachungskamera mit Gegensprechanlage, direkt darunter ein metallenes Tastenfeld mit den Zahlen eins bis neun sowie einer Stern- und Rautetaste. Hier gab Ron einen sechsstelligen Zahlencode mit abschließendem Drücken der Rautetaste ein und nach einer Verweilsekunde öffneten sich die beiden Flügel des hölzernen Tores wie von Geisterhand und eine sich dahinter liegende Auffahrt, erhellt von kleinen Lichtern und gesäumt von Zypressen, zeigte ihnen den Weg zum Haupthaus. Ron und Faust beeilten sich, ihren Vito wieder zu besteigen und folgten der Auffahrt, bis sie nach einer kurzen Fahrt vor einem zweistöckigen, hell angeleuchtetem, typisch südspanischen Landhaus ihren Transporter anhielten und sichtlich erschöpft ausstiegen. „Nicht schlecht, Herr Specht", entfuhr es Ron, als er von Rügens Feriendomizil das erste Mal sah. Auch Faust schien beeindruckt, denn mit wohlwollendem Blick und leicht nickendem Kopf schaute er sich das Anwesen an.

„Ja, da hast du recht und ich gönne es Leopold, schließlich profitieren wir beide auch von seinem Reichtum. Aber lass uns jetzt schlafen gehen, ich bin todmüde." Nicht weit vom Haupthaus stand eine kleine Scheune, in der sich auch ein großes möbliertes Apartment befand. Sicherlich war es früher für den Gärtner oder die Hausangestellte vorgesehen gewesen. Jetzt konnten es Ron und Faust nutzen. Auch ihren wertvollen Vito konnten sie in der Scheune abstellen. Nach einer ausgiebigen Dusche und einem Glas Rotwein fielen Ron und Faust in einen tiefen Schlaf.

Die deutsche Kommissarin war dem weißen Vito fast bis zum Schluss gefolgt. Kurz bevor der Transporter anhielt, lenkte Frau Lutz ihren Wagen in einen Feldweg und verfolgte das weitere Geschehen mit ihrem Nachtsichtfernglas. Nachdem sie sicher sein konnte, dass die Verfolgten ihr Ziel nun erreicht hatten, wendete sie ihren Tiguan und fuhr ins Stadtzentrum von Málaga zurück. Hier suchte sie sich in der Nähe des Hafens ein kleines Hotel, checkte ein, duschte lange und ging mit dem

Bewusstsein ins Bett, kriminalistisch in den letzten beiden Tagen einen guten Job gemacht zu haben. Wenn sie gewusst hätte, dass das Abenteuer erst jetzt richtig losging, wäre sie sicher nicht so sorglos eingeschlafen.

Am nächsten Morgen wachten Ron und Faust erst gegen elf Uhr auf. Da sie kaum noch etwas zu essen bei sich hatten, entschlossen sie sich, als Erstes Lebensmittel zu kaufen, zumal sich auch in ihrem Apartment eine kleine Kochnische befand. Aus diesem Grund fuhren sie mit ihrem Vito zu einem Carrefour, den sie erst nach einigen Umwegen in der Avenida de Andalucia im Stadtzentrum fanden. Ron parkte in einer Seitenstraße, während Faust umfangreich einkaufte und erst nach über einer Stunde mit mehreren Einkaufstüten den Weg zurück zum Wagen fand. „Ich denke, für die nächsten drei Tage sollte der Einkauf reichen, dann sind wir auch schon wieder weg", bemerkte Faust, als er die Einkaufstüten im Fahrerhaus sicher verstaute und sich anschließend mit Ron wieder auf den Rückweg machte. In von Rügens Finca wieder angekommen, machten sich die beiden Deutschen erst einmal über die Einkäufe her und aßen und tranken sich satt. Faust hatte vornehmlich spanische Lebensmittel, darunter Schinken, Chorizo, Manchego, Aceitunas, Tomaten, Paprika, Obst, frisches Brot und einige Flaschen Rotwein, gekauft. „Echt lecker", entfuhr es Ron, als er den letzten Bissen genüsslich verspeist hatte. „Ja, so kann man auch das Leben in Spanien genießen", ergänzte Faust.

„Wir könnten uns jetzt erst einmal die Finca anschauen und anschließend den Vito bis auf das Gold ausladen", versuchte Ron die kommenden Stunden etwas zu strukturieren.

Faust pflichtete ihm bei und so machten sich die beiden auf, das Anwesen am späten Nachmittag zu erkunden. Sie hatten von Leopold alle Schlüssel mitbekommen, und so waren sie für die nächsten beiden Stunden beschäftigt. Anschließend räumten sie den Vito leer, wobei Faust auffiel, dass sie bis jetzt keine Zeit gefunden hatten nachzuschauen, ob das versteckte Gold sich auch noch an seinem Platz befand.

Vorsichtig hob Ron eines der hölzernen Wagenbodenteile an und signalisierte Faust mit einem nach oben gerichteten Daumen, dass das Gold sich sicher in seinem angestammten Versteck befand. „Nur gut, dass du wieder einmal den richtigen Riecher hattest, und das Gold im Wagen versteckt hast. Nicht auszudenken, wenn die Diebe das Gold gefunden hätten. Dann wäre die Sache sicherlich anders ausgegangen", lobte Faust Ron erneut im Nachgang. „Ja, und du hast mit deinem Bananentrick zur rechten Zeit das Ruder noch einmal herumgerissen", spielte Ron das Lob an Faust zurück.

Hoffentlich gehen die nächsten Stunden auch schnell vorbei, dachte sich Ron, der immer noch leicht nervös war und sich lieber schon wieder auf dem Rückweg nach Frankfurt sah.

In den frühen Abendstunden landete auf dem Flughafen von Málaga eine Maschine der spanischen Iberia aus Madrid kommend. Neben vielen Touristen und einigen spanischen Geschäftsleuten, die tagsüber in Spaniens Hauptstadt ihrem Business nachgegangen waren, beförderte das Flugzeug auch drei in dunkle Anzüge gekleidete Herren, die auf den ersten Blick für einen Fremden einen südamerikanischen Eindruck hinterließen. Die Herren in den Dreißigern bemühten sich, durch ihre ruhige und besonnen Art nicht aufzufallen. Nachdem sie ihre Koffer am Gepäckband in Empfang genommen hatten, passierten sie zügig die Einreisekontrolle, um anschließend am Mietwagenterminal ihren bereits reservierten VW Multivan mit abgedunkelten Scheiben zu besteigen und in Richtung Zentrum zu verschwinden, wo sie anschließend im *Marriott*-Hotel eincheckten.

Die junge Kommissarin wachte am Mittwoch erst gegen zehn Uhr auf und genehmigte sich anschließend auf der großen Terrasse ein ausgiebiges Frühstück, während sie für eine kleine Weile auch das sonnige und warme Morgenwetter genoss. Zurück auf ihrem Zimmer überlegte sie eine Zeit lang, wie sie weiter vorgehen sollte. Jetzt, wo die Verfolgten scheinbar ihr Ziel erreicht hatten, war es an der Zeit, ihnen ihr Geheimnis zu entlocken. Um das zu ergründen, musste sie auf jeden Fall auf das Anwesen, am besten noch heute Nacht, denn die Zeit arbeitete gegen sie.
Je länger sie wartete, umso mehr Zeit hätten die beiden Deutschen, Verdächtiges beiseite zu räumen. Also begann Frau Lutz Vorbereitungen für die Nacht zu treffen. Sie packte ihren Rucksack mit Proviant, einem Kletterseil, einer Stirnlampe, dem Nachtsichtfernglas und einer Stabtaschenlampe. Zum Schluss lud sie noch den digitalen Fotoapparat und ihr Handy auf. Während sie das Mobiltelefon in ihrer Hand hielt, spielte sie kurz mit dem Gedanken, Hauptkommissar Behrend anzurufen. Doch

was sollte sie ihm mitteilen? Und außerdem würde er ihr bestimmt den Einstieg in das Grundstück untersagen. Nein, jetzt gab es für sie nur die Option, ihr Ding alleine durchzuziehen. Ihr war klar, dass sie die Konsequenzen selbst zu verantworten hatte.

Um sich noch ein wenig abzulenken, entschloss sie sich, das Zentrum von Málaga zu erkunden und dort auch das Geburtshaus von Picasso zu besichtigen. Am späteren Nachmittag könnte sie dann noch eine Stunde schlafen, damit sie für die Nacht fit sein würde.

23

„Glücklich, wer im Dunkel bleibt."

Sprichwort

„Du, Cheryl, ich fliege morgen schon nach Málaga. Hier kann ich momentan nicht viel machen und unten in Málaga gibt es noch eine Menge vorzubereiten. Aber du brauchst erst am Sonntag kommen." „Ja, mach das, auch damit du aufpasst, dass deine Freunde nichts verkehrt machen. Wann willst du denn fliegen? Ich kann dich zum Flughafen bringen." „Ich fliege mittags, dann bin ich am späten Nachmittag da und kann mit Ron und Faust noch essen gehen. Die werden am Donnerstag wieder zurück nach Frankfurt fahren wollen. Soweit ich weiß, hat Ron am Samstag eine dringende Kurierfahrt nach Wiesbaden." Schon kurz nach dem Dialog mit seiner Frau hatte von Rügen bereits seinen Flug mit der Lufthansa gebucht, ging in das Schlafzimmer und begann, einige Sachen für die Reise zu packen. Seit Montagabend war von Rügen immer nervöser geworden. Zwar war man sich einig, dass man nicht über das Handy Kontakt halten wollte, aber von Rügen plagte doch die Sorge, seine Freunde mit dem Gold alleine gelassen zu haben. Irgendwie hatte er ein ungutes Gefühl.

So gesehen war er froh, wenn er in knapp vierundzwanzig Stunden in seinem Ferienhaus sein würde, Ron und Faust endlich von der Goldlast befreit wären und er das Gold endlich an seinem zukünftigen Platz aufbewahren könnte. Beim gemeinsamen Abendessen plauderten Cheryl und Leopold noch einige Zeit über den Einrichtungsstil ihres neuen Feriendomizils, und dass für Ende August ihre beiden Töchter ihren Besuch in Málaga angekündigt hatten, um mit ihren Eltern den Einzug in die Finca zu feiern.

Nach dem Abendessen bearbeitete von Rügen noch seine Post, eruierte das Wetter in Málaga für die kommenden Tage, wobei ihm einfiel, nur ja nicht seine Schwimmshorts zu vergessen. Danach schaute er sich noch die Nachrichten im Fernsehen an, um anschließend einen neuen Krimi von Martin Walker und dessen Kommissar Bruno im Bett zu lesen. Morgen wird sicherlich ein langer Tag, dachte er, bevor er kurz nach dem dritten Kapitel das Licht an seinem Bett löschte und kurze Zeit später einschlief.

Nach knapp drei Stunden Flugzeit landete die Lufthansa-Maschine am späten Nachmittag sicher auf dem Flughafen in Málaga. Von Rügen hatte bereits zu Hause mithilfe des Internets einen Wagen angemietet und somit konnte er bereits nach einer halben Stunde den Flughafen auf der MA23 in Richtung Calle Pacifico hinter sich lassen. Ron und Faust werden sicherlich Augen machen, wenn ich einen Tag früher komme als erwartet, dachte sich von Rügen, während er konzentriert den Anweisungen seines Navis folgte, das er glücklicherweise noch kurz nach der Übergabe am Flughafen auf die deutsche Sprache umgestellt hatte. Nach knapp einer halben Stunde meldete die blecherne Navistimme: „Sie haben ihr Ziel erreicht." Im selben Moment stand er bereits vor dem hölzernen Einfahrtstor. Schnell gab von Rügen den sechsstelligen Zahlencode ein und schon rollte sein Wagen auf der langen Auffahrt dem Haupthaus seines neuen Besitzes entgegen. „Sobald wir eingezogen sind, muss ich das Grundstück unbedingt absichern", ermahnte er sich noch, als er den Wagen zum Stillstand brachte, und bevor er ausstieg, noch kurz auf die Hupe drückte. Nach wenigen Sekunden steckten Ron und Faust auch schon die Köpfe aus der Scheune und waren sehr erstaunt, wen sie da vor sich sahen. „Ja, das gibt es doch nicht. Was machst du denn schon hier? Du wolltest doch erst morgen kommen", entfuhr es Faust als Erstem. „Ohne euch konnte ich es nicht mehr aushalten", versuchte von Rügen bewusst eine lockere Antwort, was normalerweise nicht seine Art war. „Gib zu, dich hat nur interessiert, ob wir dein Gold nicht woanders hingebracht haben", konterte Ron ebenso gewitzt. Nach dem üblichen Begrüßungsritual und dem Hinweis von Ron und Faust, dass sich die beiden gerade geduscht hätten und bereit für den Abend seien, entschied sich auch von Rügen, nur schnell seine Sachen aus dem Auto in das Haupthaus zu bringen, dort ein Bett für die Nacht zu überziehen, kurz zu duschen und dann gemeinsam in Málaga ein gutes spanisches Restaurant aufzusuchen. „Vor halb zehn geht kein Spanier zum

Essen", waren seine letzten Worte, bevor er für eine gute Stunde im Haupthaus verschwand und Ron und Faust alleine ließ. „Das mit dem gestohlenen Vito müssen wir Leopold auf jeden Fall erzählen", meinte Ron in festem Ton zu Faust. „Ja, das machen wir dann beim Abendessen. Aber jetzt sollten wir uns noch um den Transporter kümmern, damit der nicht noch einmal abhandenkommt", entgegnete Faust, wobei er gleichzeitig mit einer Handbewegung Ron aufforderte, ihm in die Scheune zu folgen. Dort angekommen parkten sie den kleinen Transporter so, dass man nicht so leicht an die Heck- und Seitentür kam und schlossen alle Türen ab. Zu guter Letzt demontierte Ron in der Fahrerkabine unterhalb des Lenkrades noch eine Sicherung, sodass es für einen Fahrzeugdieb schwierig würde, das Fahrzeug überhaupt zu starten.

Nachdem die Absicherung des Vitos vollzogen war, besprachen die beiden noch die Rückfahrt nach Frankfurt. „Dann lass uns zusehen, dass wir morgen am späten Nachmittag die Mücke machen", resümierte Ron die vorausgegangene kurze Diskussion über den idealen Zeitpunkt ihrer Abfahrt. „Ja, aber vorher sollten wir noch Proviant für die Reise kaufen und volltanken", fügte Faust hinzu. Als wenig später von Rügen frisch geduscht und leger gekleidet zu ihnen stieß, tranken alle noch einen Schluck Rotwein aus Pappbechern, sozusagen als Willkommenstrunk für von Rügens überraschende Ankunft, bevor man in dessen Mietwagen stieg und das Anwesen in Richtung Hafen verließ.

Nach einem ausgiebigen, typisch spanischen Abendessen mit zwei Flaschen Rioja und Carlos Primero als Digestif verließen die drei Deutschen kurz nach Mitternacht das Grill-Restaurant *Toro Muelle Uno* und spazierten noch einige Zeit im Hafenbereich umher. Von Rügen konnte die Geschichte vom Diebstahl des Vitos mit dem Familiengold zuerst gar nicht glauben, und so mussten Ron und Faust ihm alles mehrmals inklusive aller Details erzählen. Insbesondere bei der Szene auf dem Parkplatz am Hafen von Alicante hörte von Rügen gebannt zu und konnte bei dem Trick mit den Bananen nur mit dem Kopf schütteln, mit seinem rechten Daumen nach oben zeigen und dabei anerkennend bilanzieren: „Man glaubt gar nicht, wofür kleine Bananen manchmal nützlich sind." Alle lachten befreit, bis ihnen die Tränen über die Wangen liefen, und machten sich auf den Rückweg zur Finca, in dem Bewusstsein, mit dem morgigen Tag für den Rest ihres Lebens alle Abenteuer hinter sich gelassen zu haben. Aber bis dahin waren es noch einige Stunden!

„Verdammt, schon wieder verschlafen", entfuhr es der jungen Kommissarin als sie gegen Mitternacht aufwachte und ärgerlich auf ihre Armbanduhr stierte. Schnell wusch sie ihr Gesicht mit kaltem Wasser, schlüpfte flink in ihre schwarzen Nike-Sportschuhe, schnappte sich ihren bereits gepackten Rucksack und eilte mit wehendem Haar und reichlich Adrenalin im Blut zu ihrem in der Tiefgarage geparktem Geländewagen. Einen Kilometer vor dem Anwesen des Deutschen parkte sie ihren Wagen in einer kleinen Seitenstraße und lief das letzte Stück zu Fuß. Nachdem sie sich vergewissert hatte, dass sie nicht beobachtet wurde, schaltete sie ihre Stirnlampe an und schlug sich hundert Meter vor ihrem Ziel links in die

Büsche. Nachdem sie sich in gebückter Haltung vorsichtig dem Zielobjekt genähert hatte, stieß sie auf einen halbhohen Holzzaun, den sie ohne Mühe überwand. Als sie sich durch einen kleinen Pinienwald dem Haupthaus näherte, vernahm sie zuerst leise Stimmen und wenig später sah sie aus einiger Entfernung im Schutze einer großen Bougainvillea-Hecke, wie sich die drei Deutschen, von denen sie neben Ronald Fleischer nun auch Herrn von Rügen von der Bundesbank erkannte, im diffusen Licht einer Außenlampe vor einer Art Scheune unterhielten. Sie schaltete ihre Stirnlampe aus. So wie es schien, waren die drei gerade erst angekommen, denn die Fahrertür des in der Nähe geparkten Wagens war offen und das Standlicht brannte noch. Nach einer Weile wurde das große Scheunentor geöffnet und im hell erleuchteten Inneren erblickte Cornelia Lutz den weißen Transporter, den sie über zweitausend Kilometer verfolgt hatte. Dass sie nun hier in Südspanien zwei Mitglieder des Projektes „Goldener Herbst 2016" antreffen würde, damit hatte sie nicht gerechnet. Das heißt aber auf jeden Fall, dass die Sache irgendetwas mit der Fracht aus Buenos Aires zu tun haben musste, reimte sich die Kommissarin erneut zusammen. Gold konnte es wohl kaum gewesen sein, denn wenn da etwas abhandengekommen wäre, wäre das sicherlich aufgefallen. Nach reiflicher Überlegung blieb die Kommissarin erneut beim Thema Rauschgift hängen.

Vorsichtshalber machte sie mit ihrer modernen Digitalkamera mehrere Aufnahmen ohne Blitzlicht von den Männern und dem weißen Vito, sozusagen als erste Beweismittel.

In der Zwischenzeit hatten es sich die drei Deutschen vor der Scheune gemütlich gemacht, einen Gartentisch und drei Stühle aufgebaut, eine Rotweinflasche geöffnet und sich zugeprostet. Das wird sicherlich noch einige Zeit brauchen, bis die Kerle müde sind und ins Bett gehen, dachte sich Frau Lutz und versuchte, es sich auch in ihrem Versteck etwas gemütlich zu machen. Während sie einen Kraftriegel zu sich nahm und einen Schluck Wasser trank, überlegte sie, wie sie dem Geheimnis der drei am besten auf die Spur kommen konnte.

Vermutlich lag ein Teil der Wahrheit in dem Transporter. Vielleicht würde sie hier auch das Rauschgift finden. Aber um das herauszubekommen, muss ich in die Scheune, brachte es die Kommissarin auf den Punkt und suchte mit ihrem Nachtsichtfernglas an der Scheune eine ideale Einstiegsmöglichkeit. Nachdem sie sich für eine unscheinbare Seitentür entschieden hatte, wurde sie durch eine schrille Glocke erschreckt. Auch Ron, Faust und von Rügen waren sichtlich überrascht, als das ungewohnte Geräusch ihre spontane Party unterbrach. „Das ist die Glocke vom großen Tor unten an der Straße", klärte von Rügen seine beiden Freunde auf. „Vermutlich hat sich jemand einen Scherz erlaubt. Im Apartment der Scheune befindet sich eine kleine Gegensprechanlage und der Monitor für die Webcam am Tor. Ich gehe kurz nachschauen", beschwichtigte von Rügen Ron und Faust und machte sich auf in Richtung des Apartments. Dort angekommen, schaltete er das Licht ein und warf einen Blick auf den kleinen Schwarzweißmonitor an der Wand. Verblüfft stellte er fest, dass vor dem Tor ein Mann stand und darauf wartete, dass der Besitzer der Finca mit ihm sprechen würde. Es konnte sich nur um ein Versehen handeln, dachte sich von Rügen und betätigte den roten Knopf der Gegensprechanlage. „Ja, wie kann ich Ihnen helfen?", fragte er freundlich. „Sind Sie Herr Leopold von Rügen?", erwiderte der soeben Angesprochene. „Ja, der bin ich", antwortete von Rügen wahrheitsgemäß, der nun in dem Mann einen der neuen Nachbarn vermutete, der wahrscheinlich durch den nächtlichen Lärm neugierig auf den deutschen Besitzer der Finca geworden war.

„Es wäre gut, wenn Sie mir das Tor öffnen würden, denn ich möchte gerne etwas abholen, was mir gehört." Von dem geäußerten Wunsch völlig verwirrt, entfuhr es von Rügen nach einem kurzen Moment: „Wohl kaum, erstens weiß ich nicht, wer Sie sind, und zweitens nicht, was Ihnen gehört, was ich hier auf dem Grundstück haben könnte. Ich schlage vor, Sie gehen jetzt oder ich rufe die Polizei." Mittlerweile waren Ron und Faust zu von Rügen gestoßen und schauten verwundert auf den Monitor.

„Ich glaube, das ist keine gute Idee, Herr von Rügen. Wir wissen, dass Sie illegal fünfhundert Kilo Gold aus Argentinien geschmuggelt haben. Es wird Ihnen schwerfallen, der spanischen Polizei den Besitz des Goldes hier auf ihrem Grundstück zu erklären, glauben Sie nicht auch? Ich denke, Sie sollten das Tor öffnen, dann können wir in Ruhe alles klären und uns wie Gentlemen einigen." Die drei Deutschen waren perplex, schauten sich fragend an und zuckten mit den Schultern. Wer war der Mann und woher wusste er von der Existenz des Goldes? Würden sie ihn irgendwie abwimmeln oder sich mit ihm in irgendeiner Form einigen können? Innerhalb von wenigen Sekunden galt es, sich zu entscheiden. Da es sich um von Rügens

Familiengold handelte, würde er entscheiden müssen. Schließlich drückte er auf den automatischen Toröffner und nach einigen Sekunden hörte man aus der Ferne ein Motorgeräusch sich rasch dem Haupthaus nähern.

Würde von Rügen nun seinen Familienschatz doch noch verlieren oder konnte er den Fremden eventuell umstimmen?

Hoffentlich würde er im Sinne seines Großvaters richtig entscheiden!

24

„Wenn du glaubst, du bist am Ziel, bist du doch
noch lange nicht angekommen."
Gabriela, meine Ehefrau

Die drei Männer starrten gebannt auf die große Auffahrt, deren Lichter nach dem Öffnen des Tores die ganze Situation in einem unheimlichen Licht erscheinen ließen.

Der silberfarbene VW Multivan erklomm langsam die leicht ansteigende Zufahrt und hielt kurz vor der Scheune an. Von Rügen, Ron und Faust hielten für einen Moment die Luft an und warteten darauf, dass jemand ausstieg. Durch die vorherrschenden Lichtverhältnisse und die dunklen Scheiben des silberfarbenen VW Transporters konnte man nicht in das Fahrzeuginnere schauen.

Nach einer kleinen Ewigkeit öffneten sich endlich die beiden vorderen Fahrzeugtüren und surrend die automatische Schiebetür. Dem Fahrzeug entstiegen drei leger gekleidete Männer mittleren Alters mit südamerikanischem Aussehen.

Frau Lutz verfolgte die Szene aus ihrem Versteck und machte laufend Bilder. Wie es schien, war der Besuch nicht vorhergesehen, schlussfolgerte sie, da die drei Besuchten doch sehr überrascht wirkten. Nur schade, dass sie nicht hören konnte, was gesprochen wurde.

Die drei Besucher schlossen die Autotüren und kamen direkt auf die drei Deutschen zu. Leopold erkannte sofort denjenigen, mit dem er sich über die Gegensprechanlage unterhalten hatte, zumal der auch zuerst das Wort ergriff, während die beiden anderen zwei Meter hinter ihm – mit verschränkten Armen vor der Brust – warteten. „Guten Abend, die Herren, ich denke, für uns ist es wichtig, wer Sie sind, aber für Sie ist es nicht wichtig zu wissen, wer wir sind. Wir werden Sie auch nicht lange aufhalten, denn wir holen nur etwas ab, was uns gehört und was sie freundlicherweise für uns bis hierher transportiert haben." Von Rügen, der bereits wusste, dass es sich nur um sein Familiengold handeln konnte, versuchte Zeit zu gewinnen: „Wie kommen Sie darauf, dass sich hier auf dem Grundstück Gold befindet?" „Weil wir die Lieferung bereits in Buenos Aires mit einem Sender versehen haben und somit zu jeder Zeit wussten, wo sie sich befand. Außerdem wurde die Lieferung seit ihrem Abflug in Buenos Aires von uns aus sicherer Entfernung begleitet. Ihr Plan war exzellent und er ist auch fast aufgegangen", beendete der Südamerikaner ein wenig süffisant seine Erklärungen. „Wenn dem so ist, wie Sie sagen, wo ist denn dann das Gold?", entfuhr es Faust ärgerlich. Da die drei Südamerikaner direkt neben dem geöffneten Scheunentor standen, zeigte einer der drei soeben Angekommenen mit seinem Zeigefinger auf das Innere der Scheune und mit nicht allzu viel Fantasie, konnte Faust erkennen, dass er auf ihren Transporter deutete. „Und warum sollten wir Ihnen das Gold überlassen?", fragte von Rügen nun ganz ungeniert. „Weil Sie sicherlich körperliche Gewalt ablehnen und ich sie an Ihrer Stelle nicht ausprobieren würde", sprach der Anführer, wobei er mit seinem Kopf leicht in Richtung seiner Begleiter deutete. „Und was fordern Sie jetzt von uns?", schloss Faust die nächste Frage an. „Sie werden das Gold – insgesamt vierzig Barren – in unseren Wagen laden und wir schauen Ihnen zu, damit Sie nicht aus Versehen einen vergessen." Die drei Deutschen sahen sich an und nickten einvernehmlich. „Okay, Jungs, dann müssen wir den Anweisungen leider Folge leisten", entgegnete von Rügen resigniert, denn er wollte auf jeden Fall Schaden von sich und seinen Freunden fernhalten. Nachdem sich die drei kurz abgesprochen hatten, begab sich Ron zu ihrem Transporter, steckte die fehlende Sicherung wieder an ihren alten Platz und manövrierte dann anschließend das Fahrzeug so aus der Scheune, dass die Verladung des Goldes möglichst lange dauern würde. Man sah den drei Fremden an, dass sie den Plan durchschauten. Sie zeigten allerdings ihren Unmut nicht, um nicht noch mehr Zeit zu verlieren. Ron öffnete die Seitentür des Transporters und entfernte die hölzerne Bodenabdeckung Schritt für Schritt, im Fahrzeugheck beginnend. Er hatte gehofft, dadurch im Fahrzeuginneren unbemerkt mit Faust doch noch einen Plan entwerfen zu können, um die drei Südamerikaner zu täuschen oder zu verjagen. Die hatten aber das Spiel durchschaut und Ron eindringlich aufgefordert, auch die Hecktüren zu öffnen, damit sie sehen konnten, wie Ron und Faust die einzelnen

Goldbarren von einem zum anderen Fahrzeug trugen. Als Ron den ersten Goldbarren mit dem auffälligen Familienemblem derer von Rügen aus dem Vito hob und sich anschickte, ihn im silberfarbenen VW abzulegen, hielt er kurz für einige Sekunden voller Respekt inne, und alle Anwesenden spürten förmlich, wie es Ron schwerfiel, den Goldbarren weiterzutragen. „Machen Sie keinen Unsinn, wir müssten sonst zum Äußersten greifen!", ermahnte ihn der Anführer der Bande, wobei seine beiden Begleiter demonstrativ in das Innere ihrer Sommerjacketts griffen, so als wollten sie zu ihren Waffen greifen. Aber Ron und Faust hatten mittlerweile begriffen, dass es zu gefährlich war, irgendeine Nummer abzuziehen. Anscheinend hatte sie das Glück verlassen. Ron und Faust trugen nun einen Goldbarren nach dem anderen vom weißen zum silberfarbenen Transporter.

Die junge Kommissarin saß in ihrem Versteck und glaubte nicht, was sie da durch ihr Fernglas sah. Mit offenem Mund verfolgte sie die Übergabe des Goldes. Gleichzeitig merkte sie aber auch, dass die drei Deutschen die Übergabe sehr widerwillig durchführten, und dass offensichtlich eine besondere Bedrohung von den drei Fremden auszugehen schien. Dass es sich nun doch um Gold handelte, überraschte Frau Lutz. Damit hatte sie nicht gerechnet. Aber jetzt war offensichtlich, dass eine Straftat vorlag. Somit konnte sie Hauptkommissar Behrendt informieren, damit der dann alles für die Festnahmen in die Wege leitete. Schnell zog sie sich einige Meter ins Gebüsch zurück, öffnete die Kontaktliste in ihrem Handy, wählte den Namen ihres Vorgesetzten aus, und entschied sich, ihn über sein privates Mobiltelefon anzurufen. Während es auf der anderen Seite klingelte, überlegte sie sich schon, wie sie ihm kurz und knapp das Wichtigste berichten könnte. Aber Kommissar Behrend nahm nicht ab!

Die Kommissarin wiederholte den Anruf, und wieder vernahm sie, dass es auf der anderen Seite klingelte, aber niemand sich meldete. Das Empfangssignal ihres Handys zeigte fünf Balken. „Vielleicht ist er ja noch im Büro", sprach sie sich leise Mut zu und versuchte es unter seiner Büronummer. Wieder passierte nichts! So langsam wurde sie nervös, entschloss sich aber, wieder in ihr Versteck zurückzukehren und nachzuschauen, was an der Scheune passierte. Gleichzeitig überlegte sie, wie sie hier eingreifen könnte, ohne selbst in Gefahr zu geraten. Durch ihr Fernglas verfolgte sie die Szene – hundert Meter von ihr entfernt – mit Anspannung. „Wenn nicht bald was passiert, muss ich irgendwie eingreifen", resümierte Frau Lutz die Situation.

Der Goldschatz war nun etwa zur Hälfte von einem zum anderen Fahrzeug transportiert worden, als Ron einen weiteren über zwölf Kilogramm schweren Goldbarren unweit der Seitentür des Transporters aus dem Versteck hob, sich langsam vorwärts bewegend, die Stufe des Einstiegs des Transporters nach unten tastete, dabei seinen Halt verlor und noch im Wageninneren auf sein Hinterteil fiel. Den schweren Barren konnte er dabei jedoch nicht mehr halten, und so flog das Goldstück direkt auf die Ausstiegskante, um mit einem Salto mit dem vorderen Teil auf einen der harten Pflastersteine des Scheunen-Vorplatzes zu fallen und dabei mittig zu zerbrechen. Aus der aufgebrochenen Hälfte lugte ein Stück roter Ton hervor. Faust, der sich gerade auf dem Rückweg von dem silberfarbenen VW befand, sah den Vorfall und begriff sehr schnell, dass hier etwas Ungewöhnliches passiert war. Wieso bricht ein so großer Goldbarren? Gold ist so weich, dass sich ein Barren vielleicht verbiegen kann aber niemals brechen, dachte er in diesem Augenblick. Gerade wollte er vor dem verunglückten Barren niederknien und sich das Bruchstück näher anschauen, als auch schon der Anführer der Südamerikaner einen seiner Begleiter auf Spanisch lautstark anwies, den Barren sicherzustellen, bevor ihn der Deutsche eingehender untersuchen konnte. Von Rügen, der die Szene aus nur einigen Metern Entfernung verfolgt hatte, entrüstete sich sogleich: „Das ist ja gar kein Goldbarren! Was soll das bedeuten? Was für ein Spiel wird hier eigentlich gespielt? Ich glaube, ich werde jetzt die Polizei informieren." Von Rügen und Faust merkten, wie nun die drei Eindringlinge nervös wurden und sie für einen Moment ihre Coolness verloren. Ron hatte sich nach seinem kleinen Unfall erst einmal langsam wieder aufgerichtet und die Situation noch gar nicht richtig überblickt. Nachdem die drei Südamerikaner sich kurz abgestimmt hatten, trat ihr Anführer wieder selbstbewusster auf. „Ich denke, wir sollten Ihnen reinen Wein einschenken und glauben Sie mir, wir werden uns auch so einig, ohne dass die Polizei vorbeischauen muss." „Da bin ich aber gespannt, wie der ‚reine Wein' schmeckt", entfuhr es Faust mit ironischem Unterton. Der Anführer taxierte ihn nach dieser Äußerung mit festem Blick. In der Zwischenzeit nahm einer der drei unfreiwilligen Gäste den aufgebrochenen Goldbarren auf, brachte ihn zu dem

Anführer und legte ihn vor ihm ab. „In jedem der vierzig Goldbarren befinden sich sechseinhalb Kilo reinstes Kokain. Sie werden sich schnell ausrechnen können, dass es sich hierbei insgesamt um einen Wert im zweistelligen Millionenbereich handelt. Und je nachdem, wie man das Kokain streckt, kann man auf dem Drogenmarkt schnell auch das Doppelte erzielen. Wie Sie selbst festgestellt haben, handelt es sich bei der Verpackung gar nicht um reines Gold. Das Kokain wurde in eine schwere Tonschicht eingebacken, sodass es nicht verbrennt. Nur bei der äußeren Schicht, die etwa drei Millimeter dick ist, handelt es sich um reines Gold. Diese Goldschicht war nötig, um das Familienwappen aufnehmen zu können und etwaige chemische Prüfungen erfolgreich zu überstehen. Sie sehen, wir haben nichts dem Zufall überlassen. Und nun zu unserem Deal: Wir brechen alle Barren auf, nehmen das Kokain an uns und überlassen Ihnen die leeren Goldhülsen. Letztendlich dürften hierbei auch einige Kilo zusammenkommen. Und noch etwas, Señor von Rügen, Ihr Familienschatz liegt nach wie vor bei der Argentinischen Zentralbank." Nach der kurzen Erklärung waren von Rügen, Faust und Ron sichtlich überrascht. Mit vielem hätten sie gerechnet, aber nicht, dass sie Bestandteil eines riesigen Rauschgiftschmuggels gewesen waren und eigentlich für einen Außenstehenden immer noch sind. Das schmerzte doppelt: Zum einen hielten sie nicht das Familiengold von Leopold von Rügens in den Händen und zum anderen hatten sie auch noch dem südamerikanischen Drogenhandel Vorschub geleistet. Natürlich konnten sie nach der heutigen Nacht zur Polizei gehen und den Beamten alles erzählen und vielleicht auch einige wertvolle

Hinweise geben, aber die Drogenhändler waren sicherlich so gut organisiert, dass eine Verfolgung wenig aussichtsreich verlaufen würde. Und außerdem mussten sie jetzt entscheiden, ob sie den Deal mit den Verbrechern akzeptierten. Eine Ablehnung würde sicherlich einige negative Konsequenzen nach sich ziehen. „Also gut, wir gehen auf den Deal ein", antwortete von Rügen in Richtung des Anführers, ohne sich mit Ron und Faust abgesprochen zu haben. Aber schließlich bin ich für den ganzen Schlamassel hier verantwortlich, dachte er sich. „Ja, das ist auch gut so und ich hatte auch nichts anderes erwartet", äußerte sich der Anführer sichtlich erleichtert, sparte er sich doch somit, einige schmerzhafte Repressalien ausüben zu müssen.

Cornelia Lutz staunte nicht schlecht, als sie sah, wie sich nur wenige Meter von ihr entfernt die Situation schlagartig änderte. Wenn sie auch der Konversation der Männer nicht folgen konnte, so konnte sie doch schnell eins und eins zusammenzählen. „Also doch Rauschgift", entfuhr es ihr fast zu laut, als sie durch ihr Fernglas die entscheidenden Momente verfolgte. Da sie nun ganz gewiss einem schweren Verbrechen auf die Spur gekommen war, musste sie umso mehr dem Treiben vor ihren Augen Einhalt gebieten. Wieder versuchte sie, ihren Chef zu erreichen, aber es war wie verhext, keine Reaktion auf der anderen Seite der Verbindung. Frau Lutz entschied sich nun, eine längere erklärende Textnachricht an Kommissar Behrendt – versehen mit einigen aussagefähigen Fotos – zu schicken und dann, kurz bevor sich hier die Aktion dem Ende näherte, einzuschreiten, auch wenn eine drohende Gefahr für ihr Leben nicht gänzlich auszuschließen sein würde.

Nach fast zwei Stunden waren alle falschen Goldbarren aufgebrochen, die dicht gepressten Pakete mit Kokain entnommen und in dem VW verstaut worden. Die leeren Goldhülsen schichteten sich auf dem Scheunen-Vorplatz zu einem kleinen goldenen Haufen auf. Von Rügen hatte gefordert, dass die beiden Begleiter des Anführers bei der Aktion mithalfen. Schließlich gehört das Rauschgift nicht uns, sondern den argentinischen Mafiosi, dachte sich von Rügen.

Cornelia Lutz beobachtete durch ihr Nachtsichtgerät die letzten Aufräumarbeiten, schaute noch einmal auf ihr iPhone, ob eine Antwort von ihrem Chef eingegangen war und machte sich nun bereit, in Richtung der Scheune zu laufen, sich dort lautstark zu erkennen zu geben, wie sie es gelernt hatte, und zu hoffen, dass der überraschende Angriff erfolgversprechend sein würde.

25

„Beim Tanzen tut der Fuß nicht weh."
Sprichwort

Gerade wollte sich die Kommissarin bereit machen, mit ihrer gezogenen und entsicherten Dienstwaffe HK P30 in Richtung der sechs Männer zu sprinten, als völlig überraschend, verbunden mit mehreren lauten Donnerschlägen, in unmittelbarer Nähe der Scheune weißer Qualm vom Boden Richtung Scheunentor aufquoll und es der Kommissarin unmöglich machte, weitere

Einzelheiten zu erkennen. Sie musste wohl oder übel ihren Überraschungsangriff aussetzen. Kaum dass sich der anfängliche Qualm zu dichtem Rauch ausgebreitet hatte, wurde es plötzlich so hell, dass alle Anwesenden geblendet wurden und eine Flucht unmöglich machte. Gleichzeitig hörte man unten am großen hölzernen Eingangstor eine kleine Detonation, bei der auch einige Holzstücke zerbarsten und surrend durch die Luft flogen. Wie in einem Science-Fiction-Film sah man nur einige Sekunden später, wie sich mehrere Autos mit aufgeblendeten Fahrzeugscheinwerfern ihren Weg durch den dichten Rauch suchten und bei der Scheune ankommend die ganze Szene in ein unwirkliches Licht tauchten. Sowohl Ron, Faust und von Rügen, als auch die drei ungebetenen Gäste irrten planlos – ihre Arme ausstreckend – umher, wobei sie beißenden Qualm in ihren Augen und Atemwegen spürten und laut hustend nach Luft rangen.

Auch Frau Lutz konnte nichts mehr erkennen, hatte aber geistesgegenwärtig einen leichten Schal, den sie um ihren Hals trug, vor ihren Mund und ihre Nase gezogen und blieb somit einigermaßen handlungsfähig. Da sie sich hundert Meter von der Scheune entfernt aufhielt und auch eine leichte Brise in Richtung des Gebäudes blies, zog sie der beißende Rauch kaum in Mitleidenschaft. Sie erkannte jedoch schnell, dass es sich hier um eine Polizeiaktion handeln musste, und so war es für sie nicht mehr notwendig, zur Scheune zu stürmen und einzugreifen. Anscheinend hatte ihr dies jemand abgenommen. Auch wenn sie nach wie vor nicht viel erkennen konnte, vernahm sie jetzt den Motorenlärm von mehreren größeren Fahrzeugen, die vor der Scheune zum Stillstand gekommen waren. Im selben Moment hörte sie in lautstarker spanischer Sprache Anweisungen, die über ein Megafon in Richtung der mittlerweile umzingelten Deutschen und Argentinier prasselten. Ihnen sich zu widersetzen, auch wenn man sie nicht verstand, schien unmöglich. Nach einiger Zeit verflüchtigte sich der Rauch langsam und gab die Szene vor der Scheune frei. Die junge Kommissarin konnte nun drei schwere Geländewagen der Guardia Civil erkennen, die – mit ihren auf dem Dach montierten Zusatzscheinwerfern – den Platz vor der Scheune in helles Licht tauchten. Vor den Fahrzeugen standen acht martialisch aussehende kampferprobte Männer in grünen Militäranzügen, mit übergroßen Brillen und schwarzen Schals, die sie vor dem Rauch schützten, ihre Maschinenschnellfeuerwaffen im Anschlag. Das alles geschah innerhalb weniger Sekunden und die Umzingelten vor der Scheune hatten keinerlei Chance, diesem Angriff zu entkommen. Der überraschende Moment, das grelle Licht und der beißende Rauch und nun die vor ihnen stehende Macht lähmte all ihre Aktionen. Einer der acht Angreifer gab sich jetzt als Leiter der Sondereinsatztruppe der Guardia Civil zu erkennen, setzte seine übergroße schwarze Brille ab, machte zwei Schritte in Richtung der sechs umzingelten Männer und forderte sie lautstark auf, ihre Hände hinter ihren Köpfen zu verschränken und sich hinzuknien. Alle sechs kamen den lautstark geäußerten Anweisungen umgehend nach. Gleichzeitig stürmten nun sechs Polizisten der Guardia-Civil-Truppe auf die sechs niedergeknieten Männer zu, nahmen die hinter dem Kopf verschränkten Hände, banden sie in Sekundenschnelle mit einem Kunststoffarmband unlösbar zusammen und tasteten deren Körper nach versteckten Waffen ab. „Sie können jetzt ganz langsam aufstehen", wies der Chef der Einsatztruppe die sechs gefesselten Männer an. Bis auf Ron, der von seinem kleinen Sturz im Transporter noch etwas gehandicapt schien, kamen die Angesprochenen langsam auf die Füße. „Bis auf Weiteres sind sie alle wegen illegalem Drogen- und Goldbesitz festgenommen", informierte sie der Einsatzleiter förmlich in deutscher Sprache, mit leicht spanischem Akzent. Gerade wollte sich Faust über die Verhaftung beschweren, als ein schwarzer BMW mit abgedunkelten Scheiben und deutschem Kennzeichen die lange Auffahrt der Finca erklomm und hinter den drei Geländewagen zum Stehen kam. Die junge Kommissarin, die noch immer mit geöffnetem Mund die zu Ende gehende Aktion beobachtete, staunte nicht schlecht, als sie den Mann, der dem BMW entstieg, erkannte. Ihr Chef, Hauptkommissar Behrendt, betrat unvermittelt die Szene, als wäre es das natürlichste der Welt! Er gelangte mit wenigen Schritten neben den Einsatzleiter, schüttelte ihm beherzt die Hände und gratulierte ihm für die überaus professionelle Polizeiaktion. Dann ließ er es sich nicht nehmen, auf die Gefangenen zuzugehen und das Wort an sie zu richten: „Tja, Sie sehen und fühlen, hier ist Ihre Reise zu Ende, meine Herren! Zusammen mit der spanischen Guardia Civil, der deutschen Bundespolizei und unter Leitung von Europol ist uns ein großer Schlag gegen den internationalen Drogen- und Goldschmuggel gelungen. Hier handelt es sich um keine Kavaliersdelikte und Sie werden mit empfindlichen Strafen rechnen müssen." Während Hauptkommissar Behrendt die sechs Männer über ihre Rechte aufklärte, näherte sich von hinten langsam

Frau Lutz ihrem Chef. Sowohl die Männer der Guardia Civil als auch ihr Chef waren durch ihr Erscheinen weder verwirrt noch verwundert. Es schien, als hätten sie von ihrer Anwesenheit gewusst und sie schon erwartet. „Wissen Sie, dass ich seit fast zwei Stunden versuche, Sie zu erreichen?", begrüßte Frau Lutz fast vorwurfsvoll ihren Vorgesetzten. „Natürlich habe ich auf meinem Handy gesehen, dass Sie mich versucht hatten zu erreichen, aber manchmal muss man eben anderen Prioritäten folgen", antwortete der Angesprochene wahrheitsgemäß und ein wenig hochnäsig. „Wieso haben Sie mich denn nicht vorher informiert?", wollte der Hauptkommissar von Frau Lutz wissen. „Lange Zeit war ich mir nicht sicher, was hier abläuft, und nur wegen eines vagen Verdachts wollte ich die Pferde nicht scheu machen. Außerdem hatten Sie mir in Berlin zu verstehen gegeben, dass ich mit meiner Skepsis, was Ronald Fleischer anging, wohl auf dem Holzweg sei und für Sie der Fall abgeschlossen war. Was hat Sie denn umdenken lassen?" „Über Europol wurde ich schon im Oktober letzten Jahres informiert, dass wahrscheinlich eine größere Drogenlieferung aus Südamerika nach Europa transportiert werden sollte. Lange Zeit war allerdings nicht klar, welchen Weg die Schmuggler nehmen würden. Erst vor einigen Tagen kam uns Kommissar Zufall zu Hilfe. Im Rahmen einer Routinekontrolle an der deutsch-französischen Grenze, in der Nähe von Mühlhausen, haben deutsche Grenzbeamte ein verdächtiges Bewegungssignal geortet und gleich vermutet, dass es sich hier um einen Schmuggeltransport handelte, aber die Dimension nicht erkannt. Nachdem klar war, wem der Transporter gehörte, schlug der Fall dann vorgestern bei mir auf. Zusammen mit Europol haben wir den Transporter verfolgt, wobei die Polizisten vor Ort gemeldet hatten, dass zwei weitere Fahrzeuge den Transporter verfolgten. Schnell bekamen wir raus, dass es sich bei einem Fahrzeug um ihren Wagen handelte. Bei dem anderen Fahrzeug konnten wir in Erfahrung bringen, dass es sich um einen deutschen Mietwagen handelte, der von einem Argentinier angemietet worden war. Als ich hörte, wen Sie und der Argentinier verfolgten, wurde mir klar, dass Ihre Skepsis wohl nicht ganz unbegründet gewesen war. Da wir eine Übergabe der Drogenlieferung vermuteten, haben wir auf den richtigen Übergabezeitpunkt gewartete. Brenzlig wurde es dann, als der weiße Transporter gestohlen wurde und nach Algerien zu entschwinden drohte. Wir waren kurz davor, in Alicante einzugreifen, als die Deutschen in letzter Minute ihren Transporter wieder an sich reißen konnten. Außerdem war nicht ganz klar, welche Zwecke die drei Deutschen bei dem ganzen Deal verfolgten. Erst hier haben wir dann mitbekommen, dass die einen auf Gold und die anderen auf Drogen aus waren. Na ja, und Sie habe ich nicht informiert, weil ich wusste, dass Sie, falls etwas Unvorhergesehenes passiert wäre, auf jeden Fall drangeblieben wären. Zumindest hat sich Ihre Hartnäckigkeit ausgezahlt." „Schön, dass Sie das so sehen. Ich hoffe, Sie heben das auch in Ihrem Bericht hervor." „Auf jeden Fall, wobei auch Sie einen Bericht schreiben dürfen", antwortete der Hauptkommissar ein wenig schadenfroh, denn er wusste, dass diese Schreibtischtätigkeit von den meisten Beamten gehasst wurde.

Nun ging Behrendt wieder zu dem spanischen Einsatzleiter und besprach mit ihm die weitere Vorgehensweise. Es dauerte einige Minuten, bis sich die beiden geeinigt hatten, wobei es offensichtlich war, dass der spanische Einsatzleiter nicht ganz einverstanden schien, jedoch schlussendlich klein beigab. Die drei Argentinier, inklusive der Fahrzeuge, des Kokains und der Goldhülsen würden erst einmal in Spanien bleiben und der spanischen Justiz zugeführt werden. Die Finca würde von der Spurensicherung der spanischen Polizei nach weiteren möglichen Beweisen untersucht werden. Hauptkommissar Behrendt entschied, dass Leopold von Rügen, Ronald Fleischer und Friedrich August Stein mit ihm und Kommissarin Lutz heute noch nach Deutschland zurückkehren würden. Frau Lutz schien die Entscheidung ihres Chefs nicht ganz nachvollziehen zu können, jedoch gab ihr Behrendt durch einige kleine Gesten zu verstehen, dass er ihr seine Entscheidung später noch genauer erklären würde.

Nach kaum einer halben Stunde war der Polizeieinsatz dann vorbei. Die drei Argentinier wurden auf die drei schweren Geländewagen aufgeteilt und zusammen mit den beiden Transportern verließ nun ein kleiner Konvoi über die lange Auffahrt die Finca. Zurück blieben die beiden deutschen Kommissare und von Rügen, Ron und Faust. Allen fünf Deutschen stand die lange Nacht in den Gesichtern und für einen kurzen Augenblick schien ein imaginäres Band sie auf geheimnisvolle Weise zu verbinden. Gäbe es Nachsicht und Verständnis auf der einen Seite, oder würde die Obrigkeit mit aller Schärfe und Unnachgiebigkeit zuschlagen?

So langsam wurde es wieder ruhig auf der Finca. Auch wenn die Polizeiaktion martialisch und laut vonstattengegangen war, so hatte die Nachbarschaft zu diesem Zeitpunkt nichts mitbekommen. Zu weit lag die Finca von den nächsten Wohnhäusern weg. Zum Teil handelte es sich um spanische Ferienhäuser, die erst in einigen Tagen von ihren Besitzern und deren Familien wieder bezogen würden. Einzig ein nächtlicher Spaziergänger, zusammen mit seinem Hund hatte den Lärm mitbekommen, aber eine ausufernde Party vermutet. Kopfschüttelnd drehte der Rentner um und wies seinen vierbeinigen Freund an, ihm zu folgen und das Rambazamba einfach zu ignorieren.

Nachdem die beiden deutschen Kommissare von Rügen und seine Freunde von den Fesseln befreit hatten, wurden die drei von Behrendt aufgefordert, ihre wichtigsten Sachen zu packen und in den Kofferraum des BMWs zu laden. Von Rügen musste die Schlüssel der Finca einem der zurückgelassenen spanischen Polizisten übergeben, die sichtlich müde auf das Eintreffen der Spurensicherung warteten.

Gegen fünf Uhr hatten von Rügen, Ron und Faust ihre wenigen Habseligkeiten in den schwarzen Dienstwagen des Hauptkommissars gepackt und bestiegen mit hängenden Köpfen den Fond des BMWs. Während sich so langsam der Morgen mit erstem Vogelgezwitscher und leichtem Tau auf den Blumen und Sträuchern ankündigte, verließ der schwarze Wagen mit drei desillusionierten Männern und einem zufriedenen Hauptkommissar, dessen Lippen ein kleines, aber ehrliches Lächeln nicht verbergen konnten, die Finca. Frau Lutz machte noch einige Fotos von dem Anwesen und einigen übriggebliebenen Hinweisen der vergangenen Polizeiaktion, bevor sie ihren Rucksack schulterte, sich bei den verbliebenen spanischen Kollegen verabschiedete und sich von der Finca in Richtung ihres dunkelblauen Fahrzeuges leichten Schrittes entfernte, beide Arme nach oben warf und befreit ausstieß: „Yeah, alles richtig gemacht, Conny!"

26

„In jedem Ende liegt ein neuer Anfang."

Miguel de Unamuno y Jugo

Eine leichte Meeresbrise blies kühlende Luft über die südwestlich gelegene Veranda der spanischen Finca, unweit von Málaga, und trug das gut gelaunte Geplapper der Gruppe vermischt mit ausgelassenem Gelächter in den angrenzenden kleinen Olivenhain.

„So, Frau Lutz, jetzt geben Sie doch zu, dass die Bundesregierung Angst vor einer schlechten Publicity bekommen hatte", entfuhr es dem Mitte fünfzigjährigen Ingenieur, als er sich mit der jungen Frau nun zum wiederholten Male über die Geschehnisse der letzten Wochen unterhielt.

„Ja, Faust, da magst du recht haben, aber Tatsache bleibt, dass ihr drei mit dem Gesetz in Konflikt gekommen seid und euch noch ein Prozess droht. Tatsache ist aber auch, dass ihr mit der Staatsanwaltschaft einen Deal gemacht habt, der euch vor dem Knast bewahren wird, sofern ihr gegenüber der Öffentlichkeit über die Vorgänge der letzten Monate schweigt." In diesem Moment näherte sich Ron den beiden, der den letzten Satz noch mitbekommen hatte. „Ja, Frau Lutz, und Tatsache ist auch, dass Sie nun mit einem Verbrecher seit einigen Wochen liiert sind und trotzdem nicht müde werden, Recht und Ordnung zu verteidigen." Die Angesprochene drehte sich um und schaute ihren Ron mit verliebten Augen an, bevor sie ihm einen kleinen Kuss auf seinen vorlauten Mund drückte und ihn anschließend umarmte.

Nachdem der schwarze Dienstwagen des Hauptkommissars Málaga verlassen hatte, steuerte Behrendt seine Personenfracht schnurstracks nach Berlin, wo die Daten der drei Deutschen erkennungstechnisch aufgenommen wurden. Anschließend saßen von Rügen, Faust und Ron für zwei Tage in Untersuchungshaft. In dieser Zeit wurden alle drei sowohl getrennt als auch gemeinsam vernommen. Bevor die drei Berlin wieder in Richtung Frankfurt verließen, kam es zu einem Treffen mit der Oberstaatsanwaltschaft. In einem gemeinsamen Gespräch wurde den drei Deutschen mitgeteilt, dass man gegen sie lediglich Anklage erheben würde im Zusammenhang mit einigen Zollvergehen, die wahrscheinlich nur zu Geld- oder Bewährungsstrafen führen würden. Im Gegenzug mussten die drei versprechen, weder einzeln noch gemeinsam Informationen über den Goldtransport noch über die Kokaingeschichte zu verbreiten. „Warum sollten wir uns darauf einlassen, und warum ist die Oberstaatsanwaltschaft so an dem Deal interessiert?", wollte von Rügen wissen. „Zu Ihrer ersten Frage: Sollten Sie die vorbereitete Erklärung nicht unterschreiben, würden Sie wegen ganz anderer Delikte und Verbrechen angeklagt werden, und die würden Sie sehr wahrscheinlich für mindestens fünf Jahre hinter Gitter bringen. Und zur zweiten Frage: Sagen wir es einmal so, einem Staat wie Deutschland ist sehr daran gelegen, bei seiner Bevölkerung nicht den Eindruck zu erwecken, dass es ein Leichtes sei, unbemerkt an seinen Goldreserven zu partizipieren, auch nicht an deren Transportwegen, insbesondere wenn hierbei auch noch Drogen geschmuggelt würden", entgegnete der Oberstaatsanwalt sehr spitz und zugeknöpft. Man merkte ihm an, dass dies nicht unbedingt seiner Haltung entsprach. Anscheinend kam die Anweisung für den Deal von weiter oben. Später kam heraus, dass wohl das Finanzministerium seine Finger mit im Spiel hatte.

Am folgenden Morgen verließen von Rügen, Faust und Ron die Bundespolizeidirektion in der Schellerstraße, nahmen sich ein Taxi und fuhren zum Flughafen Tegel, von wo aus sie eine Maschine der Lufthansa zur Mittagszeit nach Frankfurt brachte.

Beim Landeanflug auf den Frankfurter Airport dachte Faust noch, dass nun alles dort endete, wo vor einiger Zeit alles begonnen hatte.

Am Flughafen angekommen, trennten sich die drei Freunde, ohne ein nächstes Treffen zu vereinbaren. Jeder musste das Erlebte erst einmal verdauen und seine persönlichen Erkenntnisse verarbeiten. Insbesondere war auch zu diesem Zeitpunkt nicht klar, was mit von Rügens Familienschatz, der noch immer in Argentinien lagerte, passieren würde, und ob Faust und Ron ihren Anteil wieder an Leopold von Rügen zurücküberweisen müssten.

Faust entschloss sich nach einigen Tagen des Trübsinns, nach Stuttgart zu seiner Regina zu fahren. Dort verbrachte er eine der schönsten Wochen der letzten Jahre zusammen mit seiner Frau, wobei jeder von ihnen darauf bedacht war, das Zusammensein so schön und harmonisch wie möglich zu gestalten. Sie tauchten in das Stadtleben von Stuttgart ein, besuchten ihren Sohn Alexander und fuhren einige Tage an den Bodensee, wo sie in einem am See gelegenen Romantik-Hotel einige wunderbare Sommertage verlebten. Am letzten Tag, bevor Faust wieder nach Frankfurt fuhr, entschloss er sich, Regina die ganze Geschichte über den Goldschatz und das damit verbundene Drogenverbrechen zu erzählen. Bis spät in der Nacht hörte Regina ihrem doch so geliebten Faust gebannt zu und unterbrach ihn nur selten. Auch wenn die Geschichte nicht gut ausgegangen war, so schien Faust mit den Geschehnissen und seinem Anteil daran sehr zufrieden zu sein. Auch Regina erkannte in Faust wieder ihren früheren Mann und ließ ihn das in der darauffolgenden Nacht liebevoll spüren. Am nächsten Morgen frühstückten beide noch lange miteinander, bevor Faust gegen Mittag Reginas Wohnung verließ. „In den nächsten Wochen werde ich den Stuttgarter Wohnungsmarkt intensiv studieren, vielleicht finde ich eine schöne Wohnung für zwei neu Verliebte", war Reginas letzter Satz, bevor sie Faust zum Abschied umarmte und lange küsste. „Das finde ich, ist eine tolle Idee", entgegnete Faust freudestrahlend, während er sich von Regina löste und ihr, während sich die Aufzugstür im Treppenhaus gegenüber ihrem Apartment schloss, noch einige Kusshände zuwarf. Überglücklich verließ er Stuttgart in Richtung Frankfurt. „Hauptsache ich habe mein Glück wiedergefunden", murmelte er, als er mit seinem kleinen Fiat die Stuttgarter Stadtgrenze hinter sich ließ.

Leopold von Rügen kehrte niedergeschlagen nach Oberursel zurück. Kurz nach seiner Verhaftung in Spanien gab ihm Hauptkommissar Behrendt noch die Gelegenheit, mit seiner Frau Cheryl zu telefonieren. Von Rügen informierte sie kurz über die Geschehnisse der letzten Stunden, versicherte ihr aber auch, dass sich alles zum Guten auflösen würde. Ihre geplante Fahrt zur Finca müsste sie erst einmal verschieben, bis die spanischen Behörden die Finca wieder freigegeben hätten.

Nachdem das Taxi die Villa in Oberursel wieder verlassen hatte, nahm Cheryl ihren Mann erst einmal in die Arme. Sie wusste nur zu gut, wie sich ihr Leo nun fühlen musste. So viel Zeit, Energie und Herzblut hatte er in die Rückholung des Familienschatzes gelegt, und nun kehrte er mit leeren Händen zurück. Was würde wohl sein Großvater dazu sagen? Es dauerte einige Tage, bis von Rügen die Geschehnisse der letzten Zeit verdaut hatte. Dann erhielt er eine lange E-Mail aus Argentinien, die ihn emotional so mitnahm, dass er am Ende mit seinem Handrücken die Tränen von seinen Wangen wegwischte.

Durch Diplomatenkreise hatte Señor Silva, sein Partner und Freund in der Argentinischen Zentralbank, anscheinend mitbekommen, wie es Leopold im Zusammenhang mit dem nicht ganz legalen Goldtransport ergangen war. Zusammen mit seinem Onkel waren sie sowohl im Argentinischen Finanzministerium – Einfluss hatte die Familie da Silva genug – als auch bei der

Deutschen Botschaft vorstellig geworden und hatten nach zähem und hartem Ringen erreicht, dass der Familienschatz derer von Rügen eine offizielle Ausfuhrgenehmigung erhielt. Den Transport nach Deutschland und die damit verbundenen Zoll- und Steuerangelegenheiten musste Leopold von Rügen allerdings vorab klären. Vielleicht gibt es ja doch noch so etwas wie Gerechtigkeit auf diesem Planeten, fiel es Leopold von Rügen ein, als er die E-Mail zum zweiten Mal las und anschließend begann, eine ebenso lange und emotionale Antwort an Señor Silva zu schreiben.

Wieder zurück in seiner Wohnung war Ron erst einmal froh, dass nun der Spuk endlich ein Ende hatte, auch wenn die ganze Aktion letztendlich doch nicht zum Erfolg geführt hatte.

In den folgenden Tagen musste er sich erst einmal um sein kleines Transportunternehmen kümmern. Aufträge hatte er bereits vor der Abreise nach Málaga angenommen, aber jetzt fehlte ihm sein Transporter. Der wurde erst einmal von der spanischen Polizei auf Spuren untersucht. Somit besorgte sich Ron vorläufig einen Mietwagen, mit dem er seine Aufträge erledigen konnte.

Nach einigen anstrengenden Tagen freute er sich dann auf das erste Wochenende, an dem er endlich faulenzen konnte. Kaum hatte er es sich mit einer Flasche Bier und einer eilig zubereiteten Tiefkühlpizza am Freitagabend vor dem Fernseher gemütlich gemacht, da klingelte es an seiner Wohnungstür. „Verdammt, hat man denn noch nicht einmal am Wochenende seine Ruhe!", entfuhr es Ron, während er seine Pizza auf die Seite legte, den Flur eilig durchmaß und ein wenig zu vehement seine Wohnungstür aufriss. Vor ihm stand Kommissarin Lutz! „Was habe ich denn jetzt schon wieder verbrochen?", fragte Ron, nachdem er sich gefangen hatte, recht barsch die junge Kommissarin.

„Nichts, ich wollte Ihnen nur Ihre Lederjacke zurückbringen, die Sie im Wagen von Kommissar Behrendt vergessen haben, und Sie über den Stand der Dinge informieren. Und außerdem wollte ich mich dafür entschuldigen, dass ich Sie aufgrund eines schon längst verjährten Delikts verdächtigt habe", antwortete Frau Lutz, für ihre sonst so burschikose Art bekannt, ein wenig unterwürfig. Ron war sichtlich überrascht und wusste nicht, was er antworten sollte. Nach einer gefühlten Ewigkeit fiel ihm das Sprechen, wenn auch stotternd wieder ein. „Möchten Sie nicht hereinkommen. Wenn Sie wollen, lade ich Sie zu einem Stück Pizza ein." Dazu sagte die junge Kommissarin nicht Nein und betrat zögerlich Rons Wohnung.

Wenn Ron nicht damit beschäftigt gewesen wäre, ihre leichte Jacke aufzuhängen, hätte er sicherlich bemerkt, dass sich neben einem Lächeln auch eine leichte Röte auf das Gesicht der jungen Frau gelegt hatte. Schließlich blieb die Kommissarin das ganze Wochenende bei Ron. Eigentlich fand sie ihn schon von Anfang attraktiv, wenn er auch viel zu alt für sie war. Aber wahrscheinlich habe ich einen Vaterkomplex, reimte sich Cornelia Lutz den Grund für die Zuneigung zu Ronald Fleischer zusammen. Ron und Conny, wie er sie nun nennen durfte, verließen an diesem Wochenende selten das Bett und verbrachten zwei intensive Tage zusammen, wobei die Vorkommnisse auf dem Frankfurter Flughafen und in Spanien kaum eine Rolle spielten. Beide waren zu fasziniert vom anderen und genossen dessen Leidenschaft und Liebe in vollen Zügen. Am Montagmorgen verabschiedete sich Conny von Ron, der noch verschlafen im Bett lag. „Ich bin dann mal weg, Ron. Aber ich komme wieder und hoffe, du vergisst mich nicht." „Auf keinen Fall, Frau Kommissarin, schließlich bin ich verliebt in Sie und der Fall ist noch nicht abgeschlossen", murmelte Ron verschlafen aus seinen Kissen. Die junge Kommissarin zog sich schnell an, warf ihm einen Kuss von weitem zu, machte mit zwei abgespreizten Fingern der rechten Hand ein Handy nach, was so viel hieß wie: Wir telefonieren, und verließ die Wohnung schnellen Schrittes um ihren Rückflug nach Berlin pünktlich zu erreichen.

Sechs Wochen hatten sich von Rügen, Faust und Ron nicht mehr gesprochen, als bei Faust und Ron eine persönliche Einladung zur Einweihung der Finca von Leopold und Cheryl von Rügen im Briefkasten lag. Faust riss das elegante Kuvert sogleich auf und las:

Lieber Faust,
endlich ist es soweit, unser neues spanisches Feriendomizil gebührend einzuweihen. Mit viel Liebe und Engagement haben wir unser Domizil in den letzten Wochen neu ausgebaut und eingerichtet. Zur Feier des Tages laden wir dich und deine Regina ein, mit uns und einigen wenigen Gästen unsere Finca „La Luz" einzuweihen.

Herzlichst Cheryl & Leopold

PS: Auch wenn ich mich in den letzten Wochen nicht gemeldet habe, so habe ich dich und Ron doch nicht vergessen. Lass dich überraschen!

Weiter unten waren noch der Einweihungstermin, die Finca-Adresse und der Hinweis vermerkt, dass genügend Übernachtungsmöglichkeiten auf der Finca vorbereitet seien.

„Kommen denn nicht mehr Gäste zu eurer Feier?", wollte Faust wissen, als er leicht verspätet am frühen Abend zusammen mit seiner Frau von Leopold und Cheryl begrüßt wurden und von weitem nur Ron mit einer unbekannten weiblichen Begleitung erkannte. „Ja, Cheryl und ich haben uns entschlossen, nur dich, Regina und Ron einzuladen. Dass Ron mit Begleitung erschienen ist, hat uns doch ein wenig überrascht. Aber schau selbst!"
Von Rügen hatte nicht zu viel verraten und so war auch Faust über die Anwesenheit der jungen Kommissarin Lutz sehr erstaunt. Nach einer sehr herzlichen Begrüßung untereinander und einem gemeinsamen Sundowner baten Cheryl und Leopold ihre Gäste zu einem festlich geschmückten Tisch auf ihrer Veranda, wo sie in den nächsten Stunden von zwei jungen Spanierinnen aufmerksam bedient wurden. Es wurden ausschließlich typisch spanische Gerichte und passender spanischer Wein kredenzt, während im Hintergrund leise Chillmusik erklang. Die drei Paare verstanden sich prächtig. Es wurde an diesem spätsommerlichen Abend viel gelacht und jeder steuerte selbst erlebte, teils lustige, teils nachdenklich angehauchte Anekdoten zur Unterhaltung bei. Über das

Familiengold und die damit verbundenen Abenteuer der letzten Wochen wurde an diesem Abend nichts erzählt. Es war fast so, als wüsste jeder in diesem Moment, dass Zufriedenheit und Glück, auch wenn es nur für einen Moment erscheint, mehr sein kann als alles Gold dieser Welt.

Ende

Danksagungen

Insbesondere meiner Frau Gabriela danke ich für ihren Glauben an meine Schreibkunst, ihre positive Kritik und ihre Geduld bei meinem Erstlingswerk. Nachdem sie die ersten drei Kapitel gelesen hatte, motivierte sie mich weiterzuschreiben, wobei sie mich auch im weiteren Verlauf mit wertvollen redaktionellen Hinweisen unterstützte.

Meinem Sohn Valentin danke ich für die gelungene und kreative Gestaltung des Buchcovers. Auch meinem Freund Jens danke ich an dieser Stelle. Als ehemaliger Pilot half er mir, das Arbeitsumfeld von Flugkapitän Berger authentisch wiederzugeben.

Darüber hinaus danke ich all den Menschen, denen ich in meinem Leben begegnet bin und die mir unendliche Inspiration beim Schreiben waren.